일본 설화 (I)

가깝고도 먼 나라 일본의 신비하고 기이한 이야기들

건국대 서사와문학치료연구소
다문화 구비문학대계 11

일본 설화 (I)
가깝고도 먼 나라 일본의 신비하고 기이한 이야기들

2022년 5월 10일 초판 인쇄
2022년 5월 15일 초판 발행

지은이   신동흔 외
펴낸이   이찬규
펴낸곳   북코리아
등록번호   제03-01240호
전화   02-704-7840
팩스   02-704-7848
이메일   ibookorea@naver.com
홈페이지   www.북코리아.kr
주소   13209 경기도 성남시 중원구 사기막골로 45번길 14
            우림2차 A동 1007호
ISBN   978-89-6324-861-5 (94810)
            978-89-6324-850-9 (세트)

값 15,000원

건국대 서사와문학치료연구소
다문화 구비문학대계 11

일본 설화 (I)

가깝고도 먼 나라 일본의
신비하고 기이한 이야기들

신동흔 박현숙 김정은 오정미
조홍윤 김영순 황혜진 강새미
김민수 김자혜 김현희 엄희수
이승민 이원영 한상효 황승업

북코리아

머리말 : 현장에서 만난 1,364편의 생생한 이야기

캄보디아, 베트남, 필리핀, 중국, 일본, 인도, 카자흐스탄, 에스토니아, 브라질….

세계 여러 나라에서 온 이주민 화자들이 한국어로 구술하는 설화들을 들으면서 마치 꿈속의 한 장면에 들어와 있는 듯했다. 그들의 입에서 가지각색 설화들이 술술 흘러나오고 있는 광경이 거짓말 같았다. 책에서나 볼 수 있었던, 아니 책으로도 볼 수 없었던, 깊은 재미와 의미가 차락차락 우러나는 원형적 이야기들! 그 보물 같은 이야기들을 현장에서 만날 수 있다는 것은 최고의 축복이었다.

한국에 이주해서 생활하는 외국 출신 제보자들을 대상으로 한 설화 조사를 계획하면서 기대보다는 걱정이 컸다. 한국과 달리 설화 문화가 유지되고 있어서 구전설화를 기억하고 전해줄 수 있으리라는 기대가 있었지만, 30~50대가 주축을 이루는 제보자들이 설화를 오롯이 구연할 수 있을지 의문이었다. 모국어가 아닌 한국어로 구술해야 하는 상황이라서 더 그랬다. 한국생활이 쉽지 않을 이주민들이 선뜻 마음을 열어줄까 하는 걱정도 없지 않았다.

결과는 기대 이상이었다. 수많은 이주민 제보자들이 기꺼이 자국 설화 구연에 나서 주었다. 모국의 이야기와 문화를 알린다고 하는 책임감과 자부심이 주요 동기였지만, 그들은 곧 설화 구연이 매우 즐겁고 유익한 일이라는 사실을 깨달았다. 그들은 한 명의 문학적 주체가 되어서 자신이 아는 이야기들을 성심성의껏 들려주었다. 고향에 계신 어른들에게 연락해서 묻거나 숨은 자료를 찾아서 구연해 주기도 했다.

모든 이야기는 책이나 자료를 읽어주는 형태가 아니라 내용을 기억하고 새겨서 말로 구술하는 형태로 조사를 수행했다. 마음으로 기억해서 재현한 것이라야 화소(話素)와 스토리가 살아있는 진짜 구비문학 자료가 되는 것이기 때문이다. 제보자들이 구술로 전해준 이야기들 속에는 실제로 구비문학적 힘이 생생히 깃들어 있다. 재미있고 의미심장하며, 현장감이 넘친다. 그 언어는, 살아 있다.

조사 과정에서 이야기를 들으면서 놀란 적이 한두 번이 아니다. 이주민 제보자들은 평균적인 한국 사람들보다 훨씬 이야기를 잘했다. 한 사람이 수십 편의 설화를 유려하게 구술한 사례가 여럿이며, 한 편의 설화를 30분 이상 완벽하게 구연한 경우도 꽤 많았다. 캄보디아의 킴나이키 제보자 같은 경우는 한 편의 설화를 2시간에 걸쳐 생생하게 구연하기도 했다. 한국의 유력한 이야기꾼들에게서도 좀처럼 보기 어려운 모습이다.

10여 명으로 구성된 조사팀이 만 3년에 걸친 현지조사를 통해 만난 화자는 150명 이상이며, 수집한 자료는 약 2,000편에 이른다. 이 중 공개 동의를 얻지 못한 이야기와 완성도가 낮은 이야기들을 제외하고 가치 있는 것들을 선별한 결과 27개국 130여 명 제보자가 구술한 1,364편의 이야기 자료가 추려졌다. 자료마다 기본 구연정보와 줄거리(개요) 등을 갖추어서 정리하니 분량이 단행본 20권을 채우게 되었다. 양적·질적 측면에서 '한국구비문학대계'에 비견될 '다문화 구비문학대계'라고 해도 좋겠다고 생각해서 이를 총서명으로 삼았다. 『한국구비문학대계』(1980~1988; 전 82권)는 한국 구비문학 조사사업의 빛나는 성과이자 인류의 소중한 문화유산으로서, 갈수록 가치가 증대되고 있는 구술자료집이다. 우리의 『다문화 구비문학대계』도 그와 같은 역할을 하게 될 것으로 믿는다. 세계 각국의 설화를 생생한 한국어로 집대성했다는 점에서 전에 없던 새롭고 특별한 언어문화 자료집이다. 이와 같은 현지조사 성과는 세계적으로도 유례없는 일임을 강조하고 싶다.

다문화 구비문학대계는 20권의 자료집과 1권의 연구서로 구성되어 있다. 자료집 구성은 다음과 같다.

1~2권 : 캄보디아 설화 (64편)

3권 : 태국·미얀마 설화 (53편)

4~5권 : 베트남 설화 (114편)

6권 : 필리핀·인도네시아·대만·홍콩 설화 (72편)

7~9권 : 중국 설화 (186편)

10권 : 몽골 설화 (92편)

11~12권 : 일본 설화 (149편)

13권 : 인도·네팔 설화 (78편)

14권 : 카자흐스탄 설화 (61편)

15권 : 러시아·중앙아시아 설화 (55편)

16권 : 유럽·중동·중남미 설화 (57편)

17권 : 세계의 문화와 풍속 이야기 (93편)

18권 : 세계의 속신·금기와 속담 (160편)

19권 : 세계의 신과 요괴 전승 (91편)

20권 : 한국 이주 내력 및 생활담 (39편)

　

　1~16권까지 각국 설화를 나라별로 정리해 실었고, 17~20권에는 세계 여러 나라 문화 이야기와 속담, 생애담 등의 구술담화를 모아서 수록했다. 15권의 '중앙아시아'에는 우즈베키스탄, 키르기스스탄, 타지키스탄이 포함되며, 16권에는 에스토니아, 스웨덴, 터키, 아제르바이잔, 사우디아라비아, 도미니카공화국, 칠레, 브라질, 파라과이 등 9개국 자료가 실려 있다. 다 합치면, 설화가 수록된 나라는 총 27개국에 이른다. 중국편 자료가 가장 많은데, 한족과 조선족 자료를 포괄한 것이다. 7권에 한족 제보자의 구술자료를, 8~9권에 한국계 중국인 제보자 구술자료를 수록했다. 설화는 각 나라마다 앞쪽에 신화와 전설에 해당하는 것들을 싣고 뒤쪽에 민담을 실었다. 같은 유형의 자료를 한데 모으고 서로 내용이 통하는 자료를 이어서 배치함으로써 효과적으로 내용을 견줘볼 수 있게 했다.

　27개국 총 1,364편에 해당하는 설화 자료 가운데는 한국에 처음 소개되는 것들이 매우 많다. 1, 2권에 해당하는 캄보디아 설화는 대부분 길고 흥미로운 것들인데, 모두가 한국어로 처음 출판되는 것들이다. 필리핀과 몽골, 인도, 카자흐스탄 등의 수많은 이야기들도 대부분 새로운 것들로 구성돼 있다. 베트남과 중국, 일본 설화 가운데는 한국에 알려진 유명한 이야기들도 포함돼 있지만, 새롭게 소개되는 것들도 많다. 각국의 대표 설화, 예컨대 베트남 설화 〈의붓자매 떰과 깜〉이나 일본 설화 〈복숭아 동자 모모타로〉 같은 경우는 제보자마다 이야기를 구술해서 최대 7~8편에 이르는 각편을 수록했는데, 세부 내용상 크고 작은 차이가 있다. 각편(各篇)마다 미묘한 차이가 있는 것은 구비설화의 본래적 특징으로, 이는 중요한 연구대상이 된다. 각국 주요 설화의 구술자료 각편들을 생생한 구어로 풍부하게 갖춘 것은 해당 국가에도 없던 일로서, 본 자료집의 가치를 더욱 높여주는 요소가 된다.

　구비문학에 낯선 독자들로서는 구술을 녹취한 본문이 처음에 다소 어색하게 여겨질 수도 있을 것이다. 하지만 찬찬히 읽어나가다 보면 구술 담화의 맛과 가치를 생생히 느끼게 되리라고 믿는다. 구술자의 다양한 목소리가 귀에 쟁쟁 울려오는 듯한 경험을 할 것이다. 이주민 구술자들에 대하여, 이들은 오롯한 문화적·문학적 주체이자 구비문학 아티스트라고 말하고 싶다. 설화를 전공하는 한국인 연구자들에게 한국어 구술로 큰 감동과 깨우침을 안겼으니 특별한 아티스트가 아닐 수 없다. 현지조사 과정에서도 틈나는 대로 부탁했거니와, 이들이 앞으로도 적극적인 설화 구술로 21세기 한국어문화의 한 주역이 되어 주기를 기대한다.

　본 자료집은 구비문학 연구와 언어문화 연구, 다문화 한국사회 연구를 위한 기초 자료로 널리 활용될 수 있다. 학술연구 외에 문화콘텐츠와 교육용으로도 본 자료집은 큰 의의를 지닌다. 작가와 기획자들에게 새롭고 특별한 소재를 제공할 것이며, 각급 학교와 평생교육 기관 등에서 다문화 교육자료 등으로 활용될 것이다. 아울러 본 자료는 일반 독자들에게도 재미있고 소중한 문학적·문화적 경험을 전해줄 것이다. 한국인 독자들은 외국의 문학과 문화에 대한 이해를 넓히는 한편으로 이주민들에 대한 인식을 일신할 것이며, 이주민과 다문화가정 구성원들은 문화적 정체성과 자부심을 내면화할 것이다. 아무쪼록 이 책이 한국사회 구성원들이 열린 마음으로 서로를 이해하는 가운데 상생적 화합과 발전을 이루어나가는 데 기여하기를 바라는 마음이다.

3년간의 현지조사와 정리 작업은 한국학중앙연구원 한국학 토대연구 지원 사업에 힘입어 진행되었다. 꼭 필요한 지원이 이루어져서 좋은 자료들을 널리 수집할 수 있게 된 데 대해 감사의 뜻을 밝힌다. 자료의 출판은 연구지원과 별개로 이루어진 것으로, 출판사의 후의와 결단에 의해 이루어졌다. 자료집의 가치를 이해하고 기꺼이 출판을 맡아준 북코리아 이찬규 사장님과 편집부 김수진 과장님께 깊은 감사 인사를 드린다.

이 자료집이 나올 수 있었던 것은 현지조사와 자료정리의 실무를 맡아 수고한 전임연구원과 연구보조원들이 있었기 때문이다. 팀장을 맡아서 일련의 길고 힘든 작업을 훌륭히 감당해준 박현숙, 김정은, 오정미, 조홍윤 박사와 이원영, 황승업, 김자혜, 김현희, 한상효, 김민수, 이승민, 엄희수, 강새미 등 여러 연구원의 노고에 감사와 사랑의 마음을 전한다. 공동연구원으로서 현지조사와 연구작업을 적극 뒷받침해준 김영순, 황혜진 선생님께도 깊이 감사드린다.

이 책은 기꺼이 이야기를 들려준 여러 제보자들에 의해 이루어진 것이다. 낯선 조사자들을 반갑게 맞이하고 바쁜 시간을 쪼개어 열성껏 이야기를 풀어내 주신 130여 명 제보자들께 머리 숙여 인사드린다. 본 자료집이 특별하고 귀중한 문화유산으로 자리 잡아 오래도록 널리 활용됨으로써 제보자들의 열정과 노고가 빛을 발할 수 있기를 바라 마지않는다. 모두들 행복하게 씩씩하게 잘 지내면서 한국사회의 실질적 주역 구실을 해주시기를 기원하며, 다시 만나 많은 이야기들을 즐겁게 나눌 수 있기를 기대한다.

2022년 5월
저자를 대표하여
신동흔

목차

10

12

일러두기

1. 본 자료집은 한국에 와 있는 세계 여러 나라 이주민이 한국어로 들려준 설화와 생애담, 문화 이야기 등을 화자가 구술한 대로 녹취하여 정리한 것이다. 현지조사는 구비문학 전공자들이 만 3년에 걸쳐서 진행했으며, 구비문학 조사 및 정리 방법에 따라 자료를 수집 정리했다. 27개국에서 온 130명 이상의 제보자를 직접 만나서 구술 자료를 녹음했다. 제보자의 주축은 결혼이주민이며, 유학생과 이주노동자도 포함돼 있다.

2. 자료집은 총 20권으로 구성되어 있으며, 총 1,364편의 구술 이야기 자료가 수록되어 있다. 1~16권에는 각 나라별로 신화와 전설, 민담 등 설화자료를 실었고, 17~20권에는 여러 나라 문화 이야기와 속신·속담, 신과 요괴 전승, 생애담 등을 종합해서 실었다. 별권으로 연구서 『다문화 이주민 구술설화 연구』를 갖추어 조사사업의 성격과 의의를 밝히고, 자료 총목록을 제시했다.

3. 모든 자료마다 조사일시와 장소, 제보자와 조사자 등 기본 구연정보를 제시하고, 이야기 줄거리(또는 개요)를 제시하여 이해의 편의를 도왔다. 그리고 모든 설화와 생애담 자료에 '구연상황'을 제시하여, 해당 이야기가 어떤 맥락에서 구술되었는지 알 수 있게 했다. 설화집에 해당하는 1~16권 말미에는 나라별 제보자에 대한 정보가 제시되어 있다. 제보자 인적사항과 특성은 조사 당시를 기준으로 삼은 것으로, 추후에 변동되었을 수도 있다.

4. 이야기 본문은 녹음된 내용을 그대로 받아 적었으며, 현장 상황을 생생히 전하기 위해 조사자와 청중의 반응 부분을 함께 담았다. 한국어 어법에 맞지 않는 구술도 그대로 반영하여 전사했으며, 오해의 소지가 큰 경우 괄호 속에 표준어 표기를 제시했다. 내용 이해를 위해 필요한 경우에는 각주를 달아서 보충 설명을 했다.

5. 이야기 본문에서 제보자의 구술 외에 조사자와 청자의 반응은 [   ] 속에 넣어서 정리했으며, 기타 보충설명은 (   ) 안에 제시했다. 여러 조사자가 발언한 경우 '조사자 1', '조사자 2' 등으로 표시했는데, 번호는 구연정보의 조사자 순서에 준한다. 본문은 이야기 전개 흐름에 따라 문단을 나누었으며, 대화에 해당하는 부분은 행을 바꾸어 표현했다. 대화에 부수되는 언술은 행을 달리하되, '고'나 '구'는 구어체 특성을 살려 대화문 뒤에 붙였다. 2인 이상의 제보자가 공동으로 구술한 자료는 각 제보자와 조사자의 발화를 단위로 삼아 단락을 나누는 방식으로 편집했다.

6. 본 자료집에 자료를 수록한 모든 제보자들에게는 사전에 자료공개 동의를 받았다. 다만, 생애담 등의 구술에서 사적 정보가 노출될 수 있는 부분은 내용을 일부 삭제하거나 **로 표시하기도 했다. 조사장소도 개인정보 보호를 위해 번지수와 같은 세부정보를 삭제했다.

세상을 창조한 남매신 이자나미와 이자나기 [1]

● 구연정보
조사일시 : 2017. 12. 10(일) 오후
조사장소 : 대구시 달서구 신당동
제 보 자 : 마츠자키 료코 [일본, 여, 1982년생, 이주노동 8년차]
조 사 자 : 김정은, 황승업, 강새미

● 구연상황
제보자가 일본의 요괴들에 대해 구술한 뒤 조사자가 일본의 창세신에 대해
물어보자 제보자가 긴 이야기라며 구연했다. 중간에 핸드폰으로 그림을 검색
해서 보여주기도 했다.

● 줄거리
태초에 신은 형체가 없었는데, 땅에 내려와 살다보니 인간의 모습을 한 신들
이 생겨났다. 서로 남매였던 여신 이자나미와 남신 이자나기가 결혼해서 아
이를 낳았는데 첫 번째는 유산을 하고 두 번째는 거머리 모양의 아이를 낳아
바다에 흘려보냈다. 둘은 새로운 방식으로 결합해서 많은 신들을 낳았다. 두
신은 무기로 바닷물을 쳤는데 그때 솟구친 물방울들에서 일본 열도가 생겨났
다. 그 후 이자나미가 막내인 불의 신을 낳다가 죽자, 이자나기는 아내를 찾으
러 황천세계로 갔다. 아내는 자기가 다시 이승으로 갈 때까지 절대 뒤를 돌아
보지 말라고 했지만 남편은 금기를 어겼다. 남편은 흉측한 아내의 모습에 놀
라 도망갔고, 화가 난 아내는 이승의 사람들을 죽이겠다고 했다. 그러자 남편
은 세상에 더 많은 사람들이 태어나게 했다. 한편, 이자나미와 이자나기 사이
에서 태어난 자식 스사노오가 있었는데 베를 짜던 여인에게 장난을 치다가
그녀를 죽게 했다. 그 누나였던 태양신 아마테라스는 이를 부끄럽게 여기고
바위 속으로 숨어버렸다. 세상의 빛이 사라지자 다른 신이 아마테라스를 나
오게 하기 위해 옷을 벗고서 춤을 추며 잔치를 벌였다. 결국 아마테라스가 다
시 나와 세상에 빛이 생겼다.

가장 처음에는 신이라는 걸, 그 가장 처음에 온 신은, 있던 신은
'그냥 있다.'라는 거고. 그래서 모습도 없고 그냥 있다. 그래 저기서
좀 많이 나왔다고 했나요? 그런데 어떻게 되었는지 좀 알게, 모르겠
는데. 그 지구에 내려오고, 천계도 지상에 내려오고. 그래 인간의 신,
인간의 몸을 가지는 그런 인간다운 모습의 신들 나왔죠.

그래 그중에 여신, 남신 있었는데. 하나가 에 또. 어, 이름이. 여
신, 남신 있어요. 그래 여신, 남신이 형제자매, 남매, 남매, 남매인데.
그런데 우리들 똑같이 다 생겼는데, 생겼는데. 남자가, 아 어느 쪽이
했나? 여자가, 아 남자, 여자 다 하네요. 남자가,

"우리, 우리는 다 똑같이 생겼는데, 내 몸에는 너의 없는 것이 하
나 있다."

그랬는데, 우리 여자, 여신도,

"아, 내 몸은 똑같은데, 하나 없는 것이 있다."

라는 거죠. 그래서 아, 그거를 좀 넣어 버리고,

"하나를 해보자."

라고 했는데,

"넣어 버리자. 넣어 보자."

라고 했는데.

그래서 그거를 먼저 말하는 게 여자였어요. 그래 같이 그거 제안
하는 거. 그게 여자였어요.

그래서 아이가 태어났어요. 태어났는데, 실패했어요. 처음은, 아,
두 번 실패해요. 그런데 첫 번째 왜 실패하는 건지 좀 잘 모르겠는데,
하나는 예를 들면, 유산했다 그런 거죠. 안 태어났다는 건가?

두 번째는 그거 이상한 모양의 아이가 태어났대요. 그거는 나가
는 거 없이, 손도 발도 없이. 그냥 좀 덩어리 같은 거. [조사자 1: 덩어
리.] 나왔어요. 그래서 그거를 막 실패했다고 해서 바다로 흘렸어요.
[조사자 1: 버렸어요? 네.] 버렸어, 버렸습니다. 그거를 '히루코(ヒル
コ)'라고 하는데. '히루'는 사실은 지금 말로 하자면, '코'는 '아이'.

(잠시 핸드폰으로 단어를 검색하느라 구연 중단됨.)

거머리 맞아요. '거머리 아이' 이렇게 해서 버렸어요. [조사자 1: 아,

바다로 버렸다는 거 보니까 물하고 가까울 수 있겠네요?] 으, 응. 그래서

'왜 실패했냐?'

고 생각했더니,

'여자, 여자부터 말 걸었으니까 실패했다.'

해서,

'그럼 다음에는 거꾸로 하자.'

이래서 남자가 다시 아 그거, 그거 기둥이 있었는데, 기둥을 돌리고 이렇게 했는데, 다시 남자가 다시 만나고 다시 말을 걸었어요. [조사자 1: 기둥을 돌아서 이렇게 다시 또 만났군요, 둘이.] 네, 그래서 다시 돌고 남자부터 말하고.

"이렇게 이렇게 하니까, 이렇게 이렇게 하자."

라고 해서 남자가 말하고 했더니, 신이 태어났다.

아, 신이 태어난 거 아닌가? 아, 아니네. 어? 신이 태어났나? 아, 아이들 많이 태어났어요.

그런데 그 여신, 남신이 같이 이렇게 '호코', '호코'가 뭐죠? 옛날 그런 무긴데. [조사자 1: 창?] 창은 야리이니까, 뭐 창하고 비슷한 것 같아요. (그림을 보여주며) 이런 거네. 이렇게 하기 위해서 그런 건데. 이걸로 좀 이미지 적으로는 구름 위에 있는 이미지인데, 여기서 바다를 이렇게 이렇게 쳤더니, 그거 모르겠네. [조사자 1: 저었어요?] 저어서, 저어서 이걸 뺐더니 좀 여기가 막. 그거 바닷물. [조사자 3: 물방울에서?] 물방울에서 일본 열도가 생겼다. 네, 그런 얘기죠. [조사자 1: 이렇게, 이렇게 하면서 생긴 물방울들이.] 그런데 그걸로 나라를, 땅을 만든 거죠. [조사자 1: 아, 땅이 되었군요.]

그리고 [조사자 2: 이자나기, 이자나미.] 아, 맞아요 맞아. 이자나기가 남신이고, 이자나미가 여신이에요. 그런데 뭐 이자나기, 이자나미는 많은 신들, 신들도. 그러니까 땅도 말고 신들도 태어났는데, 그중에 아마테라스하고 츠쿠요미도, 또 하나 아마테라스, 요미, 스사노우, 삼형제. 뭐 삼형제 아니고 더 많이 형제가 있는데, 그 세 신은 보통 셋째로, 같은 시기로 태어난 것 애들인 것 같아요. 그런데 츠쿠요미는 거의 그 존재감이 없어요. 아마테라스하고 스사노오만 유명하고.

그런데 많은 신들 탄생했는데, 이자나미는 마지막에 불의 신을 낳았어요. 그때 불의 신이니까 출산했을 때 엄마 몸을 태워버려, 타버렸어요. 그래서 이자나미는 죽어버리고, 사자의 세계, 그거를 환청이라고 하나? [조사자 3: 저승?] 저승이라고 하면 되나? 그래 저승이 좋은 이미지인데, 좋지 않은 이미지. 그거 지옥이도 아니고, 사자들, 사자들 세계로 갔죠. 어, 한국에서 들어본 적 있는 것 같은데. 황청이라고 해요? [조사자 1: 황천?] 황천, 응 황천. 뭐 황천이라는 세계로 가요.

그런데 이자나기가, 남신이 너무 슬퍼서 그거 여신을, 이자나미 따라 그 황천에 갔어요.

"우리 아내를 돌려달라."

고 하려고 갔는데, 가서 황천 세계에 갔어요.

그런데 그때 막 어둡고, 아마 이 땅속에 있나? (일본어로 말하다가) 그 현세하고 사자세계를 경계, 사자세계 경계가 되는 내리막길이 있는 것 같아요. 그런데 그 길을 건너서 갔는데, 좀 어둠 속에 있는 그 세계에 갔어요. 그때 약간 뭐 다른 신들도 있죠. 황천세계의 신들. 예를 들면 그거, 번개, 번개 신이라든지, 약간 좀 무섭고 어두운. 네, 그런 신도 있었다는, 있다는 것도 알아요. 황천, 누구하고 말했는지 저는 기억을 못하는데,

"다시 돌아와 달라."

고 했죠. 그런데 아내가,

"황천세계의 허락을 받고 가겠다. 다시 가겠다."

고 했어요. 그런데 갈 때에 남편에게,

"그런데 나는 벌써 황천세계의 음식도 먹었고, 이미 황천세계의 주민이 되어버렸다. 그러니까 내가 완전히 사는 자, 산 자 세계에 갈 때까지 절대로 나를 보지 마라."

고 했죠.

그런데 남편은 참지 못해 봤어요. 봤는데 그 여신 그 모습은 몸, 약간 몸 곳곳에서 그거 나와, 우지? 그거 죽은 자 파리, [조사자 3: 구더기.] 구더기? 그거 나와, 나오고. 섞, 아주 섞어가지고 그런 무서운 얼굴이었죠. 그래서 놀라가지고 도망갔죠. 그걸 보고 아내가 너무 실

망하고 보지 말라고 했는 약속을 받고 그러다가 놀라서 가는 거 너무 좀 화내서. 그래,

"그러면 너희 세계, 산 자 세계의 사람들을 나는 하루에 천 명씩 죽이는 거야."

라고 했어요. 주술을 하는 거예요. 그러면 그 남신은,

"그러면 우리 세계에서는 인간을 천오백 명씩 만들 거야."

[조사자 일동: 아!] 이래서, 이래서 둘이는 막 헤어졌는데. 이래서 사람이 곧 죽게 되었다라는 얘기죠. [조사자 1: 사람이 죽는 일이 생겼구나.] 죽는 걸. 그래서 지금도 사람이 곧 죽고 그런 얘기도 있어요.

그런데 남편은 아슬아슬하게 그 산 자 세계에 돌아왔는데, 그때 그 더러운 거? 그 죽은 자 세계에서 붙은 더러운 것들 강물에서, 시냇물에서 씻었어요. 씻었으면 그, 아, 그 아내가 도망가는 남편에서 그 번개 같은 걸 던졌어요. (일동 웃음) '세계 처음의 부부싸움'이라는 말도 듣는데. (일동 웃음)

그래서 시냇물 그거, 어떻게 됐는지 잘 기억을 못하는데, 남아 있던 그 더러운 것에서 이거 씻었더니, 거기서 다시 뭐가 생겼다라고. 식물 생겼다라든지 그런 얘기도 다시 있었나 봐요. 기억, 확실히 기억 안 나요.

그리고 그 자식 중에 아마테라스, 오카미, 오미카미가 있고. 아마테라스는 오미카미가. 어, 진짜 자식인가? 다른 계보일지도 모르겠네요. (웃음) 하여간 아마테라스가 태양신. 여신, 태양신이고. 츠쿠요미가 달, 달의 신인데, 보통 사람들 몰라요. (웃음) 달의 신 잘 모르고. 진짜 존재감이 없고. 그 얘기 중에도.

그리고 그 남동생 막내가 스사노오라고 하는데, 스사노오는 무슨 신인지 모르겠네요. 그런데 특히 '난폭하다'라는 그런 이미지로. 아 맞다, 맞다. 스사노오는 막낸데, 엄마가 빨리 죽었으니까 어리서움(어리광) 부리고 싶은데, 못해서 많이 좀 난폭해진 것 같아요. 그래서 많이 좀 난폭한 성격이 되었는데, 아마 처음에는 아마테라스가 그래도 '괜찮다'고 해서 좋게 좋게 해줬는데, 예뻐해줬는데, 누나가 견딜 수 없는 사태까지 생겼어요.

그게 뭐냐면, 맨날처럼 스사노오가 장난쳤는데, 아마 아마테라스가. 잠깐만요. 뭐라 해요, 그거를? 옛날 옷감을 만드는 사람 있죠? [조사자 1: 베 짜는 거?] 베 짜는 거. 그걸 잘하는 여자가 있어서 아마테라스가 옷 만들어 달라고 했거든요. 그런데 그거를 옷을 만들고 있었는데, 그 여자가 있는 집에 스사노오가 장난치고, 그 죽은 말을 지붕 위에서 떨어트리는 거예요. 일부로. (웃음) 그래서 놀라서, 아 그거를 뭐라고 하죠? 이 작업을 하는. [조사자 1: 베틀에서?] 여기에 실이 있고. [조사자 1: 아, 북, 북.] 이게 뭐예요? [조사자 1: 북이에요. 베틀 북.] 베틀 북? 그런데 그 여자는 놀라서 그 북, 북이 여자의 질에, [조사자 1: 아, 들어가 버렸어요?] 네, 들어가 버려서 죽어버렸어요.

그래서 누나도 화내고, 좀 슬프고. 더 이상은 안 되겠다고 해서, 그런데 아마테라스가 너무 실망스러워, 실망해서 큰 바위 속에 숨어서, 자신이 숨어서 그거. 아무도 못 들어가게 숨었어요. 그런데 태양신이니까 온 세계가 어두워졌어요. 그래가지고 그랬는데, 다들, 다들 좀 고생, 고민하잖아요.

'어떻게 하면 될까?'

'어떻게 하면 나와 줄까?'

했는데. 뭐 힘이 있는 사람이 이렇게 하더라도 안 되는 거예요. 그래서 신들 많이 모여서 회의를 했대요.

"좀 재밌게 연회를 하고, 이 사람 좀 나오게 하자."

고 해서 그 앞에서, 그 바위, 큰 바위 앞에서. 아, 동굴, 동굴에다가 바위가 있는 거죠. 그 앞에서 잔치를 했대요.

그래 잔치에다가 음식을 많이 마련하고, 좀 재밌게 하고. 그때 어떤 여신이 댄스, 춤을 췄어요. 그거 또 이름을 잊어버렸네. (웃음) 그런데 춤을 추는데, 약간 에로틱한 댄스? 그 가슴 모여주고 이렇게. 완전히 스트립 댄스죠? (웃음) 그렇게 했더니, 신들 많이 좋아 '와 와!' 한대요. 그런데 그렇게 하고 했더니 그 여신이 뭐가 생겼는지 궁금해서 좀 나왔죠. 네 그렇게. [조사자 1: 살짝?] 네, 살짝. 그래서 힘이, 이름부터 많이 힘이 있는 것 같은 신이 있는데, 그 신이 '콱!' 그리고 그래서 나왔다. 그래 다시 그 세계에 빛이 생겼다. 그런 얘기가 유명합니다.

　[조사자 1: 아우, 대게 노골적이면서도 재밌네요.] (웃음) 그런데 그
거 여신, 댄스를 한 여신이 '예능의 신' 그런 쪽으로 다시 유명해졌
어요.

세상을 창조한 남매신 이자나미와 이자나기 [2]

● **구연정보**

조사일시 : 2018. 05. 24(목) 오후

조사장소 : 경기도 화성시 진안동

제 보 자 : 요시이즈미 야요이 [일본, 여, 1971년생, 결혼이주 13년차]

조 사 자 : 김정은, 황승업

● **구연상황**

조사자가 제보자에게 〈모모타로〉의 구술을 부탁하자 그 이야기는 너무 유명하다며 그것 말고 제보자가 다문화 수업시간에 아이들에게 들려준 이야기가 있다며 구술을 시작했다. 제보자의 여덟 살 된 딸이 이야기를 함께 들었다.

● **줄거리**

아주 옛날, 하늘과 땅, 그리고 바다와 육지가 구별되지 않았을 때의 이야기이다. 세상에 나타난 신들은 무언가 조치를 취해야 할 것 같은 생각이 들어 막내 신인 이자나미노미코토와 이자나기노미코토 남매를 불렀다. 두 신은 긴 창을 이용해 하늘 아래를 뒤섞었고, 창을 들었을 때 떨어진 물방울들이 굳어서 섬이 됐다. 이렇게 해서 일본의 여러 섬들이 생겨났다. 남매신은 결혼해서 한 섬에 살았고, 그들 사이에서 자연 신들이 자식으로 태어났다. 그런데 이자나미노미코토는 막내인 불의 신을 낳다가 죽고 말았다. 아내가 그리웠던 남편은 저승을 찾아갔다. 이승과 저승 사이에는 큰 돌이 있어서 그곳에서 아내를 볼 수 있었는데, 아내가 잠깐 기다려 달라고 했다. 하지만 남편은 참지 못하고 귀신처럼 흉칙해진 아내의 모습을 목격했다. 이후 둘은 다시는 볼 수 없게 되었다. 그 후 이자나기노미코토의 왼쪽 눈에서 신이 태어나 일본의 천황이 되었다.

그래서 아주 옛날에 아직 이렇게 하늘과, 하늘과 바다가, 육지가 구별되지 않는데, 아주 옛날에. 그런데 그래도 한 명, 한 명이, 한 명

씩 그 하늘에, 일단 그 위에 신이 나타났어요. 한 명이 나타나면서 한 명, 두 명, 셋 이렇게 나타나다가, 그 신들이 밑에 내려다보고,

'이걸 뭔가 어떻게 해야 된다.'

[조사자 1: 고쳐야 된다.] 네, 그런 생각이 들어서, 그 신 중에서도 제일 막내인 이자나미노미코토 (いざなみのみこと)하고, 이자나기노미코토(いざなぎのみこと) 둘이를 불렀어요.

[조사자 1: (이름을 받아 적으며) 죄송해요, 저희가 써야 돼가지고.] 이자나기노미코토. [조사자 1: 미코토.] 네, 그리고 이자나미, 이자나미노미코토. [조사자 1: 이자나미하고 이자나미미코토.] 네, 이자나미노미코토. 이자나기가 남자예요. [조사자 1: 이자나기는 남자.] 네, 이자나미가 여자예요. 네, 여자 신. 그 신 중에서도 아마 막내였던 것 같아요. [조사자 1: 이 여자 신이요? 둘 다?] 둘이, 둘.

[조사자 2: 이 둘이 남매였나요?] 네. 남매라고 하기는 하는데. 그게 나중에 결혼하니까 제가 그 부분은 좀 이야기 안 했어요. [조사자 1: 아, 아이들한테 이야기 안 하셨구나.] 네, 그 형제끼리 결혼한다고 하니까. (웃음)

이자나기노미코토와 이자나미노미코토 불러서,

"이거 이 긴 창을 가지고 밑에를 좀 정리해 오라."

고 시켰어요.

그런데 그 창을 받아서 둘이는 그 약간 하늘, 하늘과, 하늘과 이렇게 밑 세상을 연결되는 부분이 있었어요. 하늘에서도. 그 다리라고 하는데, 다리 끝에 가서 그 긴 창을 밑에다가 내려서 이렇게 섞기기 시작했어요. 섞이면서 그게 아직 땅도 아니고, 그런데 약간 액체 같은 느낌? 그래서 그리고 섞이기 시작하면, 섞이고. 그 창을 이렇게 들어 올렸을 때, 물방울이 이렇게 하나씩 떨어지잖아요. 그게 하나가 같은 곳에 떨어지면서 섬이 생겼어요.

그런데 그 섬이, 그것도 일본마다 뭐 여기라고 하기도 하는데, 일본지도 보면, 후카이도가 위에 있고, 제일 큰 섬이 혼슈라는 도쿄에 있는 거. 그리고 밑에 시코쿠라는 작은 섬이 있어요. 그래 그게 혼슈하고 그 시코쿠 사이에 그 섬들이 많이 있는데, 그곳에 산, '스스로

굳었다'라는 의미를 가진. [조사자 2: 스스로?] 스스로 굳었다. [조사자 1: 딱딱해졌다.] 네, 딱딱해. 예, 그 물방울이 떨어지면서 그렇게 그 의미를 가진 [조사자 1: 산이 있구나, 거기.] 그 이름, 아. 그게 오노. [청자: 인어공주. 언어공주?] 잠깐만 이름이 생각. '오'부터 시작하는데.

아무튼 그 섬이 하나 생기면서, 하나 생겼어요. 그래서 그 이자나기노미코토와 이자나미노미코토가 그 섬에 내려가서 자기들 사는 집 지었어요. 그런데 지어서 둘이 그걸 계기로 결혼했어요. 결혼하면서, 나중에 그 시코쿠라는 섬과 혼슈, 아니면 큐슈라는 섬들이, 또 섬들이 많잖아요. 그래 나타나, 나타나서 이제 일본이라는 이렇게 땅이 생겼다. 그래 그 땅 생긴 다음에 또 그게 둘이가 또 계속 결혼생활 계속하면서 이런 산의 신이나 바람, [조사자 1: 아, 그 자연의?] 자연, 네. 자연적인 신들이 태어났다고 해요.

[조사자 1: 이 두 사람 사이에서 태어난 거죠?] 사이에, 네, 네. [조사자 1: 바람의 신, 뭐 이런 비의 신 뭐 이렇게 다양한 신들이.] 예, 예. 그래서 보면, 일본에서는 뭐 어느 곳에 그 신이 있잖아요. 뭐 아까 얘기한 뭐 〈센과 치히로〉도 뭔가 그 미야자키 하야오의 영화에서도 뭐 신 관여된 그런 이야기도 많고. [조사자 1: 그들이 다 신이 되었다고 해서 일본에 다 이렇게 해준다 이거죠?] 예, 예.

그런데 그다음에도 있는데 그게 어려워서. 그런데 그 바람이나 뭐 산이나, 강이나 이런 신들이 태어나서, 마지막에 불의 신이 또 태어났어요. 아, 아 불의 신 애 낳죠. 그런데 불이라서 그것 때문에 이자나미노미코토 엄마가 죽었어요. [조사자 1: 아, 불의 신을 낳았더니요, 마지막에?] 예, 예. [조사자 1: 엄마가 죽었네.] 네.

엄마가 죽, 죽어서. 하, 죽으면서, 사실 사람이 죽으면, 그 세상에 있으면 안 돼, 안 돼서. [조사자 2: 저승?] 그래서 다른 데 가야 되는데, 가야 되는, 음. 가야 되는데, 그 이자야기노미코토는 갔어요, 일단 죽었으니까. 가서, 가면 그곳에는 살아있는 사람이 갈 수가 없어요.

그래도 그 남편 분 이자나기노미코토는 다시,

'아내를 보고 싶다.'

해서 그곳에 가려고 했어요. 그런데 그 사이에 뭔가 큰 돌이 있어요, 돌. 돌이 있어, 있고. 그 돌, 뭐 이야기하면 그쪽에 있는 아내와 이야기가 할 수 있었어요. 그래,

"나 당신 보고 싶고, 또 다시 살아났으면 좋겠다. (웃음) 이 세상, 우리 세상에 또 다시 오면 좋겠다."

하는데, 이미 지옥가려고 하는 사람이라서 뭐, 뭐지? 그 사람의 모습이 아니었던 것 같아요. 그래서,

"나는 지금 당신을, 당신을, 이제는 당신을 볼 수가 없다."

그래서 하, 만났는지. 여기, 여기서부터 저 잠깐 기억이.

[조사자 1: 올 수 있게 되는, 오기는 와요?] 어떻게 만났는데, 여기서 뭔가,

"잠깐 기다려 달라."고.

했는데, 기다리지는 않고 봤어요. 예. 아내를 보고 싶단, 보고 싶은 마음에 [조사자 1: 뒤 돌아 보는 거죠?] 봤는데, 그게 이미 그 아내가 뭐 이런 요괴, 귀신같은 모습이라서 그걸 보면 안 된, [조사자 1: 아, 안 되는군요.] 안 된다고 해서, 아내가 너무 화가 나서. 그런 이야기였던 것 같아요.

그리고 그게 이야기가 좀 있어요. 그런데 그 이야기가 있으면서, 지금 일본에서는 그 청화, 청화가 있잖아요. 청황, 청황인가? 텐노 (てんのう) [조사자 2: 천황.] 천황, 네, 네. 이제 그게 이루어져요. [조사자 1: 아, 이어지는 게 그렇게 이어지는 거구나.] 네, 그 이자나기노미 코토가 남잔데, 그. 그 이자나기노미코토의 뭐 왼쪽 눈에서 뭔가 또 다른 신이 태어났고. 뭐 그런 이야기가. 그래서 현재 그거 천황. [조사자 1: 천황이구나. 네.] 네. 그래서 그 사람, 우리가 이 사람들 이제 신이라고 생각하잖아요. 그게 좀 있기는 있는데.

[조사자 1: 아, 그래가지고. 이쪽 왼쪽 눈에서 태어난 거예요?] 네. 이제 더러운, 더러운 몸을 강에서 씨, 씻고, 뭔가 또 이렇게 신이 생기고, 이후에 생기면서 그 천황이 제일 믿는, 이거 아마테라스 오미노카미 (あまてらす おみのかみ)라는 태양을 의미하는 신이 나타나기도 해요.

그런데 정확하지 않아서. 저 항상 이렇게 이자나기노미코토하고

이자나미노미코토가 이런 식으로 땅을 만들고, 또 자연에서 관계있
는 신들이 [조사자 1: 생긴 거.] 생겼다는 걸로 끝. [조사자 1: 이제 끝내
시는구나, 아이들한테는.] 네. 그래서,

　　"일본에서는 이런 사계절이 있다."

　　식으로 하는 게.

　　[조사자 1: 그 사계절에도 다 신이 있는 거예요, 그러면은? 계절신도 있
어요?] 계절신이 아마 없을 것 같아요, 네.

바위 속에 몸을 숨긴 태양신 아마테라스

● **구연정보**

조사일시 : 2017. 01. 06(금) 오후
조사장소 : 대구광역시 중구 대안동
제 보 자 : 마츠자키 료코 [일본, 여, 1982년생, 이주노동 8년차]
조 사 자 : 조홍윤, 황승업, 김자혜

● **구연상황**

마츠다 타마미 제보자가 〈토끼 눈이 빨갛게 된 유래〉를 구연한 뒤, 제보자들
이 토끼에 대한 이야기를 나누다가, 다시 신들에 대한 이야기로 넘어가서 산
에 사는 여신에 대한 대화가 이루어졌다. 이때 마츠자키 료코 제보자가 일본
의 대표적인 여신인 태양신 아마테라스에 대해 이야기해 주었다. 마츠다 타
마미와 묘엔 이치로 제보자가 청자로 참여했다.

● **줄거리**

아마테라스 여신에게는 스사노오라는 남동생이 있었다. 스사노오는 너무나
난폭하여 하늘에서 쫓겨나 지상의 아마테라스에게로 보내졌는데, 스사노오
를 견딜 수 없었던 아마테라스는 스스로 바위 속으로 들어가 몸을 숨겼다. 그
렇게 태양신인 아마테라스가 사라지자 세상에는 빛이 없어지고 말았다. 빛이
없어 곤경에 처한 사람들이 아마테라스를 다시 나오게 할 방안을 고민하고
있을 때, 아메노 우즈메가 음악에 맞춰 춤을 추었다. 그러자 그 소리와 모습에
이끌린 아마테라스가 다시 세상으로 나와 빛이 회복되었다.

아마테라스(アマテラス)라는 여자 신이 있어요. 여신이 있어요.
그 사람이 남동생이 있어요. 그 남동생을 스사노오(スサノオ)라고
하는데 스사노오는 많이 난폭한 남자예요. 하늘에 살고 있었는데 많
이 난폭하니까 부모님이 나가라고 했어요. 그래서 어쩔 수 없이 지

상에, 밑에 내려와서 누나랑 같이 살게 되었어요.

그래도 스사노오는 난폭하니까 아마테라스는 고민 끝에 큰 돌 안에 숨겨서, 그 돌 움직이고 안 나오게 되었어요. [조사자: 가뒀어요?] 아니, 내가, 자기 자신이 숨었어요.

그런데 아마테라스는 태양신이에요. 태양신이니까, 그게 숨었으니까 세상에 빛이 없어져서 기후도 안 되고, 사람도 정말 고민이 많잖아요. 농사도 못 짓고. 그러니까,

"어떻게 해서라도 아마테라스를 밖에 끌고 와야 한다."

고 해서 여러 가지 시도해 봤는데, 힘이 있는 남자가 돌을 움직여도 안 되고.

근데 고민 끝에 아메노 우즈메(あめのうずめ)*라는 사람인지 신인지에게 춤을 추라고 했어요. 재미있는 음악을 하면서 다들 놀고 있고 아메노 우즈메가 춤을 췄더니,

"재미있는 소리가 들린다."

고 하면서 아마테라스가 나왔어요, 결국.

그래서 지상에 빛이 다시 회복되었다라는 이야기고. 아마테라스는 태양신으로 유명하고, 아메노 우즈메는 예능으로 유명해졌어요.

[조사자: 스사노오는 어떻게 됐어요?] 스사노오는 여기 저기 다니게 되었다고 해요. 스사노오는 힘이 강한 신이라는 이미지가 있어요.

● 아메노 우즈메는 새벽의 신으로 알려져 있다.

우물에 빠진 천둥신 카미나리사마

● 구연정보
조사일시 : 2017. 05. 01(월) 오전
조사장소 : 인천시 부평구 삼산동
제 보 자 : 노마치 유카 [일본, 여, 1974년생, 결혼이주 10년차]
조 사 자 : 신동흔, 조홍윤, 황승업

● 구연상황
일본의 설화 속에 등장하는 신에 대한 이야기를 이어가고 있던 중에, 제보자
는 신으로 대우하지는 않지만 신들과 마찬가지로 사마라는 존칭이 붙는 카미
나리사마에 대해 이야기하였다. 카미나리사마는 일종의 천둥신인데, 천둥을
치게 하는 도깨비의 형상에 가깝다고 한다.

● 줄거리
옛날에 열심히 천둥을 내리던 천둥신 카미나리사마가 그만 실수로 떨어져 한
마을의 우물 속에 빠졌다. 구원을 요청하는 카미나리사마에게 마을 사람들은
우리를 괴롭혔으니 꺼내줄 수 없다고 했다. 이에 카미나리사마는 그 우물에
항상 맑은 물이 가득하게 해주겠다는 조건을 내걸어 우물을 빠져나올 수 있
었다. 그로부터 그 우물에는 항상 맑은 물이 가득했다고 한다.

　　그리고 사마(さま), 사마를 붙이는 것 중에 카미나리사마(かみな
りさま)도 사마를 붙이는데요. [조사자: 카미나리사마?] '카미나리'가
전, 전동? [조사자: 전등?] 전동인가? 그 비 올 때, [조사자: 천둥?] 아!
천둥이요. (웃음) 천둥. 네네, 그러니까 천둥 치잖아요. 그거를
　　'아, 카미나리사마가 뭐 활동하신다.'
　　그렇게 생각했어요.

　　그런데 도깨비가 항상 거기, 도깨비가 막 북치면서 활동하면 그렇게 천둥이 친다고 생각하는 거예요. 그래서 그, 카미나리사마 지금도 이렇게 하는데, 천둥 치잖아요? 애들한테 배꼽 이렇게 감추라고 얘기하는데, 저, 저번에도 말씀드렸는데. 그 배꼽을 너무 좋아하니깐 가져간다고. 그

　　"도깨비가 활동하니까 (양손으로 배를 가리며) 이러고, 이러고 있으라."고.

　　(웃음) 그거는 그때 비가 오고 그러면은 추워지니까,

　　"배 내밀고 있지 말라. 좀 따뜻하게 해라."

　　하는 것 같은데. 하여튼 그런 얘기를 많이 해요.

　　그런데 그 카미나리사마가 나오는 동화가 있어서, 음, 그런데 신처럼 모시지는 않지만, 그래도 일단 어쨌든 사마를 붙여서 높여 주는데, 그러니까 사람들 좀 무서워했죠. 천둥치고 그러면은, 나무에 떨어지면 불이 나기도 하고 그러잖아요.

　　그런데 어느 날, 너무 활동을 많이 해서 그 카미나리사마가 떨어졌대요, 땅에. [조사자: 직접 자기가 떨어진 거예요?] (웃음) 그래가지고 그 마을에 있던 그 우물에 쑥 들어가 버린 거예요. 그런데 혼자 못 올라가니까,

　　"아, 나 살려줘!"

　　그렇게 했는데, 그 마을 사람들은,

　　"너 우리를 괴롭혔잖아."

　　(웃음) 이러고 안 살려 주는 거예요.

　　"그러면은 여기 그, 이 우물 속에 항상 깨끗한 물 가득 차게 되게끔 해줄 테니까 살려줘."

　　하니까,

　　"오, 그러면 살려 주겠다."

　　하고,

　　"앞으로는 너무 우리를 괴롭히지 말라!"

　　그렇게 당부하고 살려주고. 그 뒤, 그 뒤에는 계속 그 우물에는 아주 맑고 좋은 물이 가득 차 있었다 하는 얘기가 있었어요.

양잠의 신 오시라사마

● **구연정보**

조사일시 : 2017. 01. 06(금) 오후

조사장소 : 대구광역시 중구 대안동

제 보 자 : 마츠자키 료코 [일본, 여, 1982년생, 이주노동 8년차]

조 사 자 : 조홍윤, 황승업, 김자혜

● **구연상황**

묘엔 이치로 제보자와 마츠다 타마미 제보자가 미나모토 요시츠네(源義經)에 관해서 구술했지만 완성된 이야기가 되지 못했다. 이때 마츠자키 료코 제보자가 양잠의 신에 대한 이야기를 구연했다. 마츠다 타마미와 묘엔 이치로 제보자가 청자로 참여했다.

● **줄거리**

옛날에 젊은 딸과 부모가 살았다. 그 집에서는 말을 키우고 있었는데, 어느 날 아버지가 보니 딸이 말과 사랑을 나누고 있었다. 그 모습에 분노한 아버지는 말을 죽여 나무에 매달았다. 딸이 그 모습을 보고 슬피 울자 더욱 화가 난 아버지는 말의 목을 잘라버렸다. 그러자 갑자기 말의 목이 하늘로 올라갔는데 딸이 그 목을 잡고 같이 하늘로 가버렸다. 그 후 어느 날 아버지의 꿈에 딸이 나타나 절구에 뽕잎과 누에를 넣고 빻으면 실을 얻을 수 있다고 알려줬다. 부부는 그 말대로 해서 비단을 만들어 부자가 되었다.

지방 전설 중에 하나예요. 아키타현(秋田県)이나 아오모리현(青森県)을 포함하는 동북지방에서 많이 전해지는 것인데, '오시라사마 전설'이라는 것이 있어요. '오시라사마(おしらさま)' 이것은 사실은 동북지방의 어떤 지방에는 오시라사마라는 인형 두 개를 모시는 습관(관습)이 있는 데가 있어요. 하나는 인간 여자, 하나는 말이에요.

말하고 여자가 결혼하는 이야기예요.

어떤 농가 집에서 젊은 딸하고 부모님이 계셨는데, 말을 정말 예쁘게 키웠어요. 근데 어떤 날에 아버지가 딸의 모습이 좀 이상하다고 생각을 해 봤더니 딸하고 말이 사랑하고 있었어요. 서로. 그러니까 아버지가 정말 화가 나서 말을 죽였어요. 죽이고 나무에 그 사체를 걸어놨어요.

딸이 그것을 알고 많이 울었어요. 근데 그 우는 모습을 보고 아빠가 또 화가 나서 말 목을 잘랐어요, 칼로. 그 순간에 말 목은 하늘로 날아갔는데 딸이 그걸 잡고 같이 올라갔어요.

그런데 말하고 딸하고 다 잃었으니까 부모님이 정말 슬퍼하고 계셨는데, 어떤 날에 아빠 꿈속에서 딸이, 아빠 꿈속에 딸이 와서 (두 손으로 절구질 하는 시늉을 하며) 통? 나무통? [조사자: 절구?] 네. 그 떡을 만드는 그 안에서 오디의 잎이 있잖아요? [조사자: 뽕잎?] 뽕잎하고 그 벌레 뭐예요? [조사자: 누에.] 아, 누에. 그 뽕잎을 놓고 누에를 놓으면 실을 만들 수 있다는 것을 가르쳐 줬어요. 그래서 그걸로 부모님은 비단을 만들게 되어서 부자가 되었다. 그런 이야기가 있어요.

그런데 지금 그 딸하고 말의 신을 모시는 집은 그 누에를 비단을 만드는 양잠의 신으로 모신다는 이야기가 있어요.

가난의 신과 함께 살고자 부신을 쫓아낸 부부

● 구연정보

조사일시 : 2017. 01. 06(금) 오후

조사장소 : 대구광역시 중구 대안동

제 보 자 : 마츠다 타마미 [일본, 여, 1976년생, 결혼이주 7년차]

조 사 자 : 조홍윤, 황승업, 김자혜

● 구연상황

마츠다 타마미 제보자가 〈고양이가 열두 띠에 들지 못한 이유〉를 구연한 뒤
제보자들이 일본의 여러 직능신에 대해 담소를 나누었다. 마츠다 타마미 제
보자는 가난의 신에 대해 인상적인 이야기가 있다며 구연을 시작했다. 일본
인 제보자 마츠자키 료코와 묘엔 이치로가 청자로 참여했다.

● 줄거리

옛날에 착한 부부가 살았는데 가난의 신을 집에 모셔서 가난했다. 정월이 되
기 전 가난의 신이 그 부부가 너무 착하고 좋아 떠나기 싫어하자 그 부부는
그냥 있으라고 했다. 새해가 되어 부(富)의 신이 오자 그들은 함께 부신을 내
쫓았다. 부부는 계속 가난의 신과 함께 가난하게 살았다.

일본에는 여러 주(主)의 신이라고, 그 여러 주가 800만? 숫자 그
만큼 신이 많이 여러 곳에 있다고 해요. 여기에도 있고, 여기 안에도,
없는 곳이 없을 정도로 있다고 하니까 신 종류도 진짜 다양해요. 가
난한 신도 있고 부자 신도 있어요.

유명한 이야기가 하나 있는데, 어떤 부부가 열심히 열심히 일하
고 있었대요. 근데 계속 가난했어요. 어떻게 열심히 일해도 계속 가
난했어요. 사실은 그 집에 가난한 신이 숨어서 살고 있어요. 근데 가

난한 신도 자기 때문에 그렇게 되고 있는데, 그 부부가 너무 착하고 좋으니까 떠나기 싫었어요. (웃음)

12월 31일에 그 집에서 우는 소리가 들렸어요. 그 부부가,

"어디서 나지?"

찾아봤더니 가난한 신이 울고 있었어요.

"내일이 되면, 너희들은 열심히 하니까 내일이 되면 부자 신이 오는데, 바꿔야 된다."고.

"근데 난 떠나기 싫다."고.

그래서 울고 있었대요. 그러면 그들은 착하니까,

"그럼 그대로 계세요."

라고 했어요.

다음 날 정월이 돼서 새해가 됐을 때 부자 신이 왔어요. 왔는데,

"저기요, 집에 들어갈게요."

그러니까,

"들어오지 마세요!"

부부가 말해요. 그래서,

"왜? 모두 환영하는데 왜 싫어?"

라고 하니까,

"우리는 벌써 신이 있기 때문에 필요 없다."고

"아니야, 나는 들어갈래."

그래도,

"나가세요! 나가세요!"

그래서 가난한 신과 부부가 세 명이서 쫓아냈대요. 그래서 너무 화내면서 부자 신이 갔어요. 그래도 신이 그대로 있잖아요.

그 후에 세 명으로 친하게 살았는데 그래도 계속 가난했대요. [조사자: 그 가난한 신은 좋은 일을 해주는 건 하나도 없어요?] 그냥 친하게 지냈어요. 그래서 돈이 없었대요. [조사자: 그래도 셋이 행복하게 살았다니까 다행이네요.] 네. (웃음)

가난의 신 민보가미를 들이고 보물 얻은 사람

● **구연정보**

조사일시 : 2017. 05. 01(월) 오전

조사장소 : 인천시 부평구 삼산동

제 보 자 : 노마치 유카 [일본, 여, 1974년생, 결혼이주 10년차]

조 사 자 : 신동흔, 조홍윤, 황승업

● **구연상황**

제보자는 〈복고양이 마네키네코 유래〉 이야기의 구연에 이어 자연스럽게 신과 발복에 대한 다른 이야기를 이어갔다.

● **줄거리**

옛날에 한 마을이 있었는데, 그 마을 뒷산 너머에는 가난의 신 민보가미가 살고 있다는 소문이 있었다. 그래서 그 마을 사람들은 민보가미가 찾아오면 절대로 받아들이지 않으려고 대비하고 있었다. 어느 날 민보가미가 마을에 찾아와 묵어가려 하자 누구도 자기 집에 들이지 않았는데, 한 사람이 신을 불쌍히 여겨서 자기 집에 들였다. 민보가미는 며칠이나 머무르면서 그 집의 모든 양식을 축냈지만 착한 집주인은 묵묵히 감내하며 대접했다. 마침내 민보가미는 그 집을 떠나며 어느 날 어느 장소에 가보라고 조언했다. 집주인이 민보가미가 말한 곳에 가보니 말이 떨어뜨린 보퉁이가 있었고, 그 속에는 보물이 들어 있었다. 알고 보니 그가 모신 신은 가난의 신이 아니라 복의 신 후쿠노가미였던 것이다.

또 그 신 하면은 가미(かみ), 가미사마(かみさま)잖아요. 그런데 민보가미(びんぼうかみ). [조사자: 민보가미?] 예, 민보(びんぼう)가 빈곤? 가난한 신. 그 신이 집 안에 있으면 가난해 지는 거예요.

그런데, 그래서 사람들이 싫어하는데, 그 어떤 마을에서 그 근처

에 산, 뒷산 넘어서, 너머에 그 가난한 신 민보가미가 산다는 이야기
가 있었어요. 그래 사람들,

"아, 그 민보가미가 그 마을에 내려오면은 절대 집에, 뭐 집에서
재우면 안 된다."

하는 얘기를 했던 거죠.

그런데 어느 날, 엄청 비가 오는 날, 딱 봐도 민보가미처럼 생긴
사람이 오는 거예요. (웃음) 아, 옷이 막 이렇게 늘어지고 막 그래요,
혼자. 그런데,

"재워 달라."

고 하는 거예요.

그래서 사람들,

"아이, 싫다, 싫다."

고 하는데, 어떤 착한 사람이 너무 불쌍해 보이니까

"아, 뭐 재워 드린다."고.

집에 들여보냈죠. 그런데 옷도 갈아 입혀드리고, 얼마 안 되는
쌀로 밥도 해드리고 그렇게 하는 거예요. 그런데 보통 하루만 자고
가야 되는데 계속 안 가는. (웃음) 그런데 삼 일, 사 일 지났는데. 그
래도 착한, 착하니깐 계속 밥을 주는 거예요. 그런데 그 마지막 한 알
까지 없어지고요. 하는데, 음, 그래도 그 사람이 결국은 떠나게 됐어
요. 그런데 떠나면서,

"그 저녁이 되면은 그 아, 어떤 나무 밑에 오지조사마(じぞうさ
ま, 地藏菩薩)가 있는데, 거기로 가봐라."

하고 말을 하고 가는 거예요.

그런데 이제 그 말 듣고 저녁이 돼서 가봤죠. 그래 가봤더니 흰
말을, 아니 흰 말이 막 지나가더래요. 건너 지나가는 걸 봤는데, 지나
간 뒤에 뭔가 그 보따리가 떨어져 있었는데, 그 보따리 안에는 보물
이 들어 있었다는 얘기예요.

그런데 사실은 그 민보가미가 아니라, 복의 신이었다. 후쿠노가
미(ふくのかみ). [조사자: 후쿠노가미?] 예, 예. 그러니까 뭐 그것도 하
나의 가르침이겠지만,

"여행자나 가난한 사람한테 잘 해줘야 된다."

하는 이야기였고요.

[조사자: 그리고 '가난한 신이라도 잘 끝까지 이렇게 힘들어 하지 않고, 잘 끝까지 지키고 모시면은 복의 신으로 변한다.' 뭐 그런 얘길 수도 있겠네요.] 네, 그렇죠. 그렇죠, 그렇죠. 아, 최근에 그 디즈니 영화를 봤는데. 그 〈야수와 미녀〉가 있잖아요. 야수와 미녀도 비슷한 부분이 있죠. 그러니까 처음에 그 할머니가 이렇게 나오는데, 함부로 대했다고 벌을 받는 거잖아요.

"나는 그게 아니었는데."

하면서.

그 서양도 비슷한 얘기가 있는 것 같네요. (웃음)

가난의 신 민보가미가 두고 간 선물

● **구연정보**

조사일시 : 2017. 05. 01(월) 오전

조사장소 : 인천시 부평구 삼산동

제 보 자 : 노마치 유카 [일본, 여, 1974년생, 결혼이주 10년차]

조 사 자 : 신동흔, 조홍윤, 황승업

● **구연상황**

제보자가 〈가난의 신 민보가미를 들이고 보물 얻은 사람〉에 이어 곧바로 민보가미 신에 대한 또 다른 이야기에 대한 구연을 시작했다.

● **줄거리**

옛날에 성실한 부부가 있었는데, 가난의 신 민보가미를 모시고 살았기 때문에 아무리 일을 해도 형편이 나아지지 않았다. 어느 날 설날이 다가와도 아무런 준비를 못하고 있는 부부에게 민보가미가 호미를 주며 장에 내다팔아서 설 준비를 하라고 했다. 그러나 남편이 장에 가서 호미를 팔고자 해도 아무도 사지 않았다. 그가 낙담해 있을 때 숯장수가 서로의 물건을 교환하자고 했다. 남편은 숯을 가지고 돌아와 불을 지폈고, 민보가미는 더운 것이 싫다며 다시 호미를 하나 주고 그 집을 떠났다. 그 호미로 어딘가를 긁으면 금이 나왔고, 덕분에 부부는 부자가 되었다.

그리고 민보가미(びんぼうかみ) 나오는 얘기가 또 있는데요. 그 〈민보가미노 오끼미야게(びんぼうかみの おきみやげ)〉라고, '미야게(みやげ)'가 선물인데, '두고 간(오끼, おき)'. [조사자: 아, 민보가미가 두고 간 선물?] 네, 그 얘기인데요.

엄청 열심히 일을 하는 부부가 있었어요. 그런데 아무리 일을 해도 좀, 그 좀처럼 나아지지가 않는 거예요. 왜냐면 그 집에 민보가미

가 있었거든요. 그런데 설날이 다가오는데 아무것도 준비도 못 하고 있는 거예요. 그런데 민보가미가,

"아, 이거라도 팔아라."

해서 조리를, 조리를 줬어요.

일본, 한국은 약간 작게 만든, 커요, 일본 거는. (두 손으로 사람 머리만한 크기를 나타내며) 요만하게. 그래 그거를 두 개를 줘서 팔러 갔어요. 그런데 이거를,

"사시오, 사시오."

하는데 아무도 안 사는 거예요.

그래 하고 있는데, 똑같이 숯을 파는 사람이 숯을 못 팔고 이렇게 지나가더래요. 그래서 서로가,

"우리 물건 못 팔고 가면은 너무 속상하니까, 이거라도 교환합시다." (웃음)

교환을 했대요.

이제 숯을 가지고 집에 돌아왔잖아요. 그런데 숯이니까 집을 따뜻하게는 할 수 있잖아요. 설날 전이니까, 그래 태웠대요. 그랬더니 여름처럼 너무 뜨거워지는 거예요, 집 안이. 그래서,

"아이, 뜨거워서 싫어."

하고 민보가미가 이제 나갈 마음을 먹었어요. (일동 웃음)

그런데, 그런데 마지막에. 아, 네, 네, 민보가 나가면서 또 하나의 조리를 주고 가는 거예요. 그런데 그 부부가 그 조리를 막 긁는 거잖아요, 원래. 그, 긁는다고 해야 되나? 이렇게. 조리가 그거 같은데? [조사자: 주걱?] 아, 조리가 막 이렇게 생긴 거. (손가락을 갈고리 모양으로 굽히며) 예. [조사자: 아 갈고리?] 네, 갈, 그런 거예요. 조리라고 하는 거 아니에요? [조사자: 복조리 같은 거?] 예, 약간 비슷하지만, 뭔가 걷어 내는 역할을 하는 거? 예.

그래 이제 (손으로 테이블을 긁는 시늉을 하며) 이렇게 했더니, 막 금이 막 나온다는 이야기. [조사자: 아, 금이 많이 나왔어요?] 네, 뭔가 이렇게 했더니.

칠복신 시치후쿠진을 재워주고 부자 된 사람

● **구연정보**

조사일시 : 2017. 05. 01(월) 오전

조사장소 : 인천시 부평구 삼산동

제 보 자 : 노마치 유카 [일본, 여, 1974년생, 결혼이주 10년차]

조 사 자 : 신동흔, 조홍윤, 황승업

● **구연상황**

제보자는 〈치수로 홍수 구제한 교키 스님〉 이야기를 구연한 후, 일본인들이 귀하게 여기는 신들을 중심으로 이야기를 진행하면서, 우리말로 칠복신에 해당하는 시치후쿠진에 관한 이야기를 구연했다.

● **줄거리**

일곱 명의 나그네가 시체를 감싼 듯한 짐을 들고 묵을 곳을 찾았다. 부잣집에서는 나그네들이 지니고 있는 짐을 꺼림칙하게 여겨 묵는 것을 허락지 않았는데, 가난한 집에서 나그네들을 재워주었다. 다음 날 주인이 보니 나그네들은 간 곳이 없고 그들이 들고 온 짐만 놓여있었다. 풀어보니 안에는 시체가 아닌 금덩가 들어있었다. 칠복신이 주고 간 선물이었다.

그리고 신 중에 일본사람이 좋아하는 게 일곱 명의 시치후쿠진 (しちふくじん, 七福神), 칠복신. [조사자 1: 칠복신?] 네. [조사자 1: 그거를 일본어로는?] 에, 시치후쿠진. '시치(しち, 七)', 시치. [조사자 2: 시치후쿠?] '후쿠(ふく, 福)', '진(じん, 神)'. '진'가 신이고요. 설날 때 꼭 그 그림 많이 나오고. 전에도 말씀드린 것 같은데 그때도 기억이 잘 안 났는데 오늘도 똑같네요. (웃음) 그런데 이야기. [조사자 1: 시치후쿠진은 못 들었어요.] 아, 그래요? [조사자 1: 네. (웃음)]

그 배에 타고, 배 타고 막 일곱 명의 신들이 있는데. 음, 그 동화 얘기는 봤어요. 〈시치닌 노 타베비도(しちにんの たびびと)〉라는 제목인데, 일곱 명의 나그네? [조사자 1: 아, 일곱 명의 나그네.] 나그네라는 얘기인데.

옛날에는 그 누가 나그네가 막,

"하룻밤 좀 재워주세요."

하면 재워줬어요. 안 그러면 죽으니까.

그런데 부잣집에 일곱 명의 나그네들 막 온 거예요. 그런데 그 사람들이 시체를 가지고 있는 거예요. [조사자 1: 아, 시체?] 네, 시체를 뭔가 그 천, 천 같은 걸로 싸서. 그런데 딱 봐도 시체라고 알 수 있는.

그런데 부잣집에 가서 하룻밤을 재워달라고 했죠. 그런데 시체가 있으니깐 싫잖아요. 그래서,

"안 된다."

"마당의 구석에도 괜찮다."

"안 된다."

그래서 포기를 하는데. 아주 가난한 집에 가요. 그런데 거기는 진짜 가난해서 아무것도 없지만, 그래도 더러운 데지만 들여보내고 하룻밤 재워줬는데 다음 날 보니깐 시체만 놓고 가버린 거예요. 없어요. 그런데 시체를 봤더니 그게 금이었다는.

예, 그러니까 그게 시치후쿠진이죠. 복을 갖다 주는 신.

삿갓 쓴 돌부처 [1]

● 구연정보

조사일시 : 2016. 12. 17(토) 오후

조사장소 : 강원도 횡성군 횡성읍 읍하리

제 보 자 : 모우에 히로꼬 [일본, 여, 1967년생, 결혼이주 19년차]

조 사 자 : 박현숙, 김민수

● 구연상황

캄보디아 국적의 체아다비 제보자가 생애담 구연을 마치자 조사자가 모우에 히로꼬 제보자에게 구연을 요청하자 이야기를 구연하는 게 조금 힘에 부친다면서도 새 이야기를 시작했다. 제보자는 본격적인 구연에 앞서 일본어로 된 이야기 제목을 한국어로 번역해 주었다. 오숙민 작가와 캄보디아 국적의 체아다비 제보자가 이야기판에 청자로 참여했다.

● 줄거리

옛날에 가난한 노부부가 살았는데, 설날이 다가오자 할아버지가 떡을 마련하기 위해 삿갓 다섯 개를 만들어 시장에 팔러 갔다. 할아버지는 삿갓을 한 개도 못 팔고 돌아오다가 마을 어귀에 눈을 맞고 있는 여섯 돌부처를 보고 안쓰러운 마음이 생겼다. 할아버지는 팔려던 삿갓 다섯 개와 자신이 쓰고 있던 삿갓까지 벗어서 여섯 돌부처에게 씌워주고 집으로 돌아갔다. 노부부가 밤에 자려고 하다가 바깥에서 이상한 소리가 들려서 나가보니 마당에 먹을거리가 놓여 있고 멀리 돌부처들이 걸어가는 모습이 보였다.

[조사자: 히로꼬 선생님 지금 하셔도 되죠?] 네, 아, 오늘은 힘드네. [조사자: 힘들죠.] 힘들어. 시간이 지금 [조사자: 이것만 하고 마지막으로 할게요.] 하나는 카사지조. 하고 또 하나는 미미나시호시. [조사자: 미미나시구시?] 호시.

그러면 그 어느 마을에 착한 할아버지 할머니가 살아 있었어요. 그 할아버지 할머니는 조금 가난하게 살고 있었어요. 그런데 그 12월 31에 시장, 장이 있는데 1월1일 때, 설날 때 떡이라도 만들어서 먹고 싶어서 일단 31일 때 시장에 가서 카사가 그 모자예요 그거 한국말로? [조사자: 삿갓?] 삿갓? 삿갓이라고 그래요? [조사자: 삿갓. 삿갓.] 네, 삿갓 그거로 만들어서 표로 만드는 거예요. 표, [조사자: 표?] 쌀 그거 있잖아요. [조사자: 벼.] 벼, 벼. 아, 어렵다. 그거로 만들어서 그 삿갓 만들었거든요. (손을 비비며) [조사자: 그러니까 볏짚 말하는 거죠? 볏단.] 네, 이런 거.

그래서 할머니하고 같이 만들어서 일단 다섯 개만 만들어서 그래서 어 뭐 마을 쪽에 큰 마을에 가서 할아버지가 마을에 가셨어요. 근데 그 카사는 안 팔려서 하나도 안 팔려서 그냥 집에 갈 수밖에 없고 근데 집에 갈 때 눈이 많이 내려와서. 근데 그 집에 가기 전에 카사 지조, 지조라고 아, 그건 한국말로 뭐라고 해? [조사자: 뭐 불상이라고도 하고 어떤 분은 보살이라고도 표현하기도 하고.] 보살? 보살.

여섯 개 있었어요. [조사자: 돌부처 말하는 거죠?] 그렇죠, 돌부처 여섯 개 길가에. 있어서 근데 눈이 많이 와서 그 지나가기 전에 돌보살? 보니까 좀 마음이 걸려서 눈이 많이 오니까 불쌍해 보이니까 그러면 어차피 자기가 갖고 온 거 안 팔리니까 그 돌부처님한테 다섯 개는 있으니까 다섯 개 씌우고 하나는 모자라요.

그래서 아 그럼 자기가 쓰는 것도 해서 자기는 카사 없이 그냥 집에 갔어요. 그래서 할머니한테,

"내일은 떡 못 먹겠다. 미안하다."

하니까 할머니가.

'뭐 그래도 어쩔 수 없이 그래도 있는 대로 살자.'

라고 생각해서,

"그러면 자자."

해서 자니까 밤에 소리가 들어서,

'어? 이거 무슨 소리지?'

생각해서 할머니하고 할아버지는 나가 보니까 집 앞에서는 쌀하

고 먹을 거 많이 있었어요. 근데 이렇게 두리번두리번 주위를 보니까 멀리에서 돌부처님 다섯 명, 다섯 명이서 쭉 가는 게 보이는 거예요. 그래서,

　　"아, 돌부처님이 갖고 오셨구나."

　　해서 그래서 1월 1일에 행복하게 살았다는 이야기.

　　[조사자: 그러면 그 지조? 지조는 마을이나 집집마다 많이 있어요?] 네, 있어요. 뭐 마을을 지키는 그런 건지. [조사자: 그럼 곳곳에 쉽게 볼 수 있어요?] 네, 볼 수 있어요. 아무래도 지키는, 마을 지키는 그런 상인지 지조라고 해서. [조사자: 생각만 해도 되게 귀여워요.] 네, 귀여워요. 주로 절 같은 거에 많이 있죠. 지조가. [조사자: 절 같은 데 많이 있구나.]

　　아무래도 하나는 있어요, 마을마다. 기독교보다 불교 쪽에. [조사자: 그럼 거기 가서 빌거나 사람들이 많이 해요?] 그런 거 다 하죠. 그리고 장례식이나 그런 것도 그 스님이 모시고 [조사자: 아, 거기서 스님이 모시고 장례 치르고?] 네, 그렇죠.

삿갓 쓴 돌부처 [2]

● 구연정보
조사일시 : 2016. 12. 16(금) 오후
조사장소 : 강원도 강릉시 교동 강릉문화원
제 보 자 : 코마츠 미호 [일본, 여, 1969년생, 결혼이주 20년차]
조 사 자 : 박현숙, 김민수

● 구연상황
곤도 사끼에 제보자가 한국에서 경험한 일화들을 들려주고 이야깃거리를 생
각하는 동안 조사자가 코마츠 미호 제보자에게 준비한 이야기 구연을 청했
다. 제보자가 어떤 이야기를 먼저 할지 잠시 고민하다가 고향에서 전해지는
이야기를 들려줬다. 앞서 구연한 곤도 사끼에 제보자가 청자로서 적극적으로
반응했다. 두 사람은 이 이야기를 초등학교 때 교과서에서 배웠다고 했다.

● 줄거리
옛날에 눈이 많이 내리는 지역에 착한 노부부가 살았다. 노부부는 설 음식 장
만을 위해 삿갓 다섯 개를 만들어 팔기로 했다. 할아버지가 삿갓을 가지고 장
에 나갔지만 하나도 팔지 못했다. 할아버지는 소득 없이 돌아오는 길에 마을
에 있는 여섯 돌부처에 눈이 쌓인 것을 보고 불쌍한 생각이 들었다. 할아버지
는 팔지 못한 삿갓과 자신이 쓰고 있던 삿갓을 벗어서 여섯 돌부처에게 씌워
주고 집으로 돌아왔다. 그날 밤 밖에 이상한 소리가 나서 노부부가 나가보니
마당에 제수용품이 놓여 있었고 여섯 돌부처의 뒷모습이 보였다. 노부부는
돌부처를 찾아가 기도를 올리며 건강하게 잘 살았다.

[조사자: 어떤 이야기를?] 네, 저요? 제 이야기요? [조사자: 네.] 그
냥 옛날이야기를 음, 뭐부터 할까. 음 제 고향이 아키타라고 눈이 많
이 내려오는 지방인데 그쪽 지방에 옛날이야기가 있어요. 그 카사,

사전 안 찾고 왔는데 카사가 그 머리에 쓰는 [조사자: 갓?] 갓! 맞아
요, 갓.

갓 쓰는 지소가 뭐지? [청자(곤도 사끼에): 돌부처님.] 돌부처님은
아니고 그 길가에 일본 [청자: 수호신 같은 거처럼 하는 거잖아.] [조사
자: 그러니까 우리나라 장승 같은 건가요? 우리는 나무로 왜 마을 입구에.]
아, 마을 입구 아니고 가정집 앞에 있을 때도 있고 어떤 언덕에 있을
때도 있고, [조사자: 그거를 일본말로 뭐라고 해요?] 카사 지조. [조사자:
카사 지조?] 네. 그러니까 갓 쓰는 돌불상? [조사자: 아, 갓 쓴 돌불상?]
불상, 아무튼 사람 모양하고 있어요, 돌로.

[조사자: 카사 지조? 이야기가 어떤 이야기예요?]

네. 그게 음 어떤 마을에 그 할머니하고 할아버지가 그 살고 있
었는데 그 12월 31일 설날 전날에 음식을 해야 하는데 너무 가난해
서 착한 부부지만 너무 가난해서 다음 날에 그,

"떡 같은 거 만들거나 음식 준비를 못 하겠다. 어떻게 해야 되나."

그렇게 부부가 이야기하고 있었어요, 돈이 없어서. 그래서 할아
버지가,

"그러면 우리가 갓 그거를 만들어서 그거 팔고 오자."

그렇게 해서 그 부부가 열심히 갓을 다섯 개 정도인가? 다섯 개
정도 만들었어요. 그래서 만들어서 그 할아버지가 그 갓을 가지고
그 마을에 팔자고 갔는데 그 마을 쪽에서는 사람들이 많이 왔다 갔
다 하고, 시장 쪽에서 왔다 갔다 하고 그러는데 하나도 안 팔렸대요.
얼마 이렇게 목소리 크게 하고,

"사라."고.

"사세요."

이렇게 해도 사는 사람이 없어서,

"이제 어쩔 수 없다."

그렇게 해서 집 쪽으로 돌아가기로 했어요.

근데 그 집에 가는 도중에 막 눈이 내려오는 날이었는데요. 그
불상 여섯 개 그 길가에 이렇게 서 있었어요. 여섯 개 서 있었는데
많이 눈이 내려오니까 머리 위에다 눈이 쌓이고 막 불쌍하게 보였

대요. 그래서 그 할아버지가 그 불상이 불쌍하다고 이렇게 막 털어 주고, 그리고 자기가 가지고 온 팔지도 못한 그 갓 그 갓들을 이렇게 씌워줬어요.

그래서 근데 그 갓은 다섯 개고 불상은 여섯 개였어요. 마지막 귀여운 불상이 없는 거예요, 갓이. 그래서 자기가 쓰고 있는 거를,

"아, 이거로 좀 참아주세요."

그러고 덮어줬대요. 그래서 막 이제 집에 돌아가서 할머니한테,

"하나도 팔지도 못하고 근데 그 불쌍한 불상들한테 이렇게 갓을 쓰게 하고 왔다."

고 하니까 할머니가,

"아, 잘했다."고.

너무 기뻐했대요. 막 그런 이야기하면서 할아버지하고 할머니가 그 12월 31일 다음에 열두 시에 종소리 나거든요. 한국에도 그런가요? 네. 그거를 들으면서 이렇게 잤대요. 그런데 자고 있었는데 뭔가 '샹- 샹-' 방울 소리 그런 소리가 나는 거예요.

그래서 할머니하고,

"이거 무슨 소리지?"

하고 이야기하면서 점점 그 소리가 크면서,

"갓 파는 할아버지 집이 어디냐?"

하고 찾아오는 거예요. 그런데 점점 소리가 무서워지는데 '쾅' 소리 났대요. 그래서 '헉' 하고 할머니하고 할아버지하고 무서워서 가만히 있었대요.

근데 조용해져서 다음 날 아침인가? 다음 날 아침에 이렇게 그 문을 열어보니까, 아, 그다음 날 아침이 아니구요. '쾅' 소리 나고 무섭다고 했었는데 소리가 점점 더 멀어지니까 할머니하고 같이 나와서 봤어요. 그러니까 그 쌀하고 야채하고 또, [청자: 과일도 있었잖아.] 아니 과일 아니구요, 생신. [조사자: 그러니까 식료품이.] 네. 그러니까 설날 때 준비하는 그런 재료들을 떡을 만들어야 되는 데요, 일본은 그 찹쌀떡. [조사자: 경단?] 경단 말고. [조사자: 경단 말고 있어요?] 네네. 그거를 해야 되는데 그 쌀도 막 있고 그 불상들이 이렇게 '샹-

샨-' 하면서 저쪽으로 가는 거예요.

그래서 할아버지하고 할머니가 할아버지가 좋은 일을 했으니까 고맙다고 하는 답례로 이렇게 두고 간 거라고 할머니가 너무 고마워했대요. 그래서 다음 날에 설날하고 할머니하고 할아버지하고 맛있게 음식을 하고 잘 지낼 수 있었대요.

그래서 그다음부터 그 불상 있는 데 가서 고맙다고 자주 가서 뭐지? 기도? 기도하고 고맙다고, 감사하다고 하면서 오래오래 건강하게 살았다고 합니다. 네 그런 이야기.

[조사자: 그럼 원래 그 불상. 일본에 그 불상들 세워놓는데 꼭 갓을 쓰고 있거나 그러지 않아요?] 보통 쓰지 않아요. (청자 곤도 사끼에를 쳐다보며) 맞죠? [청자: 응, 대머리.] 네. [조사자: 대머린데 그 이야기 속에 나오는 할아버지가 씌워준 갓.] 네, 눈이 오니까. 네.

그런 이야기. 그거는 약간 불교적인 내용 같은데 (청자 곤도 사끼에를 쳐다보며) 뭐 그런 이야기 교과서에 있었죠? [청자: 응.] [조사자: 아, 교과서? 초등학교 교과서?] 네, 초등학교 교과서에 있어요.

[조사자: 그러면 이 불상 같은 경우는 그냥 일상적으로 집 앞에 세워놓기도 하고 마을 같은 데 돌아다니는 입구에도 있고 약간 수호신 같은 역할을 하는.] 네. [청자: 네, 맞아요.] [조사자: 그래서 이렇게 빌 거 있으면 거기다 다 대고 빌고 그런가요?] 네. 그런 것도 있고 저 외할머니 집에도 있었는데 거기는 그 죽은 아이가 있는 집은 그거를 세워놓고. [청자: 어렸을 때 돌아가신 분들.] 네. 어린아이가. 그래서 뭐 명절 때는 거기서 맛있는 거 이렇게 하고, 이렇게.

[조사자: 그럼 불상도 작게 만들고 그러진 않고?] 아, 작은 것도 있고 큰 것도 있고, 집에 있는 거는 작은 건데 이거는 마을에 있는 거 같아요. 마을에 있는 그 수호적인. (핸드폰을 보여주며) [청자: 사진이 너무 작은데, 그 쥐색으로 서 있는 거. 그래서 거의 사람 허리 정도의 크기도 있고 큰 것도 있고.]

[조사자: 아, 여기 빨간 목도리 있네.] 네. 그건 애기니까, 애기 상징하는데 보통 불상에는 이런 거 안 붙이는데. 애기를 상징하는 불상에 이렇게 빨간 마후라, 마후라도 아니고. [청자: 아니요. 앞치마 같은

거, 배.] 네, 침 흘리죠, 애기들. [청자: 앞가리.] [조사자: 아, 턱받이.] [청자: 네, 턱받이로 해요. 근데 그 할아버지가 마음씨 착해서, '이렇게 좋은 일하면 이렇게 보탬이 된다'란 거 가르쳐 준다는 뜻으로 어렸을 때 그거 많이 들었어요. 그래서 불쌍한 사람은 그렇게 도와주면은 나중에 좋은 일이 있다, 그런 교훈으로 카사 지조란 얘기를 많이 듣게 되는.]

　　[조사자: 그럼 사끼에 선생님도 이건 교과서에 있어서?] [청자: 네. 그래서 눈이 많이 오는 지방에서 특히 많이 얘기하죠. 여기 미호 선생님은 아키타현이라고 눈이 많은 지방에서 사셨고 저는 남쪽에서 살았으니까 눈이 별로 안 와요. 그래도 그 얘기는 간접적으로 많이 들었어요.] 그래도 그거는 전국적으로 다 유명한 이야기라서.

삿갓 쓴 지장보살 [1]

● **구연정보**

조사일시 : 2017. 01. 06(금) 오후

조사장소 : 대구광역시 중구 대안동

제 보 자 : 마츠자키 료코 [일본, 여, 1982년생, 이주노동 8년차]

조 사 자 : 조홍윤, 황승업, 김자혜

● **구연상황**

묘엔 이치로 제보자의 〈두루미 아내〉를 들은 마츠자키 료코 제보자가 자신이
알고 있는 다른 보은담이 떠올랐다면서 은혜를 갚은 지장보살에 관한 이야기
를 구연했다. 일본인 제보자 마츠다 타마미와 묘엔 이치로가 청자로 참여했다.

● **줄거리**

옛날에 가난한 노부부가 살았다. 영감은 갓을 만드는 사람이었는데, 설맞이
할 돈이 없어 갓 다섯 개를 만들어 시장에 팔러 갔다. 그러나 하나도 팔지 못
했고 집에 돌아오는 길에 지장보살 입상 여섯 기가 서있는 것을 보았다. 눈이
내리는 중에 길가에 서있는 지장보살들이 추워보였던 영감은 팔지 못한 갓
다섯 개를 씌워주고 자신이 쓰던 갓까지 벗어 씌워주었다. 그날 밤중에 시끄
러운 소리가 들려 나가보니 몇 사람이 저 멀리 걸어가고 있는 것이 보였다. 그
리고 마당에는 음식과 옷 등이 많이 있었다. 갓을 쓴 지장보살들이 보은한 것
이다.

또 하나 지장보살, 지장상이 있잖아요. 돌로 만든 지장들이 은혜
를 갚아주는 이야기가 있고 그거는 〈카사 지조오(かさ じぞう)〉라고
해요. '카사(かさ)'는 '갓'인데, 이것도 할아버지 할머니가 있는데.

가난한 할아버지하고 할머니가 있었어요. 할아버지는 갓을 만드
는 것을 직업으로 하고 있는데, (먼저 일본어로 말하고) 12월 30일,

신년이 되기 전에 신년 준비로 많이 좀 음식이나 옷이나 그런 준비가 필요한데, 가난한 그 집에서는 그런 돈이 없었어요. 그런데,

'어떻게 하나?'

생각했는데 어쩔 수 없이 원래대로 갓을 또 만들고 그것을 다섯 개 실어 놓고 시장에 가서 팔려고 했어요. 근데 하나도 못 팔렸대요, 그날에.

할아버지가 낙담하면서, 근데 뭐 어쩔 수 없으니까 집에 가는 길에 또 눈까지 내려왔어요. 많이 추워졌는데, 길가에 여섯 개, 아, 여섯 개 지장보살상 있었어요. 불상이 있었어요. 보통 여섯 개 있는데, 봤더니 뭐 지장보상들이 정말 좀 춥게 보였대요. 눈이 내려서 머리 위에도 눈이 쌓여서 불쌍하게 보였으니까. 못 팔린 갓을 지장보살에 하나하나씩 덮어줬어요. 근데 하나 모자랐으니까 할아버지는 자기가 쓰고 있던 갓을 또 마지막 지장보살에게 주고 집에 갔어요.

근데 할머니한테,

"미안해. 오늘 아무것도 없다. 그냥 가난하게 살자."

해서 잤어요. 일찍 잤어요.

그런데 어떤 한밤중에 소리가, 사람들이 이야기하는 소리가 들렸고, 눈, 집 주변에 눈 위에 뭔가 무거운 돌이 '다다다닥' 하는 소리가 들렸대요. 그런데 그것만으로 끝났는데, 아침에 봤더니 정월(신년) 요리하는 야채나 고기나 생선이나 그런 거 많이 있고, 새로운 옷도 있고.

아! 아니야, 죄송합니다. 그런데 그 소리가 들렸을 때 할아버지가 한번 밖에 나가, 나가봤어요. 나갔더니 사람들이 멀리에 떠나는 길이었어요. 그걸 보였는데 누군지 몰랐어요. 그런데 아침에 봤더니 그런 거 있었으니까,

'아! 지장보살이 은혜를 갚아줬구나!'

그렇게 행복한 정월(신년)을 지낼 수 있었다, 그런 말이에요.

삿갓 쓴 지장보살 [2]

● **구연정보**

조사일시 : 2017. 05. 01(월) 오전

조사장소 : 인천시 부평구 삼산동

제 보 자 : 노마치 유카 [일본, 여, 1974년생, 결혼이주 10년차]

조 사 자 : 신동흔, 조홍윤, 황승업

● **구연상황**

일본 민간의 오지조사마 신앙에 대한 이야기를 듣고, 조사자는 오지조사마가
누군가를 도와주는 구체적인 이야기가 있는지를 물었다. 이에 제보자는 카사
오지조사마, 즉 갓을 쓴 오지조사마에 대한 이야기를 구연했다.

● **줄거리**

옛날에 가난한 노부부가 있었다. 할아버지가 설맞이를 준비하기 위해 갓을
만들어 팔러 나갔으나 팔지 못하고 집으로 돌아가는 길이었다. 할아버지는
길가에 서 있는 여섯 개의 지장보살상에 눈이 쌓여 있는 것을 보고는 자신이
만든 갓들을 씌우고, 하나가 모자라자 자신이 쓰고 있던 두건까지 씌워주었
다. 그날 밤 부부가 잠을 자는데 사람들의 소리가 들리고 뭔가 마당에 무거운
것을 내려놓는 소리가 들렸다. 부부가 나가보니 마당에는 귀한 설맞이 음식
들이 놓여 있었고, 멀리 갓을 쓴 여섯 사람의 뒷모습이 보였다.

[조사자: 그 와라지(わらじ) 신은 오지조사마(じぞうさま)가 어떤 사람
도와줬다는 그 구체적인 이야기 있나요?] 그것도 들은 것 같은데. 근데
동화에, 전래동화 속에 오지조사마 나오는 게 좀 많아요. 아주 제일
유명한 거는 카사 오지조(かさ おじぞう). '카사(かさ)'는 모자예요.
예, 그 베트남 모자 같은 거 생각하시면 돼요. 카사 오지조.

그런데 그 항상 가난한 부부가 나오잖아요. 할머니 할아버지. 그

런데 가난한 부부가 그 설날 맞이할 준비도 못하고 있는데 그래도
뭔가

"떡이라도 먹어야 하지 않겠나."

해서 할아버지가 그 지, 짚으로, 그 모자를 만들어가지고 도시에
가서 팔러 가요. 근데 안 팔리는 거예요. 사람들 와글와글하는데. 그
래서,

'어쩔 수 없다.'고.

'할머니가 실망하겠다.'

하며 생각하면서 돌아오는데, 그 오지조사마가 막 한 여섯 개 정
도가 이렇게 서 있는 거를 본 거예요.

그런데 그 설날 그믐날이어서 보라 치, 보라 치고. [조사자: 눈보
라가 막 치고?] 예, 눈보라 치고 좀 많이 추운 날. 그런데 할아버지가,

'아오, 추우시겠다.'

해서 자기가 가지고 있는 모자를 다 씌워 드리는 거예요. 그런데
하나는 모자라요. 그러믄 자기 것까지 벗어가지고. 자기 것은 그 우
산이 아니라, 그냥 두건이라고 하나요? [조사자: 두건.] 예, 두건이었
어요. 그것까지 다 씌워 드리고 집에 돌아오는 거예요. 그런데 할머
니한테 얘기를 하니까,

"어, 좋은 일을 하셨네요."

하고 막, 막 기뻐하고. [조사자: 할머니도 착하셨네.] 네. (웃음)

아무것도 못 팔고 준비도 못 하지만. 그렇게 해서 잠을 자요. 그
런데 밤이 되니까,

"할아범 집은 어디냐?"

하는 소리가 들리는 거예요. 그래 뭔가를, 크고 무거운 거를 말
끌고 오는 소리가 들리고. 계속,

"착한 할아버지 집이 어디냐?"

하면서 돌아다녀요, 마을을.

그런데 뭔가 소리가 들린다 하는데, 자기 집 앞에서 뭐 무거운
거 '쿵' 놓고 가는 소리가 들리는데, 나가서 보니까 그 일반적으로
그 설날 준비하는 물건들 있잖아요? 떡이라든지, 뭐 그 도미. 도미가

좋은 뜻이 있어서 꼭 먹어요. [조사자 : 도미?] 도, 돔, 도미. [조사자: 아, 생선.] 예, 생선이죠. 도미인가요? [조사자: 네.] 아, 네네, 그 여러 가지. [조사자: 고급 생선.] (웃음) 예.

그 타이(鯛)라고 하는데, 마다이 타이(マダイ 鯛), '아주 경사롭다.'라는 뜻이 있어서. 그런 것들이 있었더라 하는. 그래 멀리서 몇 명 뭔가 돌아가는 모습 보이는데, 그 오지조 사마들이, 모자를 쓴 오지조 사마들이 가는, 돌아가는 뒷모습이 보였다 하는.

[조사자: 한 사람은 두건 쓰고 있고?] 예, 그렇죠, 그렇죠. (웃음)

삿갓 쓴 지장보살 [3]

● 구연정보

조사일시 : 2017. 12. 10(일) 오후

조사장소 : 대구시 달서구 신당동

제 보 자 : 마츠자키 료코 [일본, 여, 1982년생, 이주노동 8년차]

조 사 자 : 김정은, 황승업, 강새미

● 구연상황

제보자를 2차로 만난 조사자들이 이전 만남 때 들려주지 않았던 이야기 구연
을 부탁했다. 제보자는 조사자들과 약속을 잡은 뒤 준비했던 설화 구연을 시
작했다.

● 줄거리

옛날에 어떤 가난한 노부부가 살았다. 할아버지는 갓을 만들어 파는 일을 했
다. 새해를 맞이할 만한 음식을 장만하기 위해서 할아버지는 갓을 만들어서
팔러 장으로 갔다. 하지만 아무도 갓을 사주지 않아서 할아버지는 소득 없이
집으로 돌아와야 했다. 그가 내리는 눈을 맞으며 걸어가다 보니 길가에 지장
보살 불상 여섯 개가 서 있었다. 할아버지는 눈을 맞고 있는 지장보살들이 불
쌍해 보여서 팔려고 가져갔던 갓들과 자기가 쓰고 있는 갓까지 씌워주고서
집으로 갔다. 그날 밤 마당에서 이상한 소리가 나서 밖을 내다보니 마당에 고
기와 야채 등 많은 음식들이 쌓여 있었고, 갓을 쓴 사람들이 걸어가는 모습이
보였다. 할아버지는 지장보살들이 은혜를 갚은 것이라 생각했다.

〈카사 지조오〉라는 얘기할게요. [조사자 1: 카사?] 카사 지조오.
[조사자 1: 지조.] 네, '카'는 옛날 '갓'이고 지조는 지장. '지장보살',
지장. [조사자 1: 아, 지장보살.] 아, '카사 지조오'예요. [조사자 2: 카사
지조.] [조사자 3: 카사가 갓.]

아, 전제로 이야기하면 일본 거리에 지장보살 불상, 많이 좀 많이 있는 곳이 많아요. 보통 여섯, 여섯 개. 여섯 명 계시는 거예요. 아마 육도, 불교 육도를 상징하는 것이 아닐까 생각하는데. 거리마다 여섯 개라고 하면 되나? (웃음) 예 있는 것인데, 그 얘기예요.

옛날 가난한 노할아버지, 할머니가 계셨어요. 그리고 아마 할아버지는 갓을 만들고 파는 장, 예 장사를 하는데. 장날에, 아 어떤 날, 어떤 해에는 많이 좀 날씨도 안 좋고 농업이 잘 안 된 것 같아요. 그래서,

'어떻게 돈도 없고, 어떻게 그거 새해를 맞이할까?'

그런 고민을 하시다가 아마,

"갓을 그래도 좀 마지막 장날에 갓을 팔고 그 장에서 새해 준비 마련하는 그 물건 사고 오겠다."

하고 갓을 다섯 개 만들고 갔습니다. 장 가서.

그런데 그날, 그날따라 할아버지가 얼마나 좀 걸어도 갓을 사주는 사람이 없었어요. 못 팔았습니다. 그래서 어쩔 수 없이 빈손으로 돌아가야 했어요. 그런데 게다가 가는 길에, 돌아가는 길에 눈까지 내려오고, 너무 춥고 배고프고. 가난하니까 가는 길에 갔습니다, 집에.

그런데 그 도중에 지장보살 여섯 명이 있는 곳에 지나갔는데,

'아, 이렇게 중요한 지장보살님도 불쌍하다.'

라고 해서 다 못 판 갓을 다 줬어요.

그런데 여섯 명 째에는 없는 거예요. 그러니까,

'어떻게 할까?'

생각했더니 할아버지가 쓰고 있던 갓을 드렸어요. 그런데 집에 갔어요. 이제 집에 가서,

"오늘 못 팔았다."

고 했는데, 뭐 할머니도 좋은 사람이니까,

"아, 그래도 됐지. 좀 가난한 새해를 맞자."

예, 그렇게 했어요. 마, 가난한 식사를 하고 잤는데, 그날 한밤중에 '착 착' 하는 소리가 들리는 거예요. 그런데 그 사람 걷는 발자국 소리가 들렸어요. 그래서,

‘뭐지?’

라고 생각했는데. 아, 할아버지는 그냥 좀 가만히 있었어요. 이상하다고 생각해서.

그래 그 소리는 조금 집 앞에서 멈추고 한, 하나 좀 더 큰 소리

“투엑!”

그런 소리 들렸어요. 그런데 그다음에 그 발소리는 다 지나갔어요. 네.

그런데 할아버지가 뭐가 생겼는지 좀 두근두근하면서 했더니, 집 앞에 그 야채나 고기나 옷이나 그 새해를 맞이하기 위해서 필요한 것들 다 있었어요. 그거 뭐 그 발자국 소리가 들린 방향을 봤더니 작게 사람들 행렬, 그게 아마도 갓을 쓰는 행렬 보였으니까, 보았으니까,

“아, 지장보살님이시다!”

라고 해서 감사해하고, 뭐 좋은 새해를 맞이했다. 그런 얘깁니다. (웃음)

삿갓 쓴 지장보살 [4]

● **구연정보**
조사일시 : 2018. 02. 03(토) 오전
조사장소 : 서울시 광진구 화양동
제 보 자 : 이케다 마유미 [일본, 여, 1967년생, 결혼이주 22년차]
조 사 자 : 오정미, 한상효, 엄희수

● **구연상황**
제보자가 〈엄지동자 잇슨보시〉 구연을 마친 뒤 미리 준비해온 것이라고 하면서 다음 이야기를 이어갔다.

● **줄거리**
할아버지와 할머니가 둘이 살고 있었는데 할아버지가 설날 음식을 장만하기 위해 마을에 삿갓을 팔러 나갔다. 가는 길에 지장보살이 여섯 개가 있어 불상에게 기도하고 지나갔다. 할아버지는 그날따라 삿갓을 하나도 팔지 못했고, 눈까지 많이 왔다. 집으로 돌아오는 길에 할아버지는 눈을 맞고 있는 불상이 불쌍하여 삿갓을 씌어줬는데, 하나가 부족하여 자신이 쓰고 있던 삿갓도 벗어 씌어줬다. 그날 밤 멀리서 할아버지를 찾는 노래 소리가 들리더니 무언가 자신의 집에 짐을 옮기는 소리가 들렸다. 할아버지가 나가보니 떡과 생선 등이 놓여 있고 멀리 삿갓을 쓰고 사라지는 불상들이 보였다. 할아버지 부부는 설날에 맛있는 음식을 배불리 먹을 수 있었다.

다음에는 그것도 유명한 이야기에요. 그 옛날 옛날에 그 가난하지만 마음이 착한 할아버지와 할머니가 살고 있었는데 어느 해에 12월 30일 날에 일이었어요. 그 할아버지가, 할아버지가, 할머니에게, 아 할아버지 할머니가 같이 둘이서 갓, 삿갓을 만들고 있었어요. 그기 모자 같은.

그리고 그거를 가지고 그게 마을에 가서 팔면 그게 설날 먹는 떡을 쌀려고, 그렇게 할려고 있었는데

'그 삿갓이 다섯 개 있으니까 어느 정도라면 살 수 있겠지.'

라고 해서 그렇죠. 그러면 할머니,

"할아버지, 부탁합니다."

그러면 그 그래서 나가랄 때. 가지고 나가랄 때 그렇게 말했어요.

"어, 부탁해요. 그러면 오늘은 밤에는 눈이 내리니까 조심해서 다녀오세요."

라고 했대요.

또 할아버지는 다섯 개의 그 삿갓을 가지고 떠났어요. 그리고 나서 그, 그리고 나서 계속 가고 있는데 거기에 거기, 마을에 떠나서 거기 길 위에서 그게 지장, 지장이라고 거기 불상. 조그마한 불상 같은 거 있어요. 일본에서는 길거리에서. 거기에 불상 같은 거에, 여섯 대, 여섯 구라고 해요. 구. 그게 여섯 개가 나란히 되어 있었어요. 서 있었어요.

그래서 그거 보고 아, 오늘은 또 그때 또 갈 때였으니까, 할아버지가 그래서 잘 가서,

"삿갓을 팔게 해주세요. 무사히 돌아오게 해 주세요."

라고 하면서 기도하면서 거기 떠났어요.

그러고 나서 거기 봤는데 그기 마을 뭐랄까요. 그기 마을에 가서 팔고 있는데 그날따라서 전혀 팔리지 못했어요. 그 삿갓이. 그래서 할 수 없이 그기 돌아갔는데 눈이 점점 내리기 시작했어요. 그게 내리기 시작하면서 아, 삿갓도 팔리지도 않고 내리지도, 눈도 내리고. 올려면은 마음이 조금 무거워지는 것 같은데.

그래도 또다시 그 그거 지장이라고 거기 불상 앞에서 다시 지나가려고 했는데 너무 눈이 내려가지고 그 불상에 어깨에서도 그기 눈이 쌓이고 머리에서도 눈이 쌓이니까, 너무 거기서 그냥 지나갈 수가 없었어요. 거기가 너무 불쌍한 게 보여서.

그래서 자기가 가지고 있는 그 삿갓을 거기 덜어놓고 그게 하나씩 하나씩 그게 썼어요. 그게 그거 불상 머리에 근데 다섯 개밖에 없

는데 하나 그 불상이 머리가 쓸 수가, 모자랐어요. 그래서 할 수 없으니까 할아버지 머리에 있는 그런 삿갓을 거기에서 쓰게 해가지고 그냥 떠났어요. 그래서 그리고 집에 오며 할머니가 깜짝 놀랐어요.

"왜 그렇게 그 삿갓을 쓰지 않고 눈이 많이 있는데 그런 모습으로 돌아왔냐?"

고 물어봤는데 그런 지금까지 있던 이야기를 많이 해가지고,

"그기 불상이 눈이 많이 내리는데 그냥 지나갈 수가 없으니까 그냥 자기 꺼도 쓰게 해가지고 왔다."

고 하니까 할아버지, 아니 할머니는 많이 웃음을 지고,

"아, 좋은 일 하셨네요. 아, 그래 뭐 똑같은 것도 없어도 되니까 뭐 괜찮아요."

했대요.

그러고 나서 그 밤에 좀 신기한 자고 있는데, 신기한 노랫소리가 들렸어요. 그리고 그 노랫소리를 들으면서,

"아, 할아버지 할아버지에는 어딨냐? 그 삿갓에 사례를 전달해, 하고 왔다."

그런 노래소리였어요. 거기 그래서 똑 노랫소리가 점점점점 자기 집에 가깝게 되었대요. 그러고 나서 갑자기 그 할아버지 앞에서 그 멈췄어요. 그러고 나서 무슨 뭐가 옮기는 소리가 척, 그 소리가 '떵' 소리 났어요. 그래서 그러고 나서 그 소리 큰소리 치고 나 드리고 나서, 아무 소리도 없고 그냥 사라졌어요.

그래서 할아버지가 그기 조용히 그기 문을, 문을 열면서 조그맣게 봤더니 그 문 앞에서 많이 생선이나 그기 떡이나 그런 많이 좋은 거 많이 쌓여 있어서 그게 보니까 저짝에 보니까 그기 낮에 그 삿갓을 쓰는 그런 불상이 쭉 가고 있는 거를 봤다고 그런. 그래서 설날 때는 거기 떡이랑 맛있는 음, 음식을 먹으면서 지냈다라는.

[조사자: 아, 너무 따듯하다. 이 얘기 제목은 뭐예요? 선생님.] 에. [조사자: 삿갓 할아버지? 삿갓?] 지죠에, 카사 지죠라고. 삿갓 불상. [조사자: 삿갓 불상.]

삿갓 쓴 지장보살 [5]

● **구연정보**

조사일시 : 2018. 05. 24(목) 오후

조사장소 : 경기도 화성시 진안동

제 보 자 : 요시이즈미 야요이 [일본, 여, 1971년생, 결혼이주 13년차]

조 사 자 : 김정은, 황승업

● **구연상황**

제보자가 〈복고양이 마네키네코 유래〉를 구연한 뒤 조사자가 칠복신 이야기 등 복 받는 이야기 구술을 청하자 처음에는 생각이 안 난다고 하다가 구연을 시작했다. 구연을 마친 뒤에 제목을 물어보니 카사 지조오(かさじぞう)라고 말해 주었다.

● **줄거리**

가난한 노부부가 살고 있었다. 설이 다가오자 할아버지는 음식을 마련하기 위해 갓을 만들어 시장에 팔러 갔다. 그러나 아무도 갓을 사주지 않아서 소득 없이 돌아와야 했다. 할아버지가 집으로 오다 보니 길에서 눈을 맞고 있는 작은 지장보살상들이 보였다. 할아버지는 그 모양을 안타깝게 여겨서 갖고 있는 갓을 씌워주고, 하나가 모자라자 마지막 지장보살에게는 자기가 쓰고 있던 수건을 덮어줬다. 할아버지가 집에 와서 그 일을 이야기하자 할머니는 잘 했다며 있는 형편대로 설을 맞이하자고 했다. 그날 밤 집 밖에서 무슨 소리가 들려서 부부가 조심스레 밖을 내다보니 지장보살들이 짚 앞에 쌀과 떡, 생선 같은 먹을 것을 가져다 놓고 돌아가고 있었다.

또 할머니 할아버지. [조사자 1: 좋아요, 좋아요.] 거의 할머니 할아버지가 가난하게 사네요. (일동 웃음)

그래 설날 다가와서, [조사자 1: 아, 설에요.] 네, 설. 설날 다가와

서, 일본에서 설에는 약간 뭐 좀 맛있는 음식을 먹어야 되잖아요. 그
런데 그 집에는 쌀도 없고 아무것도 없었어요. 그래서 할아버지가
할 수 있는 게 그때는 그. 옛날에는 우산 같은 거 없으니까, 이런 모
자 [조사자 1: 갓.] 갓 그것도 같이요. 네, 그걸 이렇게 나무. [조사자 1:
짜셨구나.] 네, 가서, 일곱 개, 일곱 갠가 그 정도 만들었어요.

그래 만들어서 시내 내려가서 이걸 팔려고 했어요.

"이거 갓 필요하세요? 이거 있으세요?

하면서 팔려고 했는데, 다 관심 안 가졌어. 뭐 설이니까, 다 지나
가는 사람이 바쁘고, 뭐 고기 사고, 뭐 생선 사고 뭐 그런 거는 필요
하지 그때는 갓 사러 가는 사람이 없었어요.

그래서 할아버지가 어쩔 수 없이 눈 내리는 날에 집에 가려고 했
어요. 그런데 했는, 집에 가는 중간에 이 오지조오(おじぞう, 작은 지
장보살)라는 [조사자 2: 불상?] 네, 돌로 만든 게 있어요. 그 불상? [조
사자 2: 이렇게 뭐 나무 같은 거.] 절, 절 가면 있는, [조사자 2: 네, 깎아
가지고 만든 거.] 네, 돌, 돌로 만든 이런 애기, 애기같이 생긴 그게 오
지조오라는 일본어로 오지조오라 하는.

오지조가 서 있었어요. 어, 서 있는 게 아니죠. 어, 서 있었어요.
그래 그날 눈이 많이 내려서 그 머리에 다 뭐 눈이 쌓였어요. 그래서
할아버지가 안타깝다고,

"내가 뭐 할 수 있는 것도 없고, 뭐 먹는 것도 없고, 내가 지금 갖
고 있는 게 갓이라."고.

해서, 머리 위에 있는 눈을 다 치워서 그 오지조오에다가 갓을
하나씩 하나씩 그 썼어요. 아, 해줬어요.

그런데 하나, 그 오지조오 하나 그 갓이 모자라서, 그때 할아버
지가 쓰고 있었던 그 수건, 그거를,

"오지조오에게는 이거 더러운 거는 죄송하지만, 제가 갖고 있는
게 이게 다라서, 이거라도 하세요."

해서 그 수건을 머리에다가 해줬어요. 그리고 할아버지는 그냥
빈손으로 집에 간, 갔어요.

그런데 할머니는 그래 기대하잖아요. 할아버지가 뭐 돈이라도 뭐,

쌀인지 가지고 올까 기대했는데. 할아버지가 그대로 이야기했어요.

"시내에 갔는데, 아무도 안 사고, 내 집에 오는 도중에 이런 오지조오가 있어서 내가 그 오지조오에게 갓을 이렇게 해줬다."

하니까,

"아, 할아버지 잘하셨어요. 나는, 우리는 그냥 있는 걸로 밥 먹고, 설을 맞자."

[조사자 1: 그렇게 하자.] 네. 해서 그 밤에는 잤어요.

자다가 그 새벽에 뭐 밖에서 뭐, 이런 일본에서 하면 뭐 '도순 도순 도순' 이런, 좀 무거운 물건들이 이렇게. 그런 소리가 들렸어요. [조사자 1: 움직이는 소리가요?] 예, 예. 그래 '도순 도순 도순 도순' 소리 듣고, 할아버지가,

"어, 이게 무슨 소리지?"

하고, 할머니랑 같이. 할머니도,

"아, 이거 뭐지?"

하면서. 좀 무섭잖아요.

그래 좀 집 안에서 지켜보고. 또 나중에 소리가 '도신 도순 도순 도순' 하면서 그. 뭔가가 그 산 내려가는 것만 봤어요, 할아버지. 그래 할아버지가,

"아! 그게. 아까 본 오지조오 같은데?"

해서, 뭐 좀 이상하잖아요.

그런데 나중에 그 집 주위에 보니까, 그 쌀이나 떡이나 뭐 생선들이 잔뜩 집 앞에 있어서,

"아, 아까 오지조오가 우리에게 이렇게 해줬구나."

라는 이야기 있어요. (웃음)

삿갓 쓴 동자승 석상

● 구연정보

조사일시 : 2018. 10. 11(목) 오후

조사장소 : 경기도 오산시 은계동

제 보 자 : 후카미즈 치카코 [일본, 여, 1974년생, 결혼이주 13년차]

조 사 자 : 김정은, 강새미, 엄희수

● 구연상황

제보자가 〈엄지동자 잇슨보시〉 구연을 마친 뒤 바로 이어서 다음 이야기를 시작했다. 구연을 곧바로 시작한 터라서 조사자가 제목이 무엇인지 다시 물어보고 진행했다. 러시아 출신의 김알라 제보자가 함께 이야기를 들었다.

● 줄거리

옛날에 노부부가 살았는데 너무 가난해서 설날에 떡을 살 돈도 없었다. 삿갓이라도 팔아서 떡을 사려고 할아버지가 삿갓 다섯 개를 만들어 장으로 가는데, 길에서 눈을 맞고 있는 여섯 개의 동자승 석상이 보였다. 할아버지는 석상들이 추울 것 같아서 만든 삿갓들과 자신이 쓰고 있는 삿갓까지 벗어서 석상들에게 씌워주고 집으로 돌아갔다. 이 이야기를 들은 할머니는 착한 일을 했다며 석상들이 좋아할 거라고 했다. 그날 밤 무슨 소리가 나서 마당에 나가보니 석상들이 가져다 준 음식들이 쌓여있었다.

이거는 너무 옛날, 일본다운 거 같은데. 이거는 노부부가 너무 가난하게 살았었는데. [조사자 1: 제목이 뭘까요?] 그 〈카사 지조(かさじぞう)〉라고 해요. 카사 지조.

카사 지조가 한국말로 뭐라고 할까? 누가 한국 사람이 도와줘서, 이게 한국말도 있었는데. 동자승 석상. 동자승 석상이에요. 동자승 석상이라고 해서, 그 노부부가 너무 가난해가지고 그 설날에 떡을 살 돈도 없었으니까 이거를, 이거 뭐라고 했던 건가? [조사자 1: 삿갓, 삿갓.] 네.

"그거라도 만들어서 그걸 팔고 좀 뭔가 떡이라도 사자."

해서 할아버지가 둘이서 만드는 거를 팔러 가요.

"우산(삿갓)이 다섯 개 있으니까, 떡 정도는 살 수 있겠지."

라고 해서 집을 나갔는데, 바로 눈이 와요.

이렇게 눈이 내려오는데, 가는 길에 이 동자승 석상들이 그냥 눈 맞고 있는 거를 봐요 이 할아버지가. 그래서,

"아, 너무 춥겠다. 불쌍하다."

싶어서, 이거(갓)를 위에 씌워줘요. 근데 다섯 개밖에 우산이 없어서. 여섯 번째가 이게 없어요. 갓이 없어서, 그거는 자기 거를 벗고 이거를 올려줘요. 그래서 결국은 그 갓삿? [조사자 2: 삿갓] 삿갓. 삿갓도 다 없어지고 자기 삿갓조차 없어지고 그냥 집으로 왔는데, 할머니는,

"어머, 너무 일찍 왔네요?"

라고 해요. 그 삿갓도 없고.

그런데 동자승 석상 얘기를 해줬어요. 그랬더니 둘이서 웃으면서,

"그거는 잘 했다."고.

"착한 일을 하고 왔네."

라고 해서, 둘이서 뭐 그냥,

"올해 설날도 떡도 없네. 할 수 없네. 그래도 석상들이 좋아하겠지?"

라고 해서 그냥 잠을 자요.

그런데 그 밤에 무슨 노랫소리가 들려가지고 그 노래는,

"할아버지 집은 어디야? 할아버지에게 고맙다고 예물 가지고 왔다."고.

"선물 가지고 왔다."고.

"할아버지의 집은 어디냐?"

그렇게 해서 소리가 나서 어디에서 소리가 들리는데 조금 이따가 집 앞에서 뭔가 '둥' 이렇게 큰 뭔가를 내려놓는 소리가 났어요.

　그래서 그대로 없어졌으니까 둘이서 겁을 먹으면서 이거를 열어 봤더니 여기에 음식이나 그런 많이 집 앞에 쌓여있었다는 이야기가 하나 있어요. 이게 또 하나 있는 얘기예요.

　[조사자 1: 따뜻한 일본 이야기.] (웃음)

물에 빠진 아이를 구해준 지장보살

● **구연정보**

조사일시 : 2017. 05. 01(월) 오전

조사장소 : 인천시 부평구 삼산동

제 보 자 : 노마치 유카 [일본, 여, 1974년생, 결혼이주 10년차]

조 사 자 : 신동흔, 조홍윤, 황승업

● **구연상황**

제보자는 〈삿갓 쓴 지장보살〉 이야기를 구연한 뒤, 인간 소년으로 변신한 오지조사마(지장보살상)가 물에 빠진 아이를 구해줬다는 이야기를 구연했다. 오지조사마는 주로 석상을 통해 그 이미지가 구현되는데 주로 아이 같은 형상으로 표현되는 것이 특징이다.

● **줄거리**

착하고 성실한 부부가 아이와 함께 살았는데, 부부가 일을 하는 사이에 강가에서 놀던 아이가 물에 빠지고 말았다. 그때 한 소년이 뛰어와 아이를 살려줬다. 부부가 은인을 찾다가 보니 강가에 선 오지조사마 상이 젖어 있는 것이 보였다. 오지조사마가 아이를 구해줬다는 것을 알게 된 부부는 더 열심히 오지조사마를 섬기게 되었다.

또 그 착한 젊은 부부가, 일을 열심히 하는 부부예요. 그런데 항상 일을 열심히 하고는, 뭐 착한 사람들 도와주는 얘기가 많은데.

그 열심히 일을 하고 있는데, 애기가 이렇게 뛰어가면서 그 가버리는 거예요, 혼자. 그런데 강, 강가였는데, 강에 잘못 떨어져서 막 이렇게 가는데 부모는 못 봤어요. 그때 그 어린, 어린 남자애가 막 이렇게 뛰어와서 도와주는. 애를 살려주고, 살려줬다는 얘기가 있는데.

뒤늦게 그 부부가 알아가지고 막 찾아다니는데 없잖아요.

"아이, 잃어버렸나보다."

해서 하는, 하고 있는데, 어떤 오지조사마(おじぞうさま)가 서 있는 거를 봤어요. 그런데 젖어 있는 거예요. 그런데 뒤에, 뒤에는 애기를 업고 있었어요. 그래서,

"아, 오지조사마가 살려주셨구나!"

그래서 더욱더 오지조사마를 열심히 기도를 하게 됐다 그런 얘기도 있고요.

그 동화에 오지조사마가 보통 키가, 아니, 키가 작은 것도 있고, 큰 것도 있는데. 그런데 모양은 머리가 약간 대머리라고 해야 되나? 대머리기는 하지만 할아버지는 아니고 어린 얼굴이에요. [조사자: 아, 어린아이 얼굴?] 그래서, 그래서 어린, 어린 모습으로 항상 있으니까 약간.

[조사자: 그래서 어린아이를 도와주는 이야기들이 많이 있나 보죠?] 어린아이. 꼭 그러, 그런 건 아니지만, 어린 모습으로 나타나는. 네. 왜 그럴까? 네.

나무부처 호토케사마 덕분에 부자 된 사람

● **구연정보**

조사일시 : 2017. 05. 01(월) 오전

조사장소 : 인천시 부평구 삼산동

제 보 자 : 노마치 유카 [일본, 여, 1974년생, 결혼이주 10년차]

조 사 자 : 신동흔, 조홍윤, 황승업

● **구연상황**

제보자가 〈물에 빠진 아이를 구해준 지장보살〉을 마친 뒤 또 다른 민간신앙의 대상인 호토케사마에 관해 이야기했다. 호토케사마는 부처님을 뜻하는데, 일본 민간에서는 지장보살인 오지조사마와 부처의 일반 명사인 호토케사마가 뚜렷한 구분 없이 기원의 대상이 된다고 설명했다.

● **줄거리**

옛날에 한 부자가 있었다. 그는 금으로 만든 호토케사마 불상을 매일 닦고 애지중지 하면서, 다른 사람들에게는 보여주지 않았다. 그 집의 목욕탕에서 일을 하던 불심 깊은 하인이 주인에게 호토케사마를 보여달라고 요청했으나 거절을 당했다. 어느 날 나무를 하던 하인은 호토케사마와 비슷하게 생긴 나무를 발견하고 집에 가져와 매일 기도를 올렸는데, 이를 본 사람들은 모두 비웃었다. 그때 주인은 돈을 주지 않고서 하인을 부려먹고자 한 꾀를 냈다. 자신이 가진 금 호토케사마와 그의 나무 호토케사마를 씨름 붙여 자신이 이기면 그는 평생 자신의 밑에서 일하고 그가 이기면 자신의 재산을 모두 주겠다는 것이었다. 드디어 씨름이 벌어졌는데 나무 호토케사마가 이겨 하인은 주인의 재산을 가지게 되었다. 주인이 금 호토케사마를 매일 닦아주었을 뿐 기도를 올리지는 않았기에 금 호토케사마는 힘을 쓸 수 없었던 것이다.

___

그리고 호토케사마(ほとけさま)도 비슷한 개념인데요. 호토케 하면은, '호토케(ほとけ)'가 불상의 불(佛). 불, 불교의 불을 써서 호

토케라고 읽어요, 일본에서. 불교의 그게 원래,

"사람 죽으면 다 호토케사마가 될 수 있다."

그 시체를, 시체를 뭐 호토케라고 부르기도 하는데, 지금도. 그
런데 그 뭐 석가,

"석가처럼 열심히 기도를 하면은 석가의 단계까지 갈 수 있다."

그게 불교의 생각인데, 그 호토케사마 하면서 기도를 하는 문화
가 있어요, 일본에. 그런데 음, 그러니까 지조사마처럼 길가에 호토
케사마, 그렇게 모양이 비슷하니까 호토케사마라고 하기도 하고, 오
지조사마(おじぞうさま)라고 하기도 해요. 그러니까 좀 구분, 구별
이 잘 안 되는데.

그 전래동화 유명한 건 기호토케. [조사자: 기?] 〈기호토케 죠자
(きほとけ じょうざ)〉라는 게 있어요. '기(き)'가 나무예요. 나무로
만든 호토케사마 그 뜻입니다. '죠자(じょうざ)'가 부자예요. 나무
호토케, 나무 호토케사마 때문에 부자가 된 이야기. 예.

어떤 부잣집에서, 부잣집에는 그 금으로 된 호토케사마가 있었
어요. 그래 사람들이,

'아, 한번 나도 뵙고 싶다. 기도를 드리고 싶다.'

그런 마음을 가지고 있었는데, 너무 그 구두쇠라서 안 보여주는
거예요. 자기만 맨날 이렇게 닦고 그래요.

그런데 거기서 일하는 그 뭐야. 일본사람이 목욕을 좋아하잖아
요. 그래 목욕 담당자가 있어요. 그런데 항상 나무를 태워가지고 뎁
히는 거죠. 그런데 그 목욕준비를 하는 사람이었는데, 그 사람도 아
주 신, 신, 신힘이라고 해야 되나요? [조사자: 신앙심?] 신앙심. 예, 깊
어가지고,

"한번, 아, 금 호토케사마를 뵙고 싶다."

했는데 거절을 당해요.

그런데 어쩔 수 없이 나무, 나무 항상 자르고 데우고 그러니까
어느 날 그 호토케사마처럼 생긴 나무가 있어서 그거를 막 열심히
기도를 하기 시작했어요. 그런데 이 사람들 비웃었죠.

"아이, 그게 뭐냐. 금도 아니고 나무인데. 바보다."

이런 식으로 했는데.

그 부자, 부자 주인이 일을 잘하니까 좀 더 부려먹고 싶은 거예요. 돈도 별로 안 주면서.

'어떻게 하면은 더 부려먹을 수 있을까? 그 아이의 신앙심을 이용하자.'

하는 거예요. 그 이런 제안을 해요.

"만약에 너가 가지고 있는 나무 호토케사마하고 내가 가지고 있는 금 호토케사마를 시합을 하게 해서."

씨름이요.

"씨름 시합을 하게 해서 너네 것이 이기면 내 재산 다 줄게. 집도 다 줄게. 내 금 호토케사마가 이기면 너는 여기서 평생 임금 안 받고 일을 해라."

그 제안을 한 거예요. 그런데,

'아, 큰일 났다.'

했는데 거절을 할 수 없는 상황이 된 거예요, 주인이어가지고. 그래가지고,

'아, 어떡하나?'

해서 그 나무 호토케사마한테 기도를 하죠.

"아, 이런 큰일이 났습니다."

그랬는데, 그때 이야기를 해요, 나무 호토케사마님이,

"걱정 말아라."고.

이제 당일 날 시합을 (웃음) 스모(すもう)를 시키는 거예요. 그런데 금 호토케사마가 살아 있는 것처럼 막 밀어요. 나무 호토케를. 그런데 나무 호토케가 꿈쩍도 안 하는 거예요. 그러니까 밀어지지 않는다는 거죠. 그런데 나무 호토케가 막 힘을 내서 밀으니까 금 호토케가 막 힘없이 쓰러진 거예요.

그래서 사람들 다 보고 있는, 증인들을 만들려고 막 불렀거든요. 그런데 그 가운데서 져버리니까 할 말이 없잖아요. 그래서 그 부자가 쫓겨나요. 그래서 그 하인이었던 사람이 주인이 돼서 잘 살게 되는데, 그 집을 나가면서 그 부자가 금 호토케 사마한테 물어봐요.

"왜 지셨습니까? 기대하고 있었는데. 왜? 내가 그렇게 열심히 닦아드렸는데? 잘 모셨잖아요."

그랬더니 금 호토케사마님이,

"너는 닦기만 했지 기도는 안 해주지 않았냐? 그래서 나는 힘을 못 쓴다."

네, 그런 이야기가 있습니다. (웃음) [조사자: 재밌는 이야기네요.]

정말 위로가 된다 하는 생각 들어요. 옛날에 뭐 부자는 쬐금 있지만, 거의 다 가난하잖아요. 그런데 가난한 사람에게 힘이 되는 얘기가 참 많더라고요. 열심히 믿고 기도하고 일을 많이 하는 사람은 또 도와주는 이야기 많이 봤을 때 좋습니다. (웃음)

[조사자: 금 호토케사마도 현명하네요. 그래야 그다음에 인제 남은 사람들한테 다 기도를 하게 할 테니까.] 예 그렇죠. 그리고 또 희망이 있잖아요. 그 부자도 다 잃었지만, 금 호토케사마에게 살아 있으니까 기도하면은 뭔가 될 것 같은, (웃음) 그렇죠? [조사자: 방법을 알게 됐으니까?] 그렇죠. 잘못 알고 있었던 거니까.

관음보살 관논사마의 현몽으로 부자 된 총각

● **구연정보**

조사일시 : 2017. 05. 01(월) 오전

조사장소 : 인천시 부평구 삼산동

제 보 자 : 노마치 유카 [일본, 여, 1974년생, 결혼이주 10년차]

조 사 자 : 신동흔, 조홍윤, 황승업

● **구연상황**

제보자는 〈나무부처 호토케사마 덕분에 부자 된 사람〉 이야기에 이어, 유사한 맥락의 이야기인 관논사마 덕분에 부자가 된 숯구이 총각의 이야기를 구연했다. 관논사마는 관음보살을 의미하는데, 관음보살의 현몽으로 인해 결혼한 숯구이 총각이 부자가 됐다는 이야기로, 한국의 〈내복에 산다〉 등 숯구이 총각 이야기와 비슷한 점이 있었다.

● **줄거리**

옛날에 어느 산에 숯구이 총각이 살았다. 한 색시가 찾아와 관논사마가 현몽했다며 부부가 되기를 청했다. 색시는 집에서 가져온 금덩이를 내어 주며 시장에 가서 필요한 물건을 사오라고 했다. 세상 물정을 모르는 사람이었던 총각은 길을 가다가 물에서 노는 오리를 보고는 금덩이를 던져 잡으려 했으나 금덩이만 잃어버리고 말았다. 총각이 집에 돌아와 사정을 얘기하자 색시는 귀한 것을 허무하게 잃어버렸다며 책망했다. 그 말을 들은 총각은 그런 것은 자신이 숯을 굽던 산에는 흔한 것이라고 대꾸했다. 부부가 함께 가보니 정말로 많은 금이 있어 그것으로 두 사람은 부자가 되어 잘 살았다.

일본에는 이 지조사마(じぞうさま), 호토케사마(ほとけさま) 많이 나오고요. 관논사마(かんのんさま)도 많이 나오고, 관음(觀音). [조사자: 관음?] 네. 그 세 분이 자주 나옵니다. [조사자: 관음보살?] 예,

관음보살, 관논. 일반적으로 구별을 잘 못하고요. 뭐 다 그냥 관논사마, 오지조사마, 호토케사마 하는데.

[조사자: 관음보살 같은 경우에는 이렇게 팔이 많거나, 눈이 많거나 그렇게 나오지 않아요?] 관음보살, 약간 화려하게 나오는 이미지인데요. 모자 이렇게 쓰고. 지팡이 같은 것도 들고. 관음 중에서 제가 생각나는 거는 그 나라(なら, 奈良), 나라에 있는, 나라 아닌가? 나라에 있는 백제관음(百濟觀音)? 백제관음. 되게 호리호리한 모습이 있어요. 그거를 몇 번을 보러 간 적이 있는데, 어디더라? 나라? 나라의 아, 호류지(法隆寺)에 있는 것 같아요. [조사자: 호류지?] 예, 호류지에. 그 때 백제와 교류를 많이 했었고. 많이, 만 명도 받아 들였었고. 예, 아주 커요. 저보다 크고 막 호리호리 한, 예쁜, 있는데 관논사마가 나오는 이야기가 있어요.

스미야키 죠자(すみやき じょうざ). '스미(すみ)' 스미가 그 나무를 태워서 숯, 숯을 만들잖아요? 그거 숯을 스미라고 해요, 스미. 발음이 비슷하네요. 시옷이랑 미음이 나오니까, 숯. [조사자: 스미야끼?] 스미. '야키(やき)'가 구우는 거요. '죠자(じょうざ)' 또 부자가 아니지만 부자가 되는 이야기죠. [조사자: 숯구이 총각이에요, 혹시?] 총각이에요. (웃음) 일을 열심히 하고 착한 총각이 있었는데, 어느 날 갑자기 며느리감(신붓감)이 나타나요. 그런데,

"관음, 관논사마가 꿈에 나타나서 당신한테 가서 시집가라고 해서 왔다."

고 하는 거예요.

그런데 부잣집 딸이에요. 그래 되게 많은 보따리를 들고 오는 거예요. 그래서 부부가 됐는데, 너무 집에 아무것도 없으니까 너무 가난하잖아요. 그래서 아무 것도 없으니까, 자기가 금덩이를 갖고 왔어요. (웃음) 그런데 ,

"그거를 가지고 그 시내에 가서 뭐 사오라."

고 하는 거예요. 그때도 설날 전이라서,

"설날 준비를 하라."고.

그런데,

"알았다."고.

가는데, 그 배운 게 별로 없었어요.

그래 갔다가 강에 그 카모(かも, 오리)라고, 뭐랄까? 찌개하면 맛있는 새인데. 어, 한국말 모르겠네요. [조사자: 찌개하면 맛있는 새?] 네, 카모가 사냥으로도 사용하는데, 목에 끈을 묶어 가지고 풀어요, 풀어요. 그러면은 카모가 그 물고기를 잡아먹으면 (목을 가리키며) 여기다가 저장을 해요. [조사자: (펠리컨을 이야기하는 것으로 오해하여) 펠리컨이 일본에 있어요?] 펠리컨이 있죠.

그런데 이렇게 걔네들 다섯 마리, 여섯 마리 그렇게 끈으로 묶어 가지고 풀면 사냥 알아서 하고 오잖아요. 그러면은,

"뱉어라, 뱉어라."

하고, 뱉게 하고, 물고기 잡는 방법이 있어요.

그 카모라고 하는데, 카모가 이렇게 있는 거를 봤어요. 그래서 그 약간 무식한 남자가 금덩이를 던져서 카모를 잡으려고 하는 거예요. (웃음) 던졌어요. 그런데 빗나가서 금덩이도 없어지고 카모도 도망갔죠. 그래 집에 돌아갔어요. 그래,

"아오, 그렇게 할려고, 잡을려고 했는데 실패했네."

하고 얘기를 했죠. 그랬더니 딸이, 그 부잣집 딸이,

"아, 당신은, 아이 그거 얼마나 가치가 있는데 그러면 안 되지 않냐?"

고 얘기를 했더니,

"그게 무슨 소리냐? 그 산에 가면은 그게 엄청 많은데."

그런데 그 얘기를 듣고 둘이 같이 가요.

"어? 그 금덩이가 그렇게 많다고요?"

하고 같이 갔더니, 산에서 나무 베고 일을 하잖아요. 그래 거기 금이 정말 (두 팔을 펼치며) 이만큼이 있는 거예요. 그래서 그 남자는 가치를 몰랐지만, 둘은 그 금으로 부자로 살게 됐다는 얘기.

그러니까 관, 관논사마가 그거를 아는 거죠. 딸한테 얘기해 주고,

"거기 가면은 행복하게 살 수 있으니까 가라."

그런데 서민들이 관논사마가 꼭 좋은 일을 하신다는 거를 알기

때문에 그대로 하는 그 이야기.

[조사자: 한국에도 숯구이 총각 이야기 되게 많아요. 숯구이 굽는 그 총각이 결혼을 해서 알고 봤더니, 여기 그 숯구이 총각한테 금이 많이 있었다.] 오, 똑같네요. 예. [조사자: 신기하네요.]

음. 제가 어딘가에서, 아, 그 규슈, 규슈로 갔을 때, 규슈 아시죠? 거기 갔을 때 옛날에 한국 사람들이 많이 전쟁 때 와가지고 숯을 굽는 일을 많이 했었다는 얘기가 갑자기 생각나네요. 산에서 그 일을 많이 했겠죠. 일본에서도 그렇고. 요즘은 많이 안 하지만.

선인의 현몽으로 부자가 된 사람

● **구연정보**

조사일시 : 2017. 05. 01(월) 오전

조사장소 : 인천시 부평구 삼산동

제 보 자 : 노마치 유카 [일본, 여, 1974년생, 결혼이주 10년차]

조 사 자 : 신동흔, 조홍윤, 황승업

● **구연상황**

제보자는 〈관음보살 관논사마의 현몽으로 부자 된 총각〉에 이어 또 다른 현몽담을 구연했다.

● **줄거리**

어느 날 한 남자의 꿈에 선인이 현몽하여 된장 파는 가게들이 많은 다리에 서 있도록 했다. 남자가 그대로 며칠이나 다리 위에서 기다리자 근처 두부가게의 주인이 그 이유를 물은 뒤 자기가 꾼 신기한 꿈 이야기를 해주었다. 꿈에서 선인이 조키치의 집 마당 소나무 밑에 보물이 묻혀 있다고 말해주었다는 것이었다. 조키치는 다리 위에서 며칠을 기다린 남자의 이름이었다. 그가 집에 돌아가 소나무 밑을 파보니 정말로 많은 보물이 나왔다.

호토케사마(ほとけさま), 지조, 오지조사마(おじぞうさま), 관논사마(かんのんさま), 그리고 센닌(せんにん, 仙人)가 나와요. 센닌? 센닌, 선인? [조사자: 성인?] 센? 선? 선. [조사자: 선인?] 선인이 약간, 약간 중국에서 온 것 같은. 그런데 센닌 이야기도 많이 나오는데. 신비한 그 마법을 할 수 있는 사람.

이 센닌도 꿈에 나타나서, 어떤 착한 총각 꿈에 나타나서 얘기를 해줘요. 미소가이하시(みそかいはし, 된장 파는 가게들이 많은 다

리). '미소(みそ)'가 된장. '가이(かい)', 가이가 구매하다. 미소가이하
시, '하시(はし)'는 다리예요. 그런데, 그거 다리 이름인데, 된장 파는
집이 좀 있어서 그렇게 지은 거 같아요. [조사자: 다리에 된장 파는 집
이?] 네, 다리 근처에.

"거기 가서 서 있어라. 그러면은 좋은 정보를 얻을 수 있다."

고 해서, 총각이 가서 기다리고 있어요.

그런데 하루 지나도 아무런 일이도 안 오고. 안 생기고 며칠 지
났는데, 그래도 기다리고 있었어요. 그랬더니 두부 집에서, 두부도
파는 집, 두부 집에서 아저씨가 와가지고,

"왜 당신은 계속 여기서 기다리냐?"

물어봤어요. 그랬더니 그 남자가,

"이런, 이런 꿈을 꿨어, 꿨다."

고 얘기를 했죠. 그런데,

"오, 그런 신기한 꿈은 나도 꾸는데 얘기해 줄까?"

하고 얘기해 주는데,

"그 어디에, 어디에 어디에 사는 조키치라는 남자의"

[조사자: 조키치?] 이름, 이름, 예.

"조키치라는 남자가 사는 집 마당에 그 소나무가 있는데, 소나무
밑에 그, 그렇게 뭐 금도 많고, 보물들이 있다고 꿈에 누가 나타나서
얘기를 해주던데?"

하는 거예요.

그런데 그게 바로 자기인 거예요. 그 주소도 맞고, 이름도 맞고.
(웃음) 그래서 집에 가서 소나무 밑을 파보니까 그렇게 보물들이 막
나왔다. 하는 얘기죠.

그러니까 음, 바로 얘기해 줘도 되는데, 그죠? [조사자: 네.] (웃
음) 그래도 바로 얘기해 주면은 너무 쉽잖아요. 자기 집 앞에 파는
거. 그러니까 약간 신앙이 있는지 좀, 신앙이 있는 사람만 구제를 받
는. [조사자: 믿고 기다려야 한다?] 그렇죠, 예. 멀리까지 가서 고생을
하는 거잖아요.

타자와코 호수 물 마시고 용이 되어버린 타츠코

● 구연정보

조사일시 : 2017. 01. 06(금) 오후

조사장소 : 대구광역시 중구 대안동

제 보 자 : 마츠자키 료코 [일본, 여, 1982년생, 이주노동 8년차]

조 사 자 : 조홍윤, 황승업, 김자혜

● 구연상황

제보자가 〈설녀 유키온나〉를 구연한 뒤 참석자들 사이에서 잠시 다른 이야기
가 오가다가 다시 마츠자키 료코 제보자가 이야기 구연을 시작했다. 아키타
현에 전해져 내려오는 전설이라고 했다. 마츠다 타마미와 묘엔 이치로 제보
자가 청자로 참여했다.

● 줄거리

타자와코라는 이름의 호수 근처에는 타츠코라는 예쁜 여인이 있었는데, 미모
를 유지하기 위해서 관음보살에게 매일 기도를 했다. 그러던 어느 날 그녀는
연못의 물을 마시라는 신의 소리를 들었다. 그 말을 듣고 물을 마셨는데 마실
수록 목이 계속 말랐다. 그러다가 결국 타츠코는 용으로 변하여 타자와코 호
수에 살게 되었다. 어머니가 너무 슬퍼하며 호수에 가서 횃불을 던졌는데 그
횃불이 부서지면서 물고기가 되었다.

용신 이야기 할까요? 이것도 아키타현(秋田県) 전설인데, 동북
지방 전체 전설이라고 생각하시면 되는데, 아키타에 타자와코(田沢
湖)라는 호수가 있고요, 그리고 아오모리(青森)에 토와타코(十和田
湖)라는 호수가 있고, 아키타 현에 관개하는 늪 같은 하치로가타(八
郎潟)라는 장소가 있어요. 다 연관되는 큰 이야기인데, 하나는 타자
와코에 있는 타츠코히메(たつこひめ)라는 공주님 이야기가 있어요.

타츠코라는 예쁜 여자가 있었어요, 그 주변에. 근데 예쁜 여자인데, 미모를 유지하고 싶어서 관세음보살에 매일 기도를 했어요.

"영원히 아름답게 있고 싶다. 젊은 그대로 있고 싶다."

고 기도했는데,

"호수의 우물? 아, 연못에 물을 계속 먹으라."

는 신의 소리를 들었어요. [조사자: 신탁을 들었어요?] 네, 신탁을 들었어요.

그러니까 그 물을 그 말대로 그 물을 먹었는데, 먹으면 먹을수록 더 목말라요. 그런데 호수 물도 마시기 시작해서 많이 많이 먹고 했더니 몸이 용이 되었어요. 그런데 영원의 명(命)을 얻게 되었는데 모습이 용이 되었으니까 어머니가 정말 슬퍼가지고, 그런데 본인이 어떻게 생각하는지 모르겠어요.

"나는 용이 되니까 평생 호수에서 사는 것이다."

라고 해서 타자와코*에 갔어요. 그래서 지금도 타자와코에서 살고 있다.

그리고 어머니가 정말 슬퍼서 밤에 횃불을 그 호수에 던졌어요. 던졌더니 그 횃불이 부서지고 그것을 타자와코에 있는 쿠니마스(ク ニマス)라는 물고기가 있는데, 지금 천연기념물이 되어 있는데, 그 쿠니마스**라는 생선이 되었다. [조사자: 부서진 횃불이?] 네, 생선이 되었다.

그것이 하나의 전설, 타자와코에 살고 있는 타츠코히메, 지금도 타자와코에 가면 타츠코히메 예쁜 동상이 있는데 그것이 타츠코히메 전설이에요.

● 아키타현 센보쿠시에 위치해 있으며 일본에서 수심이 가장 깊은 호수(田沢湖)이다.

●● 쿠나마스(Oncorhynchus kawamurae)는 일본의 아키타현의 타지와코 호에서만 서식하는 물고기이다.

용이 되어 토와타코호수에 살게 된 하치코

● 구연정보
조사일시 : 2017. 01. 06(금) 오후
조사장소 : 대구광역시 중구 대안동
제 보 자 : 마츠자키 료코 [일본, 여, 1982년생, 이주노동 8년차]
조 사 자 : 조홍윤, 황승업, 김자혜

● 구연상황
제보자는 〈타자와코호수 물 마시고 용이 되어버린 타츠코〉 전설을 구연한 뒤
이와 연계된 토와타코 전설을 계속해서 구연다. 마츠다 타마미와 묘엔 이치
로 제보자가 청자로 참여했다.

● 줄거리
하치로(하치코)라는 사람이 있었다. 여행을 즐기던 아버지는 어머니와 결혼
후 집을 떠났고, 어머니는 하치로를 낳다가 난산으로 죽었다. 하치로는 사냥
꾼으로 살아가던 중 다른 사람들과 음식을 나누지 않고 혼자 먹었다. 그 죄로
하치로는 용이 되어서 토와타코에 살게 되었다. 당시에 그 지역은 바다 근처
에 있어 물이 자주 범람했다. 용이 된 하치로는 산에 몸을 부딪쳐 흙을 이용해
갯벌을 만들었다. 타자와코의 타츠코와 토와타코의 하치로는 서로 사랑했다
고 하며, 한 스님이 타츠코를 사랑해 하치로와 싸웠다는 이야기도 전해진다.

토와타코(十和田湖)에는 하치로(八郎)라는 사람이 있어요. [조사
자: 여자가 아니에요?] 네, 남자예요. 그런데 남자는, 그 하치로는 원래
인간이었어요, 그 사람도.

근데 아버지가 여행 하면서 같이 다니는 사람, 마을의 여자와 결
혼해서 아이를 낳고. 근데 어머니는 난산으로 하치로가 태어났을 때
죽었어요. 아버지는 여행하면서 돌아다녀서 어디 갔는지 몰라요. 부

모님하고 함께 살았어요.

커서 그 사람은 마타기(またぎ, 사냥꾼)라는 직업을 했어요. 마타기는 보통 곰 같은 것을 사냥하는 것으로 유명한데, 마타기를 하면서 살고 있었어요. 그 사냥꾼은 혼자 하는 거 말고 집단으로 하는, 사냥하는 거예요. 근데 어느 날 사냥을 갔는데 사람들 산 안에서는 뭐든지 다 나누어주고 평등하게 해야 한다는 룰, 규칙이 있는데, 그걸 정말 배고파서 사람들한테 나누어주지 않고 (30cm가량의 크기를 양손을 벌려 표시하며) 이만한 생선을 혼자 33마리인가? 다 먹어버렸어요. 그래서 벌을 받고 용이 되었어요.

"미안하다. 내가 나쁜 짓을 했으니까 용이 되었구나. 어쩔 수 없으니까 나는 토와타코에서 살 것이다."

라고 해서 토와타코 호수에서 살게 되었어요.

근데 그 시대에 농민들이 산이 있어서 지형 때문에 약간 어려운 것이 있었어요. 물 많이, 바다에 가까운 곳이니까. 그 물이 마을에 올 때가 있어서 그런 걸 많이 고민하고 있었는데 하치로가 용이 되었으니까 그 몸을 산에 부딪치고 산을 파고, 그 흙으로 갯벌을 만들었어요. 거기를 하치로가 했다라는, 사실은 갯벌인데 그거를 용이 만들었다라는 전설이 있어요.

근데 그 토와다코에 하치로가 살고 있고, 어느 날에 하치로가 타츠코랑 사랑했어요. 용끼리 사랑하는데, 그 후에 전설은 잘 모르겠어요.

그런데 사실은 누군가, 어떤 여행하는 스님? 어떤 신비한 힘이 있는 스님하고 많이 싸우고, 타츠코 사랑 때문에 싸웠다는 이야기도 있는 것 같아요.

삼호(三湖) 전설? 세 개의 호수의 전설이라고 해요. 동부지방 전체에 있는 것 같아요.

용이 준 구슬로 만들어진 섬 만주와 간주

● **구연정보**

조사일시 : 2017. 01. 06(금) 오후

조사장소 : 대구광역시 중구 대안동

제 보 자 : 마츠다 타마미 [일본, 여, 1976년생, 결혼이주 7년차]

조 사 자 : 조홍윤, 황승업, 김자혜

● **구연상황**

마츠자키 료코 제보자가 타자와코호수의 용에 얽힌 이야기를 마친 뒤, 마츠다 타마미 제보자가 고향인 시모노세키 앞 바다의 지명에 관한 전설을 시작했다. 해당 지명은 고대 한국과의 전쟁 당시를 배경으로 만들어진 것이어서 조심스러운 태도를 보이기도 했다. 마츠자키 료코와 묘엔 이치로 제보자가 청자로 참여했다.

● **줄거리**

고대 신라와 일본 사이에는 전쟁이 많았다. 전쟁이 한창이던 어느 날 용이 나타나 일본의 장수에게 구슬을 두 개 주면서 질 것 같을 때 사용하라고 했다. 장수는 이내 패전 위기에 처했는데, 그때 구슬을 하나 던지자 바닷물이 빠져나갔다. 신라군이 모두 배 밖으로 나왔을 때 다시 구슬을 던지자 바닷물이 밀려왔고 신라군은 그대로 수장되고 말았다. 용이 다시 나타나 구슬을 주었는데 장군이 그것을 바다에 던지자 섬이 두 개가 생겼다. 만조(滿潮)와 간조(干潮)라는 말에 구슬 주(珠) 글자를 합쳐 섬의 이름을 만주와 간주라고 부르게 됐다.

이것도 고향 이야기인데, 시모노세키 앞에 바다가 있어요. 바다가 규슈(九州), 혼슈(本州). 혼슈가 가장 일본에서 큰 섬이에요. 그리고 규슈 아세요? 그 사이가 좀 해협, 해협인데, 약간 좀 파도가 좀 세

고 약간 좀 배가 가기가 어려운, 기술이 필요하다고 해야 하나?

근데 좀 한국과 상관있는 이야기라서 기분이 안 좋아지실 수도 있는데 [조사자: 괜찮습니다.] 2천 년 전 정도에 신라나 좀 다른 나라도 있었던 것 같은데 [조사자: 가야?] 네. 어쨌든 그때, 일본에 전쟁으로 몇 번이나 왔대요. 근데 그때마다 시모노세키가 무대가 되고 있었는데, 아마 좀 몇 번이나 했기 때문에 지거나 이기거나 했던 것 같아요. 그런데 진 이야기는 별로 없어요, 아마 좀 변해서. 이긴 이야기만 좀 들은 적 있는데, 두 개 이긴 이야기가 있어요.

하나는 계속 계속 지다가,

'어떻게 할까?'

했는데, 어느 날 갑자기 바다에서 용신이 나와서 공을 두 개 줬대요. 수정? [조사자: 구슬 같은 걸 줬군요?] 네. 그걸 주고,

"혹시나 뭔가 좀 질 것 같으면 이것을 던지라."

고 했대요. 그걸 받고 그 신라와 싸웠대요, 바다에서. 근데 역시 너무 세서,

'안 되겠다.'

싶어서 던졌대요, 하나를.

그러면 간조, 갑자기 간조가 돼서 바닷물이 없어졌기 때문에 배가 쓰러지고 걸어야 되잖아요. 한국인들이 나와서 그때 또 하나 던졌는데 그러면 만조가 돼서 깊은 바다가 됐기 때문에 이겼다는.

[조사가: 모세의 기적 같은 이야기네요.] 그래서 이겼다고 해요. 그걸 던졌는데 마지막에 다시 용신이 나와서 그걸 줬는데, 장군님인지 누군지 모르겠는데 어쨌든 일본 쪽에 가장 높은 사람이 바다에 던졌어요.

그런데 그것으로 섬이 생겼다고 합니다. 그 섬이 시모노세키 저희 집에 앞에서도 보이는 작은 집이 두 개 있어요. 만조(滿潮) '만(滿)'이랑 진주 '주(珠)', 만주(滿珠)라고 하고, 그리고 간조(干潮)는 간주(干珠)라고 해서 만주, 간주라는 섬이 그래서 생겼다는 이야기가 있어요, 용신이 도와줬다는.

신라 장수를 위한 진혼제

● **구연정보**
조사일시 : 2017. 01. 06(금) 오후
조사장소 : 대구광역시 중구 대안동
제 보 자 : 마츠다 타마미 [일본, 여, 1976년생, 결혼이주 7년차]
조 사 자 : 조홍윤, 황승업, 김자혜

● **구연상황**
제보자는 〈용이 준 구슬로 만들어진 섬 만주와 간주〉에 대한 이야기를 마친
뒤 바로 이어서 시모노세키 지역에서 신라의 유명한 장군을 수호신으로 삼아
제사를 지내는 데 대한 유래담을 구연했다. 제보자가 검색해서 보여준 신라
장수 이름은 '진념(鎭念)'이었다. 마츠자키 료코와 묘엔 이치로 제보자가 청자
로 참여했다.

● **줄거리**
옛날 신라에 유명한 장군이 있어 전쟁을 할 때마다 일본이 졌다. 그러던 중 일
본은 간신히 전쟁에 이기고 신라 장군을 죽여서 그 목을 묻었는데, 그 장군의
저주 때문에 시모노세키에 좋지 않은 일들이 발생했다. 사람들은 장수를 위
해 진혼제를 지내주었고, 그러자 저주가 사라졌다. 그 지역은 신라 장수를 수
호신으로 모시고 있다.

또 한 개 있는데, 그것도 계속 계속, 지다가 지다가, 그것도 신라
이야기예요. 신라 쪽에 아주 강한, 이름이 뭐였더라? 장군이 있었어
요. [조사자: 김유신?] 깜박했어요. 혹시 보면 찾고, 너무 강해서 완전
귀신, 도깨비같이 너무 강했대요. 그런데 그 사람 때문에 항상 졌는
데, 어떻게든 해서 이겼대요, 마지막에.

그래서 그 장군의 머리를 자르고 했는데, 너무 강한 장군이었기

때문에 죽어도 저주 같은 게 생겨서 시모노세키가 안 좋아졌기 때문
에, 그 목을 다시 땅속에서 (꺼내어) 진혼제를 올렸대요. 그래서 그
것 때문에 다시 괜찮아졌는데, 지금도 그 목을 묻은 곳에 큰 돌 놓고,
'여기는 가깝게 가지 마라'는 곳이 있어요. 여기는 신사가 되고 있고.

그 신사 일본에서, 시모노세키에서 좀 유명한 신사가 그걸 지키
고 있어요. 1년에 한 번 축제, 진혼제 하는데, 일본에서 그냥 축제라
고 하는데, 약간 모습이 일본에서 하는 그냥 여름에 하는 축제가 아
니고, 아주 10m 정도 하는 큰 축을 남자들이 안고 그 돌 주위를 도
는 거예요.

아마 그것은 한국인 선생님이 그 사진을 보고 진혼제인 것 같다
고 해서, 저는 잘 몰라서. 그런 옛날에 얘기를 좀 들었던 적이 있었어
요. 그게 알고 보니 진혼제라고.

[조사자: 그 장군이 누군지 되게 궁금하네요?] 네. [조사자: 혹시라도
나중에 그 장군 이름 알게 되면 좀 알려주세요.] 네.

근데 그 신사가 그 섬도 지키고 있어요, 용감하게. [조사자: 아예
그 섬을 지키는 수호신이 되었군요? 원래 원한이 생겨가지고 온 귀신도 잘
대접하면 지켜주는 신이 되고 그러더라고요.] 네. (웃음)

(장군 이름을 검색하기 위해 잠시 중단됨.)

장군, 진린. [조사자: 진린 장군이래요?] 네, 한자가, (검색한 이름
을 보여주며) 이거(鎭念)예요. [조사자: 처음 들어보는 이름이에요.] 일
본에서 그쪽에 가구라(神楽)라는 신사에서 춤추는 게 있는데, 다른
지역에서도 이 사람 이야기 하는 것 같아요.

● 가구라(神楽)는 본래 신좌(神座)를 의미하는데, 신을 가구라에 초대해서 행하는 제사
예능을 널리 가구라라고 부른다.

유메미가사키 산 유래

● 구연정보

조사일시 : 2018. 05. 24(목) 오후

조사장소 : 경기도 화성시 진안동

제 보 자 : 요시이즈미 야요이 [일본, 여, 1971년생, 결혼이주 13년차]

조 사 자 : 김정은, 황승업

● 구연상황

제보자가 여우에게 홀린 사람들에 대해 들려준 뒤, 가난의 신에 대한 이야기를 아느냐고 묻자 정확하게 기억이 나지 않는다고 했다. 그 대신 어릴 때 들었던 이야기라며 이 이야기를 구술해 주었다.

● 줄거리

옛날 오타 도칸이라는 사람이 에도성을 만들 때의 일이다. 오타 도칸이 에도성을 만들기 전에 한 지역을 지나가다가 그곳 땅이 괜찮다고 생각해서 성을 지으려고 했다. 그러던 중 꿈을 꾸었는데 새가 나타나서 그의 투구를 가져갔다. 뜻이 좋지 않은 꿈을 꾼 도칸은 그 지역에 성을 짓는 것을 포기하고 현재 도쿄가 있는 곳에 에도성을 만들었다. 성을 포기한 동네에 있는 산의 꿈을 꾼 곳이라는 뜻으로 유메미가사키 산이 되었다. 해마다 여름에 축제를 할 때 유메미가사키 온도라는 노래를 부르는데, 그 노랫말에 이 이야기가 담겨있다.

우리 집, 우리 집 뒤에 그 '유메미가사키(ゆめみがさき)'라는 그 산이 있어요. [조사자 2: 산 이름이?] 유메, 유메미가사키. [조사자 2: 미나사키?] [조사자 1: 사키.] 그 '유메(ゆめ)'가 '꿈'이에요, 꿈. 꿈. 잘 때 그 보는 꿈. [조사자 1: 제목도 신기해요, 산 이름도?] 하. 저도 이야기할 수 있는지 모르겠다.

그 옛날에 그 에도성 있잖아요, 에도. 에도성 그 만든 사람이 '오

87

타 도칸(太田道灌)'●이라는 사람이에요. [조사자 1: 오타 도칸.] 네, 오타 도칸이라는 사람이 에도라는 지금 말하면 도쿄죠. 도쿄에 에도성 만드는데. 그전에, 그 에도성 만들기 전에 우리 그 동네를 지나갔어요. 지나, 지나가다가, 그 동네가 자리가 괜찮아서 사실은 그곳에 에도성을 지으려고 [조사자 1: 아, 원래는.] 네, 했었어요.

그러다가 그 오타 도칸이 그날 어디서 뭐 자고. 자다가, 아 자다가 꿈속에 뭐가 나타났지? 새인가 뭔가 나타났어요. 그래 새 나타나면서, 원래 그 옛날에 장군들이 이거 말 타면서 이런 그 갑? [조사자 2: 갑옷?] 갑옷 그런 거. [조사자 1: 투구.] 쓰잖아요. 네, 네. 그런데 그걸 그 새가 가져갔어요. [조사자 1: 오, 투구를요. 네.] 네. 그런데 그게 안 좋은 의미인가 봐요. [조사자 1: 아, 그 장군들한테 이거는.] 네.

그래서 그 꿈을 꿔서,

'여기서 에도성 만들면 안 되겠다.'

해서 우리 동네 말고, 다른 곳에 이동해서 결과적으로 그 도쿄에다가. [조사자 1: 도쿄에.] 네, 그 성을 만들었다라고 해서 우리 집 터, 우리 집 터는 아니지만 그 산 이름이 '유메미가사키'라고 해서, 예, 했어요. [조사자 1: 오, 재밌어요.] 네.

그리고 일본에서는 그 여름마다 축제가 있어요, 동네마다 축제. 그때 그 〈유메미가사키 온도(ゆめみがさき おんど)〉라는 노래 있어요. [조사자 1: 네.] 그 노래 가사 안에서도 그 이야기가 있어요. [조사자 1: 음, 이 이야기가 노래예요?] 네, 네. [조사자 1: 축제할 때.] 축제, 네.

[조사자 1: 그러면 마을 사람들은 아쉬워하나요? 여기에 에도성이 안 생겨서.] 옛날 사람은 뭐 그렇게 조금. 에도성, 에도성 생겼으면, 그 자리가 중심지잖아요. 옛날에 뭐 노인들이 뭐 그런 이야기하고, 젊은 세대는 전혀 신경을 안 쓰고. [조사자 1: 안 쓰고.] 네, (일동 웃음)

● 생몰연대가 1432-1486이다.

구마모토 아소산의 고양이 전설

● **구연정보**

조사일시 : 2018. 01. 10(수) 오후

조사장소 : 서울시 동대문구 용두동

제 보 자 : 이케다 마유미 [일본, 여, 1967년생, 결혼이주 22년차]

조 사 자 : 오정미, 한상효, 엄희수

● **구연상황**

동대문구 다문화가족지원센터에서 근무 중인 제보자를 만나 조사를 시작했다. 센터에 양해를 구한 후 빈 교실에서 이야기 녹음을 진행했다. 제보자는 수줍은 모습으로 구술했으며, 서술어를 정확하게 말하지 않는 습관이 있었다. 그러나 전체 이야기를 구술하는 한국어 수준이 매우 높아, 이야기 진행이 순조로웠다.

● **줄거리**

구마모토의 아소산에는 네코다케라는 높은 고양이상이 있다. 옛날에 총을 잘 쏘는 남자가 있었는데 괴물이 나타나 누구 목소리가 큰지 내기를 하자고 했다. 남자가 총소리로 속임수를 써서 이기자, 억울하게 여긴 괴물이 산속에 살고 있는 할아버지와 할머니한테 가서 자기는 더이상 살 수가 없다며 대신 복수를 해달라고 했다. 할머니가 빨래를 해주겠다며 찾아왔는데, 남자가 그 정체를 알고서 총을 쏘았다. 그러자 할머니는 사라졌는데, 남자가 아소산의 한 바위 밑에 가보니 고양이 두 마리가 죽어 있었다. 그곳에 고양이상 네코다케가 있다.

저의 이야기는 '구마모토'*라는 데 있는 이야긴데. 구마모토 '아

● 일본 큐슈 중앙부 지역에 위치한 현으로 고대에는 화산이 많았다.

소'●라는 그 화산 쪽에 '네코다', '네코다케'라고. '네코', '네코다케' 그게 상 높은 데, 상 이름이 '네코(ねこ)'상 이라고 있어요.

거기, 거기 마을에 도우, '도우겐타'라는 종(총)이, 자라는 남자가 살고 있었어요. [조사자 1: 뭘 잘 하는 남자요?] 에, 그, 뭐라 그럴까? 종(총)? [조사자 1: 총?] 에, 총, 잘하는. 그래서 그 도우겐타라는 사람이 999마리의 멧돼지를 잡았는데, 이번에 잡으면 천 마리 된다는 그런. 어느 해에 추운 날씨에, 밤에 마을에서 조금 떨어져 있는 곳에서 그 뭐랄까, 그게. 그냥 풀을 태우면서 땅을, 좀 뭐라 그러지. 그게 그, 뭐랄까. 총 쏘는 동물을 기다리고 있었어요.

그랬더니 그런 어두운 곳에서 눈도 없고 입도 없고 코도 없는 그런, 얼굴이 없는 괴물이 와 가지고 옆에서 같이 땅, 거기, 뭐야, 그 모르겠. 그 불태우는 곳에서 같이, 있었, 앉았대요, 옆에.

그랬더니, 그래서 너무 무서워가지고 그, 우겐타라는 사람이 눈도 마주치지도 않고 계속 밑에만 보고 있었는데. 그 괴물이 밑, 밑에서 그냥 그렇게 쳐다보는 거예요. 그래서, 그래서

"둘 다, 너랑 나 어느 쪽에 소리가 큰지 오늘, 오늘 좀…"

뭐랄까,

"어느 쪽이 큰지 내기를 하자."

라고 했더니.

음, 근데 그게, '노페라보'라고 해요. 그게, 괴물의 이름이 '노페라보'라는 뜻이 고 얼굴이 없는 거를 '노페라보'라고 해요. [조사자 1: 아, 노페라보.] 응. 노페라보라고 하는데. 그게 어디 입이 있는 것도 모르는데도 그런, 뭐랄까 미끄러운 아무것도 없는 얼굴에 쭈글쭈글하면서 그렇게 말하기 때문에, 뭐 되돌리면 어떤 짓을 당할지 모르니까 무서워서 알겠다고 할 수 없이 그렇게 하자고 했다고, 했어요.

근데 먼저 그 괴물이 그기, 그 네코다케라는 네코상 쪽에서,

"아."

소리, 많이 큰 소리로 쳤더니 그 산 밑, 그 산 정자에 있는 그, 돌

● 아소산은 구마모토 현의 동부에 위치한 활화산이다.

이 무너지고 떨어졌다고 해요. 그만큼 좀 크게 소리쳤대요. 그리, 그러고 나서,

"너, 그러면 너가, 너 차례야. 너 한 번 해봐, 해봐라."

했는데,

'아, 그러면 지는 것 같다.'

고 생각했지만 그, 그래도 조금 생각하면서 아, 그러면 여기 그, 그, 여기, 그 총, 총 갖고 있기 때문에, 여기 뭐랄까. 총의 거기, 앞의 부분 그거. 그 안에, 거기서 그거를 통해서 제가 외친다고. [조사자 1: 소리를 지르겠다?] 소리 지르겠다고. 그래서 거기서 총을, 총을, 거기 아래를 놓고 [조사자 1: 총알을 넣고?] 총알을 넣고 거기 괴물을, 괴물 향해서 보고 했는데, 괴물은,

"이거 뭐냐?"

고 물어봤더니,

"이거 뭐야?"

라고 했더니, 그 총에 얼굴을 가깝게 했대요. 그랬더니 그 총을 쏘니까 큰 소리 돼가지고 놀랐던 그런 괴물은 어디에로 가버렸대요.

그러고 나서 거기, 밤, 밤에 거기 새벽에, 그 괴물이 어디 있는지 좀 찾아, 찾기 위해서 거기 네코상에 갔, 그 상, 바위 밑에 가지고 찾아다녔대요. 거기 괴물이 어디 있는지. 그래서 수건을, 수건을 뭐랄까, 얼굴에서, 얼굴에서 쓰고, 쓴 할머니가 옆으로 누워있는 할아버지한테 이야기하고 있었대요. 그랬더니 그 옆으로 있던 할머니 할아버지가,

"할매야."

그 세탁하는 할매한테,

"그게, 뭐랄까 박혀서, 좀, 박혀서 나를 총을 하는 사람에게 가서, 그 좀 죽이라."고.

[조사자 1: 아 그 할아버지가?] 네. [조사자 1: 그 할아버지가 할머니한테 나한테 총 쏜 사람 찾아가서 내 대신 죽여달라고?] 죽여 달라고.

"나는 뭐 더 이상 뭐, 살 수가 없어."

그렇게 이야기했어요. 그랬더니 그 할매, 할머니가,

"알았다, 알았다. 약속할게요. 반드시 복수해줄게요."

라고 대답했다고 했어요.

그래서 그거를 옆에서 들었던 그 총 쏘는 그, 그 총 쐈던 도우겐타라는 사람이, 둘이 좀, 둘이 있는 것 좀, 찾아버리지 않게 뭐라고, 그냥 집으로 갔대요. 그때 그랬더니 어느 정도 좀 시간이 되고 나서 한 할머니가 거기 도우겐타 집에 왔어요.

"세탁물이 있으면 나에게, 내가 씻어준다."

라고 했대요. 아, 그랬더니,

'아, 진짜 왔구나.'고.

그래서 할머니, 그래서 할머니의 존재라고 할까요? 진짜 모습이 알고, 알았으니까.

"아, 알겠, 그러면 그거는 도움을 받는다."

라고 해서

"많이 있으니까, 좀 씻어달라. 빨리 해 달라. 대신 우리 집에는 옛날부터 그게, 현관보다 조금 다른, 조금 작은 현관문이 있어요. 거기밖에 왔다갔다 할 수가 없어요. 그리고 집 안에서는 사람을, 그게 들어오게 하지 않다."고.

"우리 집에는 그렇다."고.

[조사자 1: 어, 집 안에 다른 사람을 못 들어오게 한다?]

네. 그렇게 했대요. 그래서 그거를 들었던 할머니는 거기 현관 앞에서 왔다갔다 왔다갔다 했대요. 그리고 나서, 그 왔다갔다 하고 있으니까 그거를, 그 사이에만 왔다갔다하고 있으니까 그래서 총을 잘 하니까 그거를 해서 다시 그 할머니를 쐈어요.

그랬더니 그 쏘는 순간에 어두워지고 할머니 모습은 사라져버렸어요. 그런데 그 도우겐타라는 총 쏘는 사람이 네코다케, 네코야마라는 거기서 거기, 바위 밑에 가봤어요. 그랬더니 동굴 안에서 큰 고양이가 두 마리 죽어 있었어요. [조사자 1: 그 아까 네코상 아래로 가보니 그 밑에 어, 고양이 두 마리가.] 네. 죽어있었어요.

네, 그래서, 그래서 네코다케에서 네코라는 뜻이 한자는, 그 풀이에, 풀이에요. 근데 네코라는 거 고양이라는 의미가 있어요. 그래서 네코다케가 네코, '고양이다케'라고. [조사자 1: 아, 고양이다케다.] 네.

　　[조사자 1: 근데 선생님, 이게 왜 아까 시작할 때, 구마모토에는 아소라는 화산 이야기라고 얘기해 주셨죠?] 네. 그게 화산 안에, 아소산에 여러 가지 그, 네코, 아소산 중에서 네코다케라는 그런 있어요. [조사자 1: 아, 그림? 화산?] [조사자 2: 아니, 봉우리.] [조사자 1: 화산?] [조사자 2: 아소산이라고 하는 산에 있는 봉우리가 네코다케.] [조사자 1: 아, 아소산에 봉우리가 있는데, 그 봉우리의 이름이 네코다케예요?] 예.

　　아소산 안에서는 나카다케, 네코다케라고 다 그렇게 여러 가지, 그 봉우리가 있어요. 그 하나에 네코다케가 있어요. [조사자 1: 아, 그럼 네코상을 볼 때마다 사람들은 이 이야기를 생각하겠네요?] 네. 그게 아소 지방에 있는 이야기 같아요.

고양이가 열두 띠에 들지 못한 이유 [1]

● **구연정보**
조사일시 : 2016. 12. 16(금) 오후
조사장소 : 강원도 강릉시 교동 강릉문화원
제 보 자 : 곤도 사끼에 [일본, 여, 1966년생, 결혼이주 20년차]
조 사 자 : 박현숙, 김민수

● **구연상황**
코마츠 미호 제보자가 〈야만바의 형상〉에 관한 구연을 마친 뒤 곤도 사끼에
제보자가 지난번에 십이지와 관련된 이야기를 구연했는지 물었다. 코마츠 미
호 제보자가 그것은 중국 이야기 아니냐고 되묻자 곤도 사끼에 제보자는 일
본에도 관련 이야기가 있다면서 구연을 시작했다. 제보자는 어릴 때 애니메
이션에서 이 이야기를 봤다고 했다. 청자로 참여한 코마츠 미호 제보자와 함
께 어릴 때 봤던 애니메이션에 관해 대화하면서 옛 기억을 떠올리기도 했다.

● **줄거리**
옛날에 신이 지상의 동물들에게 신정 첫째 날 선착순으로 오는 열두 동물에
게 매년 번갈아 가면서 동물의 왕 지위를 주겠다고 했다. 이때 고양이는 멀리
떨어져 있어서 신의 공지를 듣지 못해 쥐에게 그 내용을 물었다. 쥐는 고양이
에게 날짜를 거짓으로 알려준 뒤, 자신은 일찍 출발한 소 등에 올라탔다. 호랑
이와 토끼는 서로 속도경쟁을 하면서 갔다. 용은 하늘에서 내려오고 뱀은 기
어서 갔다. 말과 양은 함께 출발했는데, 말이 양과 같이 가느라 속도가 줄자
양이 말에게 먼저 가라고 했다. 개와 원숭이는 사이가 안 좋아서 가는 내내 싸
웠다. 그래서 닭이 중간에서 싸움을 말리면서 들어갔다. 멧돼지는 장소를 착
각하여 다른 곳으로 갔다가 돌아오느라 꼴찌를 했다. 고양이는 날짜를 잘못
알아서 순서 안에 들지 못했고 그 후로 쥐와 사이가 좋지 않게 되었다.

십이지 이야기하셨어요? [청자: 십이지? 십이지 그거 중국 이야기 아니에요?] 중국 거를 근데 일본 얘기에도 나와 있기는 했어요. [조사자: 어떻게 알고 계세요, 그 이야기는?] 아, 한국하고 비슷한 건데. [조사자: 네.]

그거 한 신이 계셨는데 신이 놀기 좋아하는 신이었어요. 근데 뭐 즐거움을 항상 추구하는 신인데 이제,

'연말 되니까 신령을 모아 이벤트를 해야 되겠다.'

그렇게 신이 생각하는 거예요. 그래서 어느 날 갑자기 지상에 있는 동물들에게 공지를 했어요.

"이번에 신정에는 첫째 날에는 나한테 제일 먼저, 나한테 신년 인사를 하러 오면 일 년마다 해의 왕의 동물로 시켜주겠다. 그래서 선착순으로 십이 번까지 봐주겠다."

그런 식으로 공지사항 내는 거예요. 근데 그걸 보는 동물들은,

"아, 그렇게 동물의 왕이 되는 거, 일 년 동안 내가 상징이 되는 건 너무 좋다. 그래서 먼저 우선 가는 게 첫 번째부터 십이 번까진데 일등 하는 게 좋죠?"

하는 거예요.

그래서 뭐 다들 이 동물이 들었는데 그때 고양이는 조금 떨어진 곳에 있는 거예요. 근데 고양이가,

"동물들이 난리 치는데 무슨 일 있었어요?"

하고 쥐한테 물어봐요. 그랬더니 쥐가 거짓말을 하죠.

"아, 이게 신정 1월 1일 말고 1월 2일에 신한테 가면 좋은 일이 있다."고.

아, 그럼 고양이가,

'아, 그럼 조금 자다가 1월 2일에 가야 되겠다.'

생각한 거예요. 근데 다른 동물들은 1월 1일이라고 알죠.

근데 소는 항상 준비성이 있으니까 소는 자기가,

'걷는 게 느리니까 미리 나가야 되겠다.'

해서 마을로 나가기 시작합니다. 그랬더니 쥐는 머리가 좋아요. 꾀가 있으니까 쥐는,

'그러면 소 뒤에 타면 내가 걷는 것도 빨리 걸을 수 있고 편하게 갈 수 있다.'

해가지고 등에 탄 거죠. 그랬더니 소가 등에 뭔가 느꼈어요. 등에 뭔가 있는 거 같은데 소 성격이 좋으니까,

"그냥 가자."

해서 갔어요. 근데 쥐는 그냥 누워서 편안하게 간 거죠.

그랬더니 그다음에 호랑이하고 토끼죠. 호랑이하고 토끼는 둘 다 달리는 게 빨리 달리잖아요. 그래서 호랑이가 빠른가? 토끼가 빠른가? 그런데 토끼는 좀 성격이 급하니까 미리 나가는데 결국은 호랑이 앞서서 가죠. 추월해서 가고.

근데 그다음에 용은 하늘에서 내려오니까 쭉 하늘에도 소문이 나서 하늘에서 내려왔다고 하는데 근데 그것도 뱀. 뱀도 죽 기어서 마이패스로 갔어요. 마이패스로 가고. 근데 말하고 양, 말하고 양도 같은 털이잖아요. 목장에 같이 있는 그래서,

"같이 갑시다."

라고 해서 말하고 양이 같이 그냥 가는 거예요.

근데 계속 가다가 자기가 걸음이.

"말은 달리려고 하면 갈 수 있는데 내가 걸음이 너무 느려서 나한테 맞춰주니까 미안하다 해서 도착지점에서는 먼저 가세요."

해서 말이 양보해서 말이 되고 양띠가 됐대요.

그다음에 원숭이하고 닭하고 개가 남아 있죠. 근데 원숭이하고 개는 일본에서도 사이가 안 좋은 걸로 유명해요. 근데 원숭이하고 닭하고 개하고 하는데 원숭이하고 개가 싸웠어요. 니가 먼저 내가 먼저 싸웠는데 닭이 가서,

"아이고. 싸우지 말고 어서 갑시다."

해서 중개해 가는 거죠.

(청자를 가리키며) 닭띠시지만. (웃음) 중개해서 가는 거죠. 근데 싸우면서도 어떻게 가요. 그래서 들어간 게 그 순서대로 간 거죠.

[조사자: 그럼 돼지는 어떻게?] 돼지는 마지막에 가죠. 근데 그 사이에 원숭이띠하고 개띠 사이에 닭이 들어가 있는 거죠? 그럼 원숭

이하고 개가 붙으면 늘 싸울까 봐. 신이 그 사이에 닭띠를 넣었대요.

그다음에 마지막은 에, 그거 돼지죠. 한국에서는 돼지띠지만 일본에서는 멧돼지로 되어있어요. 멧돼지는,

'아, 괜찮겠지.'

하다가 갑자기 주변에 없으니까 막 달리고 가고 다른 산에 갔대요. 신이 있는 산에 가야 되는데 옆에 산에 가서,

"늦었다."

해서 막 달려와서 마지막이 됐대요.

그래서 신이,

"아, 이제 십이 번까지 했으니까 그 순서대로 가라."

하는데 고양이는 빠졌죠.

고양이는 이튿날로 알고 있었는데 그게 속였다는 걸 알게 돼서 쥐하고 고양이가 사이가 안 좋아졌다. 그런 얘기가 나왔었어요. 한국하고 달라요?

[조사자: 네. 한국은 이야기가 이렇게 풍부하지는 않아요. 순서는 같은데 특히 고양이 얘기는.] 안 들어가 있어요? [조사자: 네네, 재밌어요.]

[조사자: 그런데 이거는 뭐 어떻게 애니메이션으로 보셨어요?] 네. 애니메이션으로 봤어요. [조사자: 이것도 어릴 때 저녁 식사하시면서?] 네네, 그거. 그래서 제가 아는 거는 제가 책을 별로 안 좋아해서 항상 그 애니메이션? 토요일 저녁에 보는 걸로. 그 당시에 드라마 같은 거 많이 없었잖아요. 있긴 있었는데 어른들이 보는 거니까. 애니메이션을 보게 되는데 그때 옛 얘기가 이거는 얼마나 봐도 엄마한테 잔소리 안 들었어요. [조사자: 아 그래요?]

다른 애니메이션은,

"공부하라, 공부하라."

하는데 [청자: 좋은 거는 보라고 해요.]

"일본 애니메이션은 그거는 좋은 거니까 그거는 얼마든지 봐도 된다."고.

[청자: 근데 그거 내레이션도 좋고, 지금 들어도 좋아요.] 좀 포근한 느낌. [조사자: 그럼 시작할 때 노래도 있을 거 아니에요.] 네. 있죠. [조사

자: 기억나세요?] 기억나죠. [조사자: 그럼 불러주세요.]

　　(애니메이션 주제곡을 부름.)

　　[조사자: 그럼 그 노래 나오면 텔레비전 보러 오는 거네요.] 네네, 맞아요. [조사자: 그럼 몇 분 정도예요?] 십오 분, 십오 분 두 편. 내레이션하고 그림도 예뻐요. [조사자: 워낙에 일본 애니메이션이 그림도 예쁘고.] 네, 이 얘기도 좀 포근하게 엄마가 얘기해주는 것처럼 들을 수 있으니까.

고양이가 열두 띠에 들지 못한 이유 [2]

● **구연정보**

조사일시 : 2017. 01. 06(금) 오후

조사장소 : 대구광역시 중구 대안동

제 보 자 : 마츠다 타마미 [일본, 여, 1976년생, 결혼이주 7년차]

조 사 자 : 조홍윤, 황승업, 김자혜

● **구연상황**

마츠자키 료코 제보자가 일본 역사인물에 대한 구술을 마무리한 후에, 마츠다 타마미 제보자가 일본에서 열두 띠가 생긴 유래를 구연했다. 어린 시절 일본의 만화 영화 시리즈를 통해 이 이야기를 접했다고 했다. 마츠자키 료코와 묘엔 이치로 제보자가 청자로 참여했다.

● **줄거리**

옛날에 신이 정월에 선착순으로 연회에 참석하는 열두 동물을 교대로 대장으로 삼겠다는 편지를 보냈다. 편지를 받은 동물들은 첫 번째가 되기 위해 일찍 출발했다. 그런데 고양이는 쥐가 1일 아침에 가면 된다고 한 말을 믿고 출발을 안 했다. 개와 원숭이는 가는 길에 계속 싸우느라 도착이 늦었고 그래서 지금까지도 사이가 좋지 않다. 뒤늦게 출발한 고양이는 열두 띠에 들지 못했고 그래서 쥐와 사이가 좋지 않게 됐다. 일본의 열두 띠에서 돼지는 그냥 돼지가 아니고 멧돼지다.

옛날에 신님이 정월쯤에,

"첫 번째부터 열두 번째까지 온 동물을 교체하면서 동물의 대장을 한다."

라고 했대요. 그래서 그 편지를 썼대요.

그것을 받은 동물들이 그럼 자기가 첫 번째로 가자고 해서 아직

어두운 밤에 다 모두 스타트했는데, 고양이는 쥐가,

"1일에 아침에 가면 된다."

고 했는데 그것을 믿고 출발 안 했대요.

그리고 개와 원숭이가 처음에 사이 친하게 가고 있었는데, 점점 열심히 가니까 좀 싸우게 돼서 마지막에 좀 큰 싸움을 하고 있었기 때문에 출발이 늦게 되었다고 합니다.

그러다가 동물이 도착하잖아요? 첫 번째 소가 왔는데, 소가 도착하기 전에 이때까지 (머리를 가리키며) 여기 위에 있던 쥐가 '뿅' 하고 내렸기 때문에 1번으로 쥐가 도착해서, 그 후에 지금 우리가 알고 있는 순서대로 왔는데.

그 13번째, 사실은 개구리가 왔대요. 근데 개구리가 왔는데, 13번째는 이제 안 되잖아요. 그래서,

"나는 집에 간다."

고 했는데.

개구리가 '가에르(かえる)'라고 해요, 일본에서. 그 가에르가 '집에 간다.'라는 뜻도 있어요. 약간 좀 말을, 뭐

"가에르."

라고 해서 집에 갔다고 합니다.

그리고 신과 동물들 회식이 시작했는데, 아직 개와 원숭이는 아직까지 계속 싸우고 있었대요. 그 후에 고양이가 왔는데, 고양이가 너무 화내서 쥐를 계속 계속, 그래서 지금도 쥐와 고양이는 지금도 계속 그렇게 하고 있고, 원숭이와 개가 지금도 사이가 안 좋다라는 이야기가 있다고 합니다.

[청자: 여기서 견원지간이라는 말이 나왔구나! 몰랐어요.]

우리 어릴 때 〈일본 만화 옛날이야기〉라는 애니메이션이 있었어요. 일주일에 한 번 토요일 밤에 7시쯤에 있었는데, 두 개 이야기가 매주 있었어요. 전국에서 있는 이야기, 유명한 이야기도, 여러 가지 계속. 10년 이상 계속. 그걸 보면서 컸기 때문에 아마 우리들은 그런 이야기를 많이 듣거나 배우거나 한 것 같아요.

(조사자가 한국의 옛날이야기 만화 영화 시리즈에 대해 잠시 언

급함.)

　일본에서는 돼지띠가 아니고 멧돼지예요. 왜냐하면 그 이야기가 일본에 왔을 때, 중국에서 온 이야기인데, 한국이나 중국이 그때는 벌써 멧돼지를 돼지로 개량해서 있었기 때문에 돼지라고 하는데 일본은 그때 아직 문화가 발전하지 않아서 그냥 멧돼지래요.

　그래서 돼지띠 때는 부자나, 돈 이야기가 많잖아요. 근데 우리는 없어서. 멧돼지가 완전 똑바로 뛰어가잖아요. 그런 느낌? 저돌적인?

　'그런 해다.'

　라는 이야기가 있어요. [조사자: 멧돼지처럼 달려가라는?] 네네,

　'올해는 열심히 하겠습니다.'

　그런.

복고양이 마네키네코 유래 [1]

● **구연정보**

조사일시 : 2017. 05. 01(월) 오전

조사장소 : 인천시 부평구 삼산동

제 보 자 : 노마치 유카 [일본, 여, 1974년생, 결혼이주 10년차]

조 사 자 : 신동흔, 조홍윤, 황승업

● **구연상황**

제보자가 〈상인의 신 에비스와 머리를 좋게 만드는 다이코쿠〉 이야기를 마쳤을 때 조사자가 일본식 음식점의 장식물인 고양이에 대해 연원을 물어보았다. 그러자 제보자가 그 유래담을 들려주었다.

● **줄거리**

옛날에 한 무사가 길을 가고 있었는데, 고양이 한 마리가 부잣집 처마 밑에서 무사에게 다가오라는 듯 손짓을 했다. 무사가 신기하게 여겨 처마 밑으로 가자 곧 큰 비가 내렸다. 이를 영험한 일로 여긴 무사는 고양이를 모시는 신사를 만들어 세웠다. 그 후 고양이 신사의 영험함이 소문이 났고, 고양이상을 세우는 문화가 생겼다.

[조사자 2: 잠깐 궁금해서 그러는데요, 그 일식집 가보면 이렇게 고양이가 (한 손을 들어 이리 오라고 손짓하는 모양으로) 이러고 있는 거 있잖아요.] 고양이 말씀 드리지 않았어요? [조사자 1: 저는 못 들었거든요.] (웃음) [조사자 1: 한 번만 더 해주세요.] 아, 네.

고양이가 뭐 한국에서도 복고양이라고 많이 알려져 있는데, 마네끼네꼬(まねきねこ)요. '마네끄(まねく)'가 손님을 초빙한다. 네, 고양이 (주먹을 움켜쥐듯 하며) 이러, 이러고 다니잖아요. 그런데 어

떤 얘기가 있냐면, 일본은 뭔가 좋은 일이 있으면 바로,

"오! 기적!"

이라고 막 감동받고 신사를 세우는 문화가 있어요.

그런데 어떤, 어떤 무사가 길을 가는데, 고양이가 어떤 큰 부잣집 앞에서 막 이렇게 자기를 부르는 것처럼 하는 거예요.

'어, 뭔가?'

계속 그러니까 궁금해서 들어가 보는 거예요. 이제 들어가 보니까, 그 이렇게 지붕이 이렇게 나온 부분을 뭐라고 하죠? 한국말이 있는데. [조사자 2: 처마?] 네네, 그런데 그, 그게 크게 나와 있어서 그 밑으로 들어가게 된 거죠. 그런데 그 순간에 아주 억수같이 막 비가 많이 쏟아진 거예요. 그래 그것 때문에,

"오, 고양이가 특별한 능력이 있는가 보다."

해서 거기에 신사를 세웠다는 얘기가 있는데.

그 저 뭐야. 그 전설이 전해진 곳에 가면은 엄청 많은 고양이를 이렇게 모시고 있는 신사가 있다고 해요. 그게 전국적으로 유명해져 가지고. 일본 사람들은,

"어디에 좋은 신이 있다더라."

하면은 찾아가요. (웃음) 그게 유명했어요, 에도시대 때.

그러니까 도로도 만들어지고요. 도카이도(とうかいどう), 동해도(東海道)라는 도로가 만들어지고. 그 많은 사람들이 오갈 수 있게, 물건도 실어야 되잖아요. 오사카에서 물건이 도쿄로 와야 되고. 도쿄가 엄청 사람이 많이 사는 도시였거든요. 이백만 명인가? 세계에서도, 그때 런던이 제일 잘 사는 도시라고 하는데, 거기보다 사람 밀도가 높았다고 하니깐. 그래서 물건도 많이 필요하고 하니까 도로 만들었었는데, 그때 조금 여유가 있는 사람이면,

"어디 좋은 신이 있다."

하면,

"오, 같이 가자."

하고 소풍처럼 가는 게 유행이었던 거죠. 후지산도 가고. 후지산도 신의, 그 신앙의 대상이었으니까. 그래서 그렇게 해서 고양이도

많이 좀 퍼진 건 아닐까.

　　[조사자 2: 그 고양이 전설이 전해지는 지역이 정확하게 어디쯤일까요?] 거기 있겠죠? (웃음)

　　그런데 상인들이 좋아하죠. 그래 이거는 돈을 부르고, 사람을 부르고. [조사자 1: 옛날에 일단 사람들이 거기를 오니까.]

　　[조사자 1: 그때 말씀해주실 때에는 돈 부르고, 사람 부르고 그래서 양쪽으로 (양 손을 들어 고양이 흉내를 내며) 이렇게 하는 고양이도 있다고 말씀을 해주셨는데, 그 얽혀 있는 이야기는 처음 들었어요.] 아, 그래요? [조사자 2: 네.] (웃음) 복습, 아니 공부 많이 하셨나 봐요. (웃음) 저는 무슨 얘기 했는지 아리까리하네요.

복고양이 마네키네코 유래 [2]

● 구연정보

조사일시 : 2018. 05. 24(목) 오후

조사장소 : 경기도 화성시 진안동

제 보 자 : 요시이즈미 야요이 [일본, 여, 1971년생, 결혼이주 13년차]

조 사 자 : 김정은, 황승업

● 구연상황

제보자가 〈세상을 창조한 남매신 이자나미와 이자나기〉를 구연한 후, 조사자
가 동물과 관계된 이야기는 없는지 질문을 했다. 제보자는 마네키네코를 아
냐고 물은 뒤 이 고양이에 대한 이야기가 있다며 구연을 시작했다. 제보자의
딸이 함께 이야기를 들었다.

● 줄거리

어느 집에 아기 고양이가 태어났는데, 못생겼다는 이유로 주인이 고양이를
버렸다. 그런데 찻집을 하는 어떤 할아버지가 고양이 소리를 들었다. 소리가
난 곳으로 가자 버려진 고양이가 있었고, 할아버지는 그 고양이를 데려다 키
웠다. 누가 봐도 사랑스럽지 않은 얼굴이었지만, 할아버지는 고양이를 귀여
워했다. 고양이를 키운 이후로 할아버지의 가게에는 손님이 늘어나 할아버지
는 돈을 많이 벌었다. 이후로 일본에는 고양이상이나 그림이 많아졌다. 특히,
문 앞에서 손을 흔들고 있는 고양이는 돈이나 복을 들어오게 하는 의미가 있
다. 보통은 한 쪽 손만 흔들고 있는데, 양쪽을 다 들고 있으면 너무 욕심을 부
리는 것 같이 느껴지기 때문이다.

어떤 집에 애기 고양이가 태어났는데, 못생겼다고. 네, 못생겨,
[조사자 1: 고양이가 못생겼다고.] 네. 못생겼다, 키우면 뭐 키우고 싶지
않잖아요. 그래서 그 처음에는 주인이 그거 고양이를 버렸, 버렸다고

해요.

그런데 어떤 가게에, 가게, 뭐 찻집 같은 거 뭐. 그 가게 하는 할아버지가 자기 일하면서 어딘가에서 고양이 소리를 들었다고 해요. '냐냐' 하는 소리 듣고,

'아, 어디, 어디엔가 고양이 있는 것 같다.'

그래 처음에는 신경 안 썼다가 계속 고양이 '냐냐' 그 울어서, 가서, 가, 그냥 가난, 가난한 그 고양이가 있어서 가엾, 가엾다고 제가 키우기 시작했어요.

그런데 그 얼굴 보면 뭔가 화난 얼굴? 누가 봐도 사랑스럽지 않은, [조사자 1: 고양이 얼굴이요? 네.] 네, 뭐 별로 좋아하지 않는 그런, 때문에, 때문에. 그래도 그 할아버지는 그냥 그 고양이를 귀여워했어요.

그래 그러면서 왠지 그 가게에 점점 사람이, 손님, 손님 오기 시작하고. 뭐 할아버지도 돈 많이 벌면서 '마네키네코(まねきねこ)'라는 게 [조사자 2: 아, 그게 그래서.] 이렇게 했다 뭐 그런 식으로 이야기하기도.

[조사자 1: 아, 그래가지고 그런 것들이 많아진 거예요? 그림도 있고.] [조사자 2: 고양이상, 그리고 인형 같은 것도 이렇게.] 네, 네. [조사자 2: 그런데 이게 오른손 들고 있는 거랑, 왼손 들고 있는 거랑, 양손 들고 있는 게 다 의미가 다르다고.] 있어요, 네. 이거 손. 아무튼 뭐 제가 왼쪽, 오른쪽은 전부 모르지만, 복이 들어오라고 하는 것과 이렇게 돈이. [조사자 1: 아, 이게 돈이 들어오게.] 네, 돈. 그런 거.

그런데 이제는 색깔마다 다른 거 있어요. [조사자 1: 색깔도.] 그런데 양쪽의 손을 들고 있는 거는 뭐 다 들어오라고 하니까. [조사자 1: 다 들어오라고, 네.] 예. 오히려 안 좋다고 하는 사람도 있어요. 너무 욕심. [조사자 1: 일본 분들은 그렇게 내려놓는 게 있으셔서 그런지 좀 안 좋았을 것 같아요. 아, 재밌네요. 그래서 한 쪽만?] 한 쪽만. (일동 웃음)

음양사가 된 여우의 자손 아베노 세메

● **구연정보**

조사일시 : 2017. 12. 10(일) 오후

조사장소 : 대구시 달서구 신당동

제 보 자 : 마츠자키 료코 [일본, 여, 1982년생, 이주노동 8년차]

조 사 자 : 김정은, 황승업, 강새미

● **구연상황**

제보자가 〈여우비가 내리는 이유〉를 구연한 후, 조사자가 여우에 관련한 이
야기가 또 있는지 물어보자 더 있다면서 구연했다.

● **줄거리**

쿠즈키츠네라는 유명한 여자 여우가 있었다. 쿠즈키츠네는 평소 인간의 모습
을 했는데 인간 남자를 좋아해서 그 남자와 결혼하고 아이도 낳았다. 그러던
어느 날 여우라는 사실이 밝혀지자 쿠즈키츠네는 슬퍼하면서 편지를 남기고
사라졌다. 그런데 여우와 인간 사이에서 혼혈로 태어난 아이는 특별한 능력
이 있었다. 그는 음양사가 되어서 활약을 했다. 그가 바로 일본 헤이안 시대의
유명한 음양사인 '아베노 세메'이다.

유명한 여우가 있어요, 어쨌든. 여자여우인데. 어떻게 됐는지 모
르겠지만, 인간 남자하고 연애를 하고 결혼했어요. 아, '쿠즈키츠네'
라고 하나요? 쿠즈키츠네. 아, 다를 수도 있어요. (웃음) 그런데 '키
츠네'는 '여우'. '쿠즈'는 갈근의 과일이라고 하면 될까요? 쿠즈는
'화'라는 잎이 있어요. 아, '칡'! 칡이라는 식물 있잖아요. [조사자: 식
물, 뿌리 있는 그거요?] 네. 그걸 쿠즈라고 하는데. 왜 쿠즈키츠네라고
하는지 모르겠어요.

그런데 그 여우가 인간 남자를 좋아해주고, 인간의 평소에 모습을 하고. 모습을 하고 결혼했죠. 그런데 아이도 태어나고. 태어났는데, 어떤 날, 왜 그랬는지 모르겠지만, 어떤 날에 좀 '여우였다.'라는 걸 알게 되고, 결국 슬퍼하면서,

'나는 산에 돌아갑니다.'

라는 편지를 쓰고 가버렸어요.

그런데 아이는 결국 여우인간 혼혈이라서, 특별한 능력이 있었고, 일본에서 정말 유명한 '아베노세메'●라는 기도, 기도사라 하면 될까? '오이요지'라는 직업이 있어요. 어, 한국어로 하면, 음, 음양사. [조사자: 음양사. 네, 네.] 어, 오이요지로 됐어요. 그 사람은 헤이안지다이? 평안 시대 사람이니까, 700년부터 900년 사이가 헤이안 시대이니까 정말, 정말 옛날 사람이죠.

그런데 그 시대 사람 중에도 우리가 많이 알려지고 있는, 알고 있는 사람 중의 하나가 '아베노 세메'인데, 음양사로 많이 활약한 사람. 그 사람은 아마 실제 인물인데 '그 엄마는 여우다'라는 전설이 있습니다.

●생몰연대가 921년-1005년이다.

치수로 홍수 구제한 교키 스님

● **구연정보**

조사일시 : 2017. 05. 01(월) 오전

조사장소 : 인천시 부평구 삼산동

제 보 자 : 노마치 유카[일본, 여, 1974년생, 결혼이주 10년차]

조 사 자 : 신동흔, 조홍윤, 황승업

● **구연상황**

제보자는 불교적 존재들에 관한 이야기들의 구연을 이어가다가, 실존 인물인 교키 스님에 관한 이야기를 들려주었다. 그는 신이한 행적을 보인 인물은 아니지만, 백성들을 이끌어 치수와 관개 사업을 실행해서 실제적인 도움을 준 인물이었다. 이와 같은 이야기를 구연하면서, 제보자는 일본 사람들의 삶에 긍정적인 영향력을 발휘했던 것은 신도(神道)가 아닌 불교였던 것 같다고 첨언했다.

● **줄거리**

옛날에는 백성들이 살기가 매우 어려웠는데, 그나마 불교 덕분에 사람들이 위로를 받을 수 있었다. 특히 교키 스님은 백성들을 이끌어 치수를 하고 관개 시설을 정비하여 사람들이 물로 인해 고통 받는 것을 막는 데 힘을 쓴 의인이었다.

옛날에 정말 그게 없잖아요. 약이 없고 시달렸죠, 많이. 서민, 농민들. 그래서 불교가 정말, 불교 때문에 사람들 음, 좀 살 수 있는 세상이 됐다는, 실제로 역사적으로도 그렇고요. [조사자: 많이 위로 받고?] 위로 받고, 예. 실제로 아주 유명한 스님 [조사자: 스님?] 예, 스님. 스님 때문에.

[조사자: 어떤 스님일까요?] 음, 교우지●, 아, 교우지라는 사람이 유명해요. 교우지. [조사자: 교우지?] 네, 실제 인물인데요.

정말 아, 교우지, 교우지가 사람 많이 도와주는, 정말 희생하면서 많이 도와주는 분이었는데. 그 비가 올 때마다 홍수가 나는 마을이 있었어요. 그런데 그 곡물들이 다 이렇게 쓰러져 가고 힘들었었는데 그 물을, 물을 잘 빠져나가게 하는 그런 하수도 공사 같은 일을 해줘서 그 마을이 잘 살게 되었다. [조사자: 그분이 혼자서 이렇게 다 했나요?] 다, 아니 시켰죠.

"이렇게 하면 된다."고.

알려 줘서. [조사자: 알려 줘서?] 네, 알려 줘서 같이 공사를 한 그 얘기가 유명한 것 같은데. 하여튼 그 실제로 뭔가 실존 행동으로 옮겨서 사람을 도와주는 사람은 정말 불교 쪽의 스님이었던 것 같아요. 일본의 전통 종교는 불교는 아니잖아요. 신도이지만, 신도는, 신도는 실제로 누가 나타나서 그런 게 없는 것 같아요. 네, 그 전달되는 뭐 설화 같은 거는 많이 있지만, 어딘가 모르게 뭔가 뭐. (웃음) 그

"과자가 막 떨어져 왔다."

뭐 막 이상한, 이상한 얘기. (웃음)

[조사자: 오히려 진짜로 사람들 삶이랑 같이 했던 거는 불교 쪽인 것 같아요?] 네네, 그런 것 같아요. 그래서 이렇게 이야기도 많고, 정말 기도를 하면은 도움 받을 수 있다고.

[조사자: 교우지 스님이 했던 일 중에 또 다른 전해지는 게 있을까요?] 그 얘기 말고는 제가 지금 기억이 안 나는데. 간가이(かんがい, 灌漑) 사업이라고 하는데, 간가이, 아마 한국말도 있을 것 같아요. [조사자: 간가이?] 네, 한자라서, 그 하수도 공사.

● 조사 이후 제보자가 연락을 통해 스님의 이름이 '교키'이며 '교우지'로 혼동했음을 밝혔다. 교키(行基, 668~749)는 8세기 전반에 활동한 승려로 백제의 후손이다. 15세의 나이에 출가하여 불법을 공부한 뒤 고향으로 돌아가 민간 포교에 나섰다. 신자들과 주로 연못, 도로, 교량 등 건설과 토목사업을 전개했다.

에도시대 오스찌의 사랑

● 구연정보
조사일시 : 2017. 12. 10(일) 오후
조사장소 : 대구시 달서구 신당동
제 보 자 : 마츠자키 료코 [일본, 여, 1982년생, 이주노동 8년차]
조 사 자 : 김정은, 황승업, 강새미

● 구연상황
제보자가 〈귀 잃은 악사 호이치〉를 구연을 마친 뒤, 바로 이어서 이 이야기를
시작했다.

● 줄거리
옛날 에도시대 때는 화재가 많았는데, 오스찌가 낸 불도 있었다. 부잣집 딸인
오스찌는 소방관 히케시를 짝사랑했는데 당시 소방관은 신분이 낮았기 때문
에 오스찌의 부모가 그들의 결혼을 막았다. 그러자 오스찌는 불을 내면 히케
시를 만날 수 있을 것이라 생각해서 일부러 불을 질렀다. 그 때문에 큰 화재가
많이 발생했고 결국 오스찌는 사형을 당했다. 도쿄에 가면 오스찌를 기리는
비석을 볼 수 있다.

그거는 에도시대 얘기. 에도는 아노, 불. 화재가 많은 도시였어
요. 옛날부터. 사람들 많이 모여 있고, 다 목조 건축, 건축이라서. 목
조건물이 밀집되어 있으니까, 옛날부터 화재가 많았는데, 그 하나 원
인이 오스찌가 하는 것도 있어요.

그런데 옛날 오스찌가. 아, 그거 누군지 모르겠네. 오스찌가 짝
사랑, 짝사랑 했어요. 그래 짝사랑하는 상대방이 히케시였나? 아마
그거 불 지르는 사람? 아니다, 약간 소방사 같은? 히케시. 불 끄는

사람. 네, 불 끄는 사람인 것 같아요, 아마.

그런데 어떤 날 화재가 좀 생겼을, 났을 때 그 오스찌는 신분 높은 집의 그 여자, 딸이었는데, 딸이었는데. 그 불 끄는 사람, 그거 남자를 좀 멋있다고 생각했어요. '가꼬이.'* (웃음) 그래서 좋아졌나 봐요. 그런데 옛날 불 끄는 직업은 안 좋은 신분, 밑의 노동. 그리고 약간 좀, 소질이 많이 나쁜 사람도 많이 들어가는 편이었어요.

그런데 그래서 좋아했는데, 신분 차이로 결혼을 못 했어요. 이 아빠가 안 된다고 했는데. 그래서 그런데 오스찌는 너무 좋아하고, 많이 좀 좋아했어요. 그래 좀 많이 생각한 다음에,

'다시 불 태우면 그 사람 만날 수 있겠다.'

라고 생각을 해서 일부러 불을 냈어요. [조사자 1: 소방사니까, 그 남자가.]

어, 그래 그 때문에 큰 화재가 많아지고 결국 오스찌는 사형됐죠. 그런 얘기가 있고.

아마 좀 도쿄에 가면 오스찌 비, 비석 같은 것도 있는 것 같아요. 오스찌, 그거 유명한. 이건 사실인 것 같애요.

[조사자 2: 그래도 얼마나 좋아했으면.] 그러니까요.

● かっこいい, 근사하다

부모의 싸움을 멈추게 한 죽은 딸의 그림

● **구연정보**

조사일시 : 2017. 01. 06(금) 오후

조사장소 : 대구광역시 중구 대안동

제 보 자 : 마츠다 타마미 [일본, 여, 1976년생, 결혼이주 7년차]

조 사 자 : 조홍윤, 황승업, 김자혜

● **구연상황**

마츠자키 료코 제보자가 〈우엉과 무와 당근 색의 유래〉 구연을 마친 뒤 마츠다 타마미 제보자가 고향에서 들었던 전설의 구연을 시작했다. 제보자가 살았던 곳에서는 매우 유명한 이야기로 관련 축제도 벌어졌는데, 그때 이야기에 등장하는 미녀도를 직접 본 기억이 생생하게 남아 있다고 했다. 마츠자키료코와 묘엔 이치로 제보자가 청자로 참여했다.

● **줄거리**

시모노세키에서 어물전을 하는 부부에게 딸이 하나 있었다. 딸은 부모가 늘싸우는 것을 보면서 가슴앓이를 하다가 죽었다. 딸의 원혼은 인근 절의 스님을 찾아가 부모님이 싸우는 것을 막아달라고 청했다. 부탁을 받은 스님은 원혼의 모습을 그림으로 그려 가서 그녀의 부모에게 자초지종을 설명했다. 잘못을 뉘우친 부부는 사이좋게 지내게 됐고 장사도 잘 되었다. 지금도 그 절 인근에서는 매년 한 번씩 딸의 그림을 장식하며 축제를 연다.

지역에서 듣는 이야기 많아요. 고향 이야기. 시모노세키(しものせき, 下関) 이야기인데 시모노세키 어떤 절 앞에 해산물 도매하는집이 있었어요. 그거 운영하는 부부가 아주 사이가 나빠서 맨날 맨날 심하게 싸웠대요.

근데 그 집에 딸이 한 명 있었는데 맨날 맨날 아빠 엄마가 싸우

기 때문에 그거 마음이 아파서,

"이제 싸우지 말라."

고 부탁했는데 엄마 아빠들은,

"가만히 있으라."

고 해서 무시해서 계속 계속 싸웠대요.

그래서 딸이 너무 아픈 마음에 몸도 아파지고 마지막에 죽었어
요. 죽었는데, 그 죽어서 장례식 하는 날에 그 딸이 집 앞에 사시는
절 있잖아요? 스님 절에 가서 유령이 됐어요. 유령 되고 그 스님한테
밤에 늦은 밤에 머리 위에 나와서,

"제발 우리 부모님 어떻게 좀 할 수 있지 않을까?"

좀 부탁했는데 스님이,

"그거, 아, 맞다 맞다! 너희 부모님은 너무 사이가 안 좋으니까
나한테 좀 맡겨라."

고 해서 잠시만 기다리라고 또 딸 모습을 그림으로 그렸대요.

급하게 다 그린 후에 앞에 보니 딸이 없어졌는데 다음 날에 스님
이 그 그림 가져가서 부모님한테,

"어제 밤에 (딸 귀신이) 나왔는데 니들이 맨날 맨날 싸우니까 그
걸 걱정해서 그 너무너무 걱정해서 죽어도 죽을 수 없다고 해서 갔다."

고 했어요. 그래서,

"이제 싸우지 말라."

고 하고, 그 부모님 그거 듣고 울면서,

"아, 그거 그만큼 걱정하고 있었는지 몰랐다."고.

"너무 후회한다."

고 해서,

"앞으로 사이 친하게 지내자."고.

다시 사이가 좋아졌는데, 좋아져서, 사이가 좋아졌기 때문에 장
사도 잘 됐대요. 그래서 다시 부자 됐는데 그걸 스님이 기뻐해서 매
년 한 번 그 딸이 오신 날에 그 그림을 장식하고 축제하고 있대요.
그 그림이 지금도 남아 있어서 저도 어릴 때 봤는데 완전 유령 모습
이고 근데 다리 없어요.

일본에서 유령, 귀신 모습이 다리 없어요. 그래서 이거는 진짜 이야기다라는 전설이 있어요. [조사자: 아 그 귀신인 딸의 모습을 그대로 그려가지고?] 네, 좀 무서운 그거를 좀 진짜, 지금도 매년 한 번 축제하고 있어요.

실수로 아버지를 죽게 한 딸의 후회

● **구연정보**

조사일시 : 2017. 01. 06(금) 오후

조사장소 : 대구광역시 중구 대안동

제 보 자 : 마츠자키 료코 [일본, 여, 1982년생, 이주노동 8년차]

조 사 자 : 조홍윤, 황승업, 김자혜

● **구연상황**

마츠다 타마미 제보자가 〈부모의 싸움을 멈추게 한 죽은 딸의 그림〉을 구연한 후, 마츠자키 료코 제보자도 귀신이나 무서운 이야기가 떠올랐는지 밤에 잠을 자지 않는 아이를 잡아간다고 하는 텐구에 관하여 잠시 언급했다가, 곧 본인이 어렸을 때 접한 이야기 중 가장 두렵고 충격을 주었던 이야기라며 일본어로 〈키즈모 나카즈바〉라는 이야기를 들려주었다. 풀이하면 '꿩도 울지 않았더라면'이라는 뜻이다. 일본인 제보자 마츠다 타마미와 묘엔 이치로가 이야기판 청자로 참여하였다.

● **줄거리**

옛날 가난한 아버지와 딸이 살았다. 어느 날 병이 난 딸이 아버지에게 팥죽을 먹고 싶다고 했다. 가난한 아버지는 도둑질을 해 딸에게 팥죽을 먹였고 딸은 곧 병이 나았다. 이 일에 대해 딸이 노래를 만들어 불렀는데 사람들이 그것을 듣고 도둑질한 아버지를 잡아 그를 마을의 홍수를 막기 위한 제물로 삼아 죽였다. 딸은 자신의 실수로 아버지가 죽은 것을 슬퍼해 그 이후로 한 마디도 하지 않았다. 어느 날 딸은 꿩을 잡던 사냥꾼이 꿩 울음소리를 듣고 사냥에 성공하는 것을 보았다. 이에 그녀는 '꿩도 울지 않았더라면 죽지 않았을 텐데'라고 말했다.

정말 무서워서 기억나는 것이 있어요. 옛날 전래동화 중에, 〈키즈모 나카즈바(キジも鳴かずば)〉라는 것인데, 〈꿩도 울지 않았더라

면〉이라는 이야기인데, 그것이 어떤 이야기냐면.

가난한 아버지랑 딸, 두 명 가족이 있었어요. 근데 어떤 날에 딸이 병이 돼서 많이 나빠져서 팥죽을 먹고 싶다고 했어요. 근데 팥도 쌀도 없으니까 아버지가 고민 끝에 부잣집에 도둑질을 하고 그걸 입수했어요. 근데 그걸 아이한테 줬더니 아이는 나았어요, 병이. 근데 아이가 정말 기쁘고 공놀이를 하면서 그걸 노래를 불렀어요.

"아버지가 팥죽을 만드셨어."

그걸 듣는 사람이 있어서 아버지가(아버지를) 찾게 되어서. 근데 어떤 날 홍수가 그 지방에 비가 너무 많이 내려와서 홍수가 났어요. 그때 물이 나오니까 그때 신의 화를 진정시키기 위해서 아버지를 제물로 [조사자: 인신공양?] 네. 그렇게 하자는 결정이 되었어요. 결국 아버지는 잡히고 그렇게 되었어요. 그날부터 딸은 한 마디도, 말실수로 아버지가 죽은 것이니까 말 안 하게 되었어요.

근데 몇 년 지났다가 어떤 날에 사냥꾼하고 꿩이 있었어요. 사냥꾼이 꿩을 잡으려고 했는데, 꿩이 가만히 숨어 있었는데 갑자기,

"꿩!"

이라고 하면서 울면서 날아갔으니까 그 소리를 듣고 사냥꾼이 총을 쐈어요. 근데 꿩이 죽었잖아요? 그때 그걸 보고 그 아이가,

"꿩도 울지 않으면 죽지 않았는데."

라는 말 한 마디 했다라는 슬픈 이야기가 있어요.

그걸 듣고 처음 인신공양 습관이 있었다는 것도 알게 되고, 정말 충격적이었어요. 그래서 오래 기억이 났어요.

노인 버리는 풍습이 없어진 이유

● **구연정보**

조사일시 : 2016. 12. 16(금) 오후

조사장소 : 강원도 강릉시 교동 강릉문화원

제 보 자 : 코마츠 미호 [일본, 여, 1969년생, 결혼이주 20년차]

조 사 자 : 박현숙, 김민수

● **구연상황**

제보자가 재치 있는 잇큐의 몇 가지 에피소드를 이어서 구연을 한 뒤에 준비
헤온 다음 이야기 구연을 시작했다. 곤도 사끼에 제보자가 이야기판에 청자
로 참여했다.

● **줄거리**

옛날 나가노 현에서는 노인이 육십 세가 넘으면 버리는 풍습이 있었다. 한 아
들이 육십 세가 된 어머니를 버리기 위해 업고 집을 나섰다. 동굴에 도착해서
어머니를 내려놓자 어머니는 아들에게 동굴까지 오는 길에 나뭇가지를 땅에
뿌려 길을 표시해 놓았으니 그걸 보고 집까지 잘 찾아가라고 했다. 아들은 차
마 어머니를 버리지 못하고 도로 업고 돌아와 지하 창고에 어머니를 모셨다.
그러던 중 옆 나라 장군이 이 나라에 쳐들어오려 곤란한 문제를 자꾸 냈는데
숨겨뒀던 노인이 해답을 알려주어 위기에서 벗어날 수 있었다. 그 후로 나라
에서 노인을 버리는 풍습이 없어졌다.

그리고 저번에 선생님이 그 우바스테야마? 저기 그 육십 세 넘
으면 할머니가 버림받는다는 이야기 하셨는데 그 이야기를 제가 다
시 봤어요. 일본 전국에서 아니고 어떤 마을에서 그런 풍습이 있는

것이 제가 봤던 것은 그 나가노(長野)●? 나가노나 니가타(新潟)●● 그
쪽 지방에서 봤던 이야기인데.

그 마을에서는 육십 세 되는 할머니는 산에 버리러 가야 된다는
그런 풍습이 있었대요. 그래서 어떤 아들하고 엄마하고 둘이 살고
있는 집이 있었는데 자기 엄마가 이제 육십 세 돼가지고 버리러 가
야 되는 그렇게 됐어요. 그래서 울면서 어머니를 이렇게 업고 산에
산속에 들어갔어요.

근데 엄마는 그 마른 손으로 나무를 이렇게 부숴서 아니 나뭇가
지를 이렇게 그 떼서 이렇게 떨어트리면서 갔다고 해요. 그래서 이
제 아들한테 엄마,

"이제 버리면 그 나뭇가지를 보면서 이제 집에 가야 된다."

이렇게 이야기했대요. 그래서 이따 엄마를 이렇게 놔두고 아들
은 울면서 이렇게 막 갔는데

'아. 역시 엄마를 버릴 수 없다.'

다시 이렇게 돌아가서 엄마를 업고 또 그 길을 이렇게 집을 이렇
게 내려와서 집에 데리고 가서 사람한테 안 보이는 그 지하 뭔가 저
장 음식을 저장하는 그 뭐라고 하나요? [청자: 창고?] 네. 지하 창고에
다가 어머니를 거기다가 숨겨서 그렇게 살고 있었어요.

그런데 어떤 날에 그 나가노 현 옆에 옆 나라 옛날에는 나라라고
했으니까 옆 나라 장군이 어려운 문제, 거기 그 아들하고 엄마가 사
는 그 나라에다가 어려운 문제를 냈어요. 첫 번째는 제가 메모 안 해
가지고 까먹었는데 예를 들어서, '그 대나무 이렇게 꼬부라지는 일
곱 번 꼬부라지는 대나무에 바늘로 통하게 하라'고, 그러니까, '그 안
에를 실을 하고 바늘을 이렇게 통해야 된다.' 그런 문제. 그렇게 안
하면 공격할 거라고 그렇게 하니까 그 나라 장군이,

"그거를 문제를 풀 수 있는 사람이 없냐?"

고 했을 때 그 아들이 엄마한테 물어봤대요.

● 일본에서 4번째로 큰 현이며, 혼슈 중앙부에 있다.
●● 일본 혼슈 동해 연안에 있는 현이다.

그러니까 엄마가 그거는 대나무 앞쪽하고 뒤쪽하고 에다가 꿀을 묻히래요. 그리고 개미에다가 그거를 묶어서 개미가 이렇게 통하게 하라고 그렇게 가르쳐 줬대요. 그래서 그거를 해결할 수 있었어요. 그래서 옆 나라 공격을 막을 수 있었다는 이야기죠.

그리고 두 번째 그걸 해결했는데 또 옆 나라 장군 욕심이 많아서 또 문제를 또 했어요.

'때리지 않아도 소리 나는 북을 만들어라.'

그래서,

"그렇게 안 하면 또 공격하겠다."

고 하니까.

그래서 또 물어봤어요. 또 아들이 엄마한테 물어봤죠. 그러니까,

"종이로 가죽 부분, 종이로 만드는데 그 안에다가 그 벌을 많이 넣으라."고.

그랬대요. 그래서 거기다가 벌을 넣고 그렇게 북을 만들었대요. 그러니까 때리지 않아도 소리만. 네 그래서 첫 번째도 하나 있었는데 제가 메모를 안 해서 까먹었는데요.

세 번 정도 그렇게 하니까 옆 나라 장군이 이제 포기하고,

'아. 그 나라는 머리가 좋아서 지혜롭다.'고.

포기하고 공격을 안 하고 근데 그 나라도 공격을 막은 그 나라 장군이 아들한테,

"어떻게 그렇게 지혜롭게 해결할 수 있었냐?"고.

물어보니까 자기 어머니가 사실 어머니를 이렇게 숨기고 있었는데 어머니가 다 가르쳐주셨다고 하니까 나라의 그 풍습이 이제 없어졌다는 이야기죠. 그 어머니의 지혜가 나라를 구했다. 그런 거죠.

백성에게 은어를 바치게 한 영주

● **구연정보**

조사일시 : 2017. 12. 10(일) 오후

조사장소 : 대구시 달서구 신당동

제 보 자 : 마츠자키 료코 [일본, 여, 1982년생, 이주노동 8년차]

조 사 자 : 김정은, 황승업, 강새미

● **구연상황**

제보자가 〈삿갓 쓴 지장보살〉을 구연한 뒤, 은어와 관련한 두 가지 이야기가 있다면서 구연을 시작했다. 하나는 제보자가 옛날에 들었던 이야기이고, 다른 하나는 검색해서 알아본 이야기라고 했다.

● **줄거리**

옛날에 가난한 어머니와 아들이 살고 있었다. 아들은 몸이 약한 어머니를 위해서 강에서 은어를 잡았다. 그런데 영주가 은어를 먹고 싶다고 해서 어쩔 수 없이 그 은어를 영주에게 바쳤고, 어머니는 죽었다.

　　이와 다른 이야기도 전해진다. 옛날에 가마우지라는 새를 이용해서 은어를 잡는 어부가 있었는데, 영주가 그에게 은어를 잡아오라고 시켰다. 어부는 날씨가 매우 안 좋은 상태에서 은어를 잡으러 나갔다가 비를 맞고 병이 들어 죽었다. 그의 아들이 아버지의 일을 이어받아서 했는데 다른 어민들이 방해하며 괴롭혔다. 자기 때문에 아버지가 죽고 아들이 힘들어한다는 것을 알게 된 영주는 어부의 아들에게 구역에 상관없이 은어를 마음껏 잡을 수 있도록 해주었다.

사가미하라[*]니까 사가미하라 민화를 하나 좀. 네, 어제 약간 또

---

　　[*] 사가미하라(相模原, Sagamihara)는 일본 혼슈[本州] 가나가와 현[神奈川縣]에 있는 도시이다.

생각나서. [조사자 1: 사라기하라.] 사가미하라의 전래. 네, 동화. [조사자 1: 그게 무슨 뜻일까요?] 아, 사가미하라는 지명이에요. 그런데 그 제목은 잘 모르겠어요. 아이유, '은의 강' 한 곳인데. 은어.

사가미하라는 큰 강이 있어서 여기에 은어가, [조사자 1: 강에 은어가 있었어요?] 네, 은어가 있었어요. 그걸로 유명했어요, 옛날은. 지금은 먹는 사람이 없는데. (웃음) 그런데 그 얘기는 우리가 유치원 때, 유치원에서 일부로 좀 책을 팔은 것 같아요. 그래서 그냥 애매하게, 뭐 그런 얘기가 있었더라라는 얘기가 있어서.

그런데 그거는 제가 사실은 어제 기억한 부분은 가난한 부모 자식이 있어서 어머니가 몸이 약한데, 그 어머니를 위해 주려고 그거 은어를 잡았어요. 그 아들이. 아직 젊은 아들이. 잡았는, 잡으려고 했는지, 잡았는지 모르겠는데, 잡았는데. 그 아, 토모사마가 뭐지? 옛날에 왕 같은 지방을 [조사자 2: 영주.] 영주, 영주님이. 영주, 영주님이 은어를 먹고 싶다고 해서 어쩔 수 없이 그 은어를 줬다. 그래서 어머님이 억울하게 좀 난 상태로 죽었다라는 생각을 했는데, 사실은 다른 것 같아요. (일동 웃음) 그렇게 기억하고 있었어요.

그런데 어제 동생하고 채팅하고 있었는데,

"그런 이야기 기억하냐?"

내 동생은 기억이 없었어요. 그런데 '뭐지?'라고 해서 둘이 같이 좀 인터넷을 찾아 봤는데, 그런 이야기도 하면 될까요. 그 사실 얘기. 그런 것 같아요.

옛날 가족. 가마, 아니 은어도 '가마우지'라고 하는 어업이 있잖아요. 가마우지를 키우고, 가마우지를, 가마우지로 은어를 잡게 해서, [조사자 1: 네, 맞아요. 많이 들어 봤죠.] [조사자 1: 새가 유명해요. 건대에도 많이 와요.] 어, 가마우지가 많이 와요? [조사자 1: 네, 호수가 있어서. 여기를 이렇게 묶어, 목을.] 예, 가마우지 어업을 하는 그런 사가미하라에서는 그런 어민들이 많이 많이 있었어요, 은어를 잡는. 그런데 아버지가 유명한 그거, 어민이었는데, 기술이 있었는데. 아버지가 돌아가셨어요.

그런데 아직 젊은 자식이 그걸 계승하고 하게 되었는데. 아, 잠깐만요. 아, 영주님이 어디서 나왔지? 아마 영주님, 아 그거 사가미 하라의 은어는 정말 유명하니까, 영주님에게 헌상해야 되는 그런 거였어요.

그래서 아, 맞다. 어떤 날에 그 영주님이,

"아, 은어를 먹고 싶다."

라고 하는데, 그 날씨가 정말 나빴어요. 날 안 좋은 날씨였는데. 아버지가 무리하게 나가시고. 그리고 결국은 차가운 비 맞고, 그래 병들고 돌아가셨어요.

그래서 에 또 어쩔 수 없이 자식이 그 일을 하게 되었는데. 아직 젊고, 다른 주변 어민들하고 좀 왕따 당하고, 괴롭히기, 괴롭힘당하고. 그래 힘들게 하고 있었는데, 어떤 날 영주님이 내가 무리하게 그걸 했으니까, 그 아버지가 죽고 자식이 정말 좀 고생하고 있다라는 것을 알게 되고.

결국은 그 자식이, 아들에 대해 그 사가미하라 강에서는 그거 예를 들면, 나와바리 같은 거 있는 거 같아요. [조사자 2: 구역을 이렇게.] 네, 어민마다. 그런데,

"다 할 수 있다. 해도 된다, 너는."

예, 그렇게 해줬다, 우카이멘이라는 얘기네, 우카이멘이라는 또, 얘기 제목. 우카이멘.

'우카히'는 '우'가 '가마우지', '카이'는 '키우다'. 그래 '우카이'라고 하면, 그 가마우지 어업을 하는 사람인데. 멘은 '면허'의 '면(免)'자. 면. 에 또, '면제하다' '면'. 또 '면호', '면허증'의 '면'. [조사자 1: 면허, 면허, 네.] 면.

'우카이를 면하다.'

다 이 영역에서. 그런 뜻인 것 같아요.

고구마가 퍼진 유래

● 구연정보
조사일시 : 2018. 01. 10(수) 오후
조사장소 : 서울시 동대문구 용두동
제 보 자 : 이케다 마유미 [일본, 여, 1967년생, 결혼이주 22년차]
조 사 자 : 오정미, 한상효, 엄희수

● 구연상황
제보자가 〈구마모토 아소산의 고양이 전설〉을 마친 뒤, 다른 지방과 관련된
이야기를 또 준비해온 게 있다며 이야기를 시작했다.

● 줄거리
주변에 먹을 것을 나눠주는 착한 부부가 살았다. 남편이 사츠마 지역으로 보
리를 사러 갔다. 남자는 사츠마에서 처음으로 고구마 맛을 보고, 주인에게 사
정해서 몰래 고구마를 자신의 고향으로 가져왔다. 일본에서는 고구마는 '다라
이모'라고 하는데, 사츠마에서 처음으로 가져왔으므로 '사츠마이모'라고도 한
다. 처음에는 고구마가 땅속에 있는 줄 몰랐는데 도둑 때문에 그 사실을 알게
됐다고 한다.

어떤 부부가 있었는데, 거기, 부인이 마음씨 착한 부분데. 그게
좀, 뭐라고 할까, 착한 부분데. 주변의 사람들한테, 먹을 걸 나눠주는
그런 부부가 있었어요. 그래서 그, 그, 부인이 다시,

"이제 쌀 담는 항아리가 없어, 다 뭐랄까 빈통이 되어버렸는데
어떻게 해요?"

라고 했더니,

"그러면 사면 되겠지."

라고 했는데,

"근데 지금 그게, 너무 날씨가 별로 안 좋아서 어디, 어디에 가도 쌀도 없고 보리도 없어요."

"그렇구나. 그러면 걱정하지 마라."

라고 해서.

거기 우리, 옛날에는 구마모토를 히고라고 했어요. 히고의 밑에 가 가고시마라고 있어요. 가고시마가 사츠마예요. 사츠마에, 그, 사츠마도 조금 화산이 많이 있기 때문에 거기가 조금, 뭐라고 할까요? 조금 농사짓는 토종, 땅 질이 별로 안 좋아요. 시라츠대지라고 해서. 그래서,

"그러면 그 사츠마에 가니까, 거기 보리도 사 올게요."

라고 했어요.

근데 사실은 거기 이 년 정도, 아마쿠사라는 거기 지역이에요. 그게 구마모토 현에. 근데 너무 거기 가물어서 거기 쌀도 없고 보리도 없었어요. 근데 며칠 후에, 거기 다스케라는 사람인데, 거기 다스케라는 사람이 거기, 밑에, 가고시마 사츠마에 거기 짐을 옮기기 위해서 거기 배를 탔어요. 거기서 배를 타고,

"돌아갈 때는 그 짐을, 먹는 것을 많이 가지고 올게요."

라고 해서 거기서 사츠마라는, 거기, 가고시마 거기 배 있는 데서 도착했는데.

[조사자 1: 이 남자가, 아까 부부의 남자인 거예요?] 네, 부부의 남자가 다스케라는 사람이에요. 그래서, (이야기를 다시 보더니) 그러고 나서 그때 거기서 그런 사람들한테, 우리 거기 어, 아마쿠사 지역에서는 배가 고픈 사람이 많다고 이야기했어요.

"아, 그렇구나. 그러면, 자기들도 애들이 그 시기때는 많이 먹는 것에서 많이 고생했어요. 그래서, 그래서 애들한테는, 애들 먹는 거에 대해서는 고생시키지 않는 게 좋겠어요."

그래서 주변에 애들을 도와주는 다스케라는 사람이,

"아, 훌륭한 사람이군요."

그 사츠마에 있는 사람 주변에 사람들이 그렇게 칭찬하는데 그,

밤에 다스케는 거기 있는 사람한테 진짜 뭐랄까, 지금까지 먹어보지
않았던 거를 먹었는데,

"아 그게 진짜 맛있어요. 그게 뭔가요?"

라고 했더니 그거는 그 지역에서만 있는 '가라이모'라고 해서,
옛날에 '가라'라고 하면 '당', 당나라의 고구마를 사츠마이모라고도
하고, 가라이모라고도 해요.

'가라'는 '당'의, '당', 중국에 있는 당나라의 그, 이모, 이모가 이
게 당나라의 이모. 그게 고구마 아니고, 이모, 이모, 이모라는 그게.
고구마도 아니고, 고구마지만. '가라', '당'의 그게 고구마라고 하는,
그런 뜻이에요. 그래서,

"아, 그게 진짜 맛있다."고.

그거는 먹어도 괜찮고, 술로 만들어도 괜찮고 그리고 그럼 그 좀
당에서도 차를 자르는 그런, 그런 거라고. 그래서 여기 있는, 가고시
마 사츠마에서는 쌀 이상으로 좋은, 먹는 거라고. [조사자 1: 응, 쌀 이
상으로 먹는 거다.] 네. 그래서, 그 생각 했어요. 그 사람, 다스케가,

'이 고구마를 우리 갖고 가면 좋지 않을까?'

라고.

아마쿠사, 자기 지방, 집으로. 그리고 나서,

'갖고 가서 자기 밭에 심어가지고 키우면 얼마나 좋을까?'

라고 했더니,

"아, 그걸 갖고 가고 싶다."

고 이야기를 했어요. 그랬더니,

"그거는 안 됩니다."

라고 했어요. 이거는, 그게 가져갈 수도 없고 가져올 수도 없는
그런 물품이라고 했어요. [조사자 1: 어, 물품이라고. 응.] 그래서 할 수
없다고 생각해서, 할 수 없으니까 그냥,

"알겠다."

고 해서, 그럼 갈 수밖에 없으니까 그게 배 나갈 때, 나갈 때 거
기 물품이 있는지 없는지 그걸 확인하는 사람들이 있어요, 거기서.
근데 있는데, 없으니까 아, 아쉽지만 그냥,

"없어."

라고 해서 그 배가 떠나가는 그 순간에 거기에 있는 대접하는 그 순간에,

"기다리시오!"

라고 해서 기다리라고 했는데,

"좀, 놓고 가는 게 있어요!"

라고 했어요. 그게 있으니까,

"그거, 애들한테 선물이잖아, 이거! 애들 선물이야!"

라고 하니까,

"이거 좀 가지고 가시오!"

라고 했더니,

'아, 그런 거 있었나?'

라고 했는데, 근데 거기 다 떠나는 순간이니까 거기, 관리하는 사람한테,

"이거 좀 전달 좀 해주시오!"

라고 하고 던졌대요. 근데 봤더니 고구마였어요. 그래서 고구마를,

'아, 진짜 그게 고구마다.'

라고 생각해서 가져갈 수 있고 거기서 다시 심어서 거기 애들한 테 배부르게 거기 고구마를 먹을 수 있게 해줬다고.

[조사자 2: 그 '이모'가 감자.] 감자, 에. [조사자 2: 감자 얘기하시는 거죠?] 예, 감자지만, 당나라의. [조사자 2: 당나라 감자.] 예, 감자라고. [조사자 2: 그럼 사츠마면 규슈지역이에요?] 네. 규슈의 구마모토 사츠 마가 있어요. [조사자 2: 남쪽에.] 제일 남쪽, 아니 그 밑에가 오키나와 라고 있어요. 거기에 사츠마에 있어요. 사츠마가 진짜 별로, 땅이 별 로 좋지 않은 그런 땅. 근데 그게 고구마라는 게 그렇게 좋지 않은 땅에서도 자랄 수 있는 거 같아요.

[조사자 1: 그러면 일본에서는 고구마하면 딱 떠오르는 지역이 사츠마 인 거예요?] 에, '사츠마이모'라고 불러요. 근데, 거기 한국에서도 '오 사쯔'라고 과자가 있어요. [조사자 3: 어, 고구마맛.] [조사자 1: 아, 맞 아.] 그게 '오사쯔'가. [조사자 1: 아, 그게 '사츠마'의 '사츠'구나.] 네. [조

사자 1: 맞아요, 맞아요.] 사츠마가 그게 좀 잘려서 '사츠'. [조사자 1: 이미 우리나라도 고구마하면 저기 해남의 고구마. 그 지역이 떠오르는 게 있거든요. 사과하면 충주의 사과. 근데 지금 그러면 일본에서는 고구마하면 사츠마가 떠오르는 거예요?] 네. 또, 감자하면 부케도.

　　[조사자 1: 아, 그러면 이 남자 때문에 고구마를 가져와서, 그 사츠마에 고구마가 이렇게 농사짓게 된 거네요?] 네, 그 지역에서. 아마쿠사라는. 근데 진짜 그러는지 잘 모르겠어요. [조사자 1: 네. 그건 뭐 진짜가 아니어도. 이야기에서. 재밌네요.] [조사자 2: 우리나라에서 문익점 같은 얘기네요.]

　　근데 거기, 그 뒤에 저도 복사했는데, 그 없어서. 그 심었는데 그거 심어 놓고 나서 도둑이 들었어요. 도둑이 들어왔는데, 그게 나무로 그게, 원래 나무로 그게, 그게 고구마가 되는 줄 알았대요. 그 사람이 나무에. 나무에 되는지 알고 그거 가져왔는데 거기 심었는데 거기 다 자라, [조사자 1: 땅속에서.] 땅속에서 있는 것도 모르고 그냥 계속 자라고 있어요.

　　그랬더니 어느, 도둑이 들어왔어요.

　　"이거 뭐냐?"고.

　　그렇게 했더니, 그게 훔치려고 했는데 거기 넝쿨, 넝쿨이 그게 있기 때문에 도망갈려고 했더니 거기 넝쿨이 발을 잡아가지고 넘어졌대요. 넘어졌더니 거기 밑에 있는 고구마가 올라가가지고,

　　"아, 여기 고구마가 있구나!"

　　해서 고구마가,

　　"그게 고구마구나."

　　해서 그때 알았다고.

　　[조사자 1: 아, 이 남자가?] 네. [조사자 1: 아, 재밌다. 당연히 우리 생각에 고구마가 나무에서 열릴 줄 알았는데, 심어도 나무가 안 올라오니까 '아, 안 되나?' 이러고 있는데 도둑 덕분에 알게 된 거네요.] 네.

혼자 남아 있는 사람 오이테케보리의 유래

● **구연정보**

조사일시 : 2016. 12. 16(금) 오후

조사장소 : 강원도 강릉시 교동 강릉문화원

제 보 자 : 코마츠 미호 [일본, 여, 1969년생, 결혼이주 20년차]

조 사 자 : 박현숙, 김민수

● **구연상황**

코마츠 미호 제보자가 〈노인 버리는 풍습이 없어진 이유〉 구연을 마친 뒤 곤도 사끼에 제보자가 한국설화 〈콩쥐팥쥐〉를 간략하게 언급했다. 그런 뒤 코마츠 미호 제보자가 에도시대 때의 역사인물에 대해 언급했는데 조사자가 구연을 요청하자 그 이야기는 다음에 하겠다고 말하고 새로운 설화 구연을 시작했다. 곤도 사끼에 제보자가 청자로 참여했다.

● **줄거리**

한 남자가 밤에 낚시를 하러 갔다. 원래 해자에서 낚시가 금지되어 있었지만, 물고기가 많이 잡혀서 남자는 그곳에서 낚시를 했다. 그런데 갑자기 해자에서 '두고 가'라는 뜻의 '오이테케'하는 소리가 들려왔다. 남자가 놀라서 달아났다.

그 요츠아카이다 같은 거. 오이와상 이야기는 에도시대의 어떤 작가가 만든 이야기라고 해서 (정정하며) 아, 아니구나. [조사자 1: 그런 이야기도 돼요.] 그건 다음에. (웃음) 그거 호리? 호리를 뭐라고 하죠? 성 가에 있는 물이 있는데. [조사자 2: 해자?] 해자? [조사자 2: 적군 못 들어오게 하는 물.] 아, 예예, 맞아요. 해자? [조사자 2: 네, 해자라고 해요.]

음, 해자 그 이야기가 있는데, [청자: 해자?] 해자. 일본에서 혼자

남아있는 사람을 오이테케보리(おいてけ堀)*라고 해요. 오이테케보
리. 그거는 혼자 자기를 혼자 남게 하지 말라고 할 때는,

"오이테케보리, 하지 마."

라고 해요. 그 오이테케보리라는 말의 유래예요. 옛날이야기에
있었어요. 그거는 도쿄 이야기예요.

도쿄, 에도 도쿄 이야기인데 그 낚시를 엄청 좋아하는 남자가 있
었는데 아까 이야기했던 해자에서 낚시를 하면 안 된다는 곳이 있었
어요. 근데 호기심이 많은 남자는 하지 말라고 하면 하고 싶어지잖
아요. 그래서 그 해자에서 낚시를 했어요. 근데 그 낚시를 하니까 거
기는 나쁜 것이 나온다고. 무서운 거 나온다는 소문도 있고 해서 하
면 안 된다고 했는데 뭐야, 그러니까 엄청 좋은 물고기만 막 잡히는
거예요.

그래서 그 남자가 아 뭐 귀신도 아니고 뭐 아주 좋은 고기만 잡
힌다고 막 신이 나가지고 막 잡았대요. 그래서 이제 그거 그걸 가지
고 집에 가려고 했는데 그 해자에서,

"오이테케. 오이테케."

하는 소리가 (웃음) 오이테케가 '두고 가', 그런 무서운 목소리로,

"두고 가, 오이테케. 오이테케."

한대요. 그래서 무서워서,

"으악!"

하고 그거를 두고 막 도망갔다고 하는 이야기인데.

그래서 그 오이테케라는 그 해자에서 오이테케라는 목소리가.
그러니까 거기서 낚시하지 말라고 하는 말이 진짜였다고 하는 말이
진짜였다는 이야기예요.

근데 거기 해자를 호리라고 해요 '두고 가'가 오이테케예요. 그
래서 오이테케보리, 오이테케호리 그래서 혼자 남은 사람을 '오이테
케보리'라고 해요. [청자: 아, 그게 어원이에요?] 네, 근데 그 오이테케

---

* 에도 시대 스미다가와(墨田川) 하류에서 낚시한 사람이 물고기를 낚아서 돌아가려고
하면 두고 가라는 말이 들려오는 괴이한 현상을 말한다.

라는 목소리가 뭔지는 몰라요. 갓파●일 수도 있고 뭔가 그런 확실하
지 않아요. [조사자 1: 거기서 낚시하면 안 되겠네요.] 네. (웃음) 하면 안
되는 곳에서 하면 안 돼요.

●일본 민담에 나오는 전설적인 동물이자 여러 수신(水神) 중 하나이다.

칠월칠석에 만나는 슈쿠조와 켄듀

● 구연정보

조사일시 : 2016. 11. 18(금) 오후

조사장소 : 강원도 강릉시 초당동

제 보 자 : 코마츠 미호 [일본, 여, 1969년생, 결혼이주 20년차]

조 사 자 : 박현숙

● 구연상황

제보자가 〈저승강 산즈노가와〉에 대해 짤막하게 구연을 마친 뒤 조사자가 일
본에 해와 달 혹은 하늘과 땅 기원 신화가 없는지 묻자 제보자는 그건 잘 모
르겠고 별에 관한 이야기는 있다고 했다. 한국에도 있는 칠월칠석에 관한 이
야기라면서 양력 칠월 칠일에 행해지는 '타나바타(七夕)' 축제에 대해 설명한
뒤 구연을 시작했다.

● 줄거리

옛날에 베를 잘 짜는 하늘신의 딸 슈쿠조와 하늘에서 성실하게 농사짓는 청
년 켄듀가 살았다. 하늘신이 둘의 사랑을 허락하여 슈쿠조와 켄듀가 결혼했
다. 슈쿠조와 켄듀는 결혼 후 베 짜는 일과 농사짓는 일에 소홀했다. 하늘신
이 화가 나서 둘 사이에 강을 만들어 헤어지게 했다. 슈쿠조와 켄듀가 크게 슬
퍼하자 하늘 신이 각자 일을 열심히 하면 일 년에 한 번씩 만나게 해주겠다고
약속을 했다. 슈쿠조와 켄듀는 매년 칠월칠석에 은하수에서 만날 수 있게 되
었다.

　　간단하게 말하면. 그 여자 이름은 그 슈쿠조, 슈쿠조 하고 남자
는 켄듀라고 하는데, 그 하늘에, 하늘신에 그, 지금에 이야기했던 슈
쿠조 하고 켄듀, 슈쿠조라는 딸이랑, 어떤 아가씨하고 켄듀라는 청년
이 그 하늘에서 살고 있었는데.

　그 여자, 아가씨, 그 슈쿠조는 그 아까 (〈두루미 아내〉에서) 이야
기했던, 그 천을 만드는 거. 그거를 좋아하고. 남자는 그 농사짓는 거
를 좋아했어요. 그래서 음, 서로 그런 모습을 보고 저기, 아, 아니고,
하늘의 신이 그 둘이를 결혼하기로 했어요. 결혼하게 했어요. [조사
자: 그 여자는 옷감을 잘 짜고 남자는 이제 성실하게.] 네네, 농사짓고.
　그래서 인제,
　"결혼할 때 됐으니까 인제 너들이 결혼하라."고.
　그래서 그렇게 생각했어요, 하늘에서는. 그니까 그래서 그 만나
게 했는데 서로 이렇게 좋아서 이름도 물어보고 서로 좋아하게 돼서
결혼하게 됐어요.
　근데 결혼했는데 너무 사이좋게 잘 지내는데 그렇게 그 여자애
가 그 천을 만드는 것도 좋아하고 열심히 했는데 안 하게 됐대요. [조
사자: 일을?] 네, 일을 안 하게 됐어요. 근데 그 남자도 일을 안 하게
됐대요.
　그래서 그 하늘의 그 신이 그거를 보고 화가 났어요. 열심히 살
아야 됐는데, 안 된다고 화가 나가지고. 이제 그 둘이 사이에 강물을
만들어서 걔네들 그 둘이는 서로 좋아하는데 일을 안 하니까. 화가
나서 이렇게 강을 만들어서 이렇게 못 만나게. [조사자: 헤어지게 했어
요?] 네, 헤어지게. 하늘에서 그렇게 했어요.
　그래서 그 후회하고 그 신을 이렇게 화가 나게 했으니까 그 다시
이렇게 일을 하려고 해서 너무 슬퍼서 일도 손에 안 잡고. 너무 슬퍼
했대요. 그래서 그거를 보고 또 하늘의 그 신이 그렇게 보고 싶으면
일 년에 아니야, 열심히 남자한테는,
　"너는 열심히 농사도 짓게 되면 일 년에 한 번 만나게 해주마."
　뭐 그런 식으로 이야기했어요. 그래서 약속하고,
　"칠석 그 밤에 둘이 여기서 만나라."
　이렇게 해서 그렇게 그날이 됐는 거죠.
　[조사자: 그러면 일 년에 한 번씩 그 강에서 만나요?] 네. 하늘을 보면
그 은하, [조사자: 은하수.] 은하수가 있죠. 그러면 그 별이 이쪽에 하
고 이쪽에 하고 밝은 별이 있어요. 히코보시(ひこぼし,견우성) 하고

오리히메(おりひめ, 직녀성) 그니까 그 별이 있어요. [조사자: 칠일날 만나요?] 네네. 거기서 이렇게 볼 수 있는 거죠. 일 년에 한 번, 칠석 날에.

　[조사자: 한국에선 오작교라 그래서, 까마귀랑 까치가 다리를 놔 줘요.] 네. [조사자: 그래서 견우와 직녀가 걔네가 만든 오작교 위에서 만나거든 요.] 아하! [조사자: 그래서 걔네 발에 밟혀서 까친지 까마귄지가 머리가 벗 겨졌다고 그 유래까지 나와요.] 아, 까치하고 까마귀.

　[조사자: 그러니까 그런 게 조금씩 다르잖아요. 그쵸?] 아. 그렇구나. 다, 저는 별에 거기서 만났는 줄 알았어요. [조사자: 신기해요. 거기도 칠월칠석, 우리도 칠월칠석.] 네. [조사자: 중국도 칠월칠석이잖아요.] 네. 이런 거는 그렇죠.

설녀 유키온나 [1]

조사일시 : 2016. 11. 18(금) 오후

조사장소 : 강원도 강릉시 초당동

제 보 자 : 코마츠 미호 [일본, 여, 1969년생, 결혼이주 20년차]

조 사 자 : 박현숙

● 구연상황

제보자가 〈주먹밥 할아버지와 쥐〉 구연을 마친 뒤 조사자와 제보자가 일본의
〈혀가 잘린 참새〉 이야기에 관해 대화를 나누다가 한국 전통 문화에 대한 대
화로 이어졌다. 제보자가 다시 이야기 목록을 살펴보다가 추운 북쪽 지방의
이야기라고 운을 뗀 후 구연을 시작했다. 제보자는 구연을 마친 뒤 이 이야기
는 어릴 때 텔레비전에 방영된 애니메이션을 보고 알게 되었다고 말했다. 자
녀들에게 이 이야기를 들려준 적이 있는지 묻자 자신은 무서운 이야기를 별
로 좋아하지 않으며 해피엔딩 이야기를 좋아한다고 답했다.

● 줄거리

옛날에 추운 북쪽 지역에 젊은 남자와 아들이 살았다. 어느 날 부자(父子)는
산에 사냥을 갔다가 날씨가 안 좋아져서 눈 속을 헤치고 어느 집에 머물렀다.
그날 밤, 하얀 옷을 입은 여인이 문을 열고 들어와 아버지에게 입김을 불었고,
아버지는 그 자리에서 얼어 죽었다. 젊은 남자는 그 여인이 설녀라는 사실을
알아차렸다. 설녀는 젊은 남자에게 오늘 일을 아무한테도 말하지 않겠다는
약속을 받고 살려주었다. 일 년 후, 비가 내리는 어느 날 남자의 집 앞에 오유
키라는 여자가 비를 피하고 있었다. 남자는 그녀와 같이 지내다가 결혼을 하
고 아이도 낳았다. 남자가 눈 내리는 어느 날 오유키에게 아버지가 눈 속에서
설녀를 만나 죽은 이야기를 들려주었다. 그러자 오유키가 슬퍼하면서 설녀로
변했고 남자를 떠나서 영영 돌아오지 않았다.

　　옛날에 옛날에 그 추운 북쪽 나라, 북쪽 지방에서 젊은이하고 아
버지가 살고 있었는데, 그 젊은이랑 그 아버지하고 같이 사냥하러
눈 속에 나갔어요. 근데 갑자기 날씨가 안 좋아져서, 날씨가 회복될
때까지 그 눈 속에 있는 산에 집에서, 작은 집이 있었는데, 거기서 그
회복되는 거를 기다리기로 했어요.

　　근데 그날 밤에, 둘이서 자고 있었는데, 그 집 문이 열려가지고
하얀 옷을 입은 여자가 나타나가지고, 어, 나타났어요. 그래서 그 젊
은이가 놀래가지고,

　　"누구냐?"

　　고 물어볼려고 했더니 그전에 아버지한테 '호'하고 숨을 이렇게
부풀리더니 얼어서 아버지가 죽었어요. 그 젊은이 앞에서 그렇게 하
는 거예요. 그래서 그 젊은이가 아 그 순간,

　　"아, 이것은 그 설녀?"

　　그니까 그거 귀신인 걸 알고 있었나 봐요. 그게 나타났다고 너무
무서워서 움직이지 못하게 됐대요. 그래서 그 설녀가,

　　"오늘 일은 누구한테도 얘기하면 안 된다."

　　이렇게 그 젊은이한테,

　　"누구한테도 이야기 안 한다고 약속하면 살아서 보내준다."

　　이렇게 하고 그래서.

　　"알았다."고.

　　해서 그 설녀가 이제 사라졌어요. 근데 아침에 어, 그 아침 눈 뜨
니까 역시 여기 옆에서 죽고 있었대요.

　　근데 그 일 년 정도 지난 후에 그리고 또 비가 오는 날에 그 아름
다운 여인이 젊은이 집 앞에서 그 비를, 피하고 이렇게 서 있었대요,
집 앞에서. 그래서 그 여자한테 이야기를 좀 했는데 이름이 '오유키'
라고, 그러니까 '유키(ゆき)'가 눈이에요. '설(雪)'이라고 하나요? [조
사자: 네네.] 네, 눈이라는 이름이었대요. 근데 가족도 없고 어디 가는
곳도 없다고 했어요, 그 여자가. 그래서 그 오유키를 자기 집에 두기
로 했어요. 근데 있다가 같이 있었으니까 자연스럽게 이렇게 결혼하
게 되고 아이도 태어나고 행복하게 살게 됐대요, 오유키랑 같이.

또 어떤 날에 눈이 왔어요. 그래서 젊은이가 어쩌다가 그 와이프, 오유키한테 자기 아버지를 눈 속에서 잃었다는 이야기를 했대요, 오유키한테. 그니까 그걸 듣고 그 오유키가 너무 슬퍼하면서 그때 설녀로 이렇게 변신됐어요. (웃음)

네, 그래서 오유키는 누구에도 이야기하면 안 된다는 약속을 했는데, 약속을 못 지켰으니까 그냥 거기서 행복하게 살고 있었지만 그 모습을 이렇게, 그니까 사라졌어요. 그래가지고 다시 한번도 나타나지 않았다. 뭐 그런 이야기.

그 젊은이를 죽이지는 않았어요. (웃음) [조사자: 떠나기만 했어요?] 네, 떠나기만 했어요. 어정쩡하죠? [조사자: 아뇨아뇨. 떠나야죠. 약속을 안 지켰는데.] 네, 행복하게 살았는데.

[조사자: 선녀와 나무꾼도. 자식 셋 낳을 때까지 주지 말랬는데 날개옷을. 둘 낳았을 때 '설마 갈까?'하고 내줬다가 떠나잖아요? 애들 데리고. 떠나잖아요.] 네.

[조사자: 아, 재미있다. 이건 추운 지방에서 전해져오는 이야긴가 봐요?] 네. 이거는 애니메이션 같은 데서 보면 좀 무섭게 하얀 그. [조사자: 우리나라 속담에는 '여자가 한이 맺히면 오뉴월에도 서리가 내린다'구.] 아 그래요? [조사자: 그런 말이 있어요. 여자한테 한이, 상처가 되는 행동을 하지 마라. 여자들이 한이 맺히면 오뉴월이면 음력이라 칠, 팔월이거든요. 엄청 더울 때 차가운 서리가 내릴 정도로.] 오, 진짜 무섭다. [조사자: 아주 무서운 말이죠?] 아, 무서워요.

[조사자: 아까 설녀 이야기하시니까, 아, 혹시. 여인이 되게 한이 있어서 그렇게 사람들에게 찬바람을 주나? 그런 생각이 났었어요.] 아마, 네. [조사자: 나중에 남편 분한테도 섭섭하시면 말씀하세요. 여자가 한이 맺히면 오뉴월에 서리 내리는 거 알죠? 이렇게 하시면 '나 지금 화나고 섭섭해.' 이 말을 하지 않아도 됩니다.] (다같이 웃음) 그 한마디로. [조사자: 네, 그 한마디로. 아주 무서워하고 다시는 안 하실 거예요.]

[조사자: 이야기 재밌다. 그럼 이것도 애니메이션으로도 나와서 많이 기억은 있으신 거죠?] 제가 이야기해 드린 거는 어렸을 때 봤던 거예요, 애니메이션으로.

[조사자: 이 설녀 이야기는 아이들한테는 안 해 주셨어요?] 네? [조사자: 이 설녀 이야기 아이들한테 해주셨어요?] 아니요. 저는 무서운 이야기는 별로. [조사자: 아, 저도 그래요. 애들은 좋아하는데. 저는 무서운 이야기는 너무 무서워서.] 해피엔드가 좋은데.

설녀 유키온나 [2]

● 구연정보
조사일시 : 2016. 12. 16(금) 오후
조사장소 : 강원도 강릉시 교동 강릉문화원
제 보 자 : 곤도 사끼에 [일본, 여, 1966년생, 결혼이주 20년차]
조 사 자 : 박현숙, 김민수

● 구연상황
코마츠 미호 제보자가 〈입 찢어진 여인〉 이야기 구연을 마쳤을 때 곤도 사끼에 제보자가 무서운 이야기가 생각이 난 듯 코마츠 미호 제보자에게 유키온나 이야기를 구연했었냐고 물었다. 코마츠 미호 제보자는 구연한 적이 있다고 대답했다. 조사자가 곤도 사끼에 제보자에게 구연을 요청하자 이야기 내용이 같을 거라는 염려를 하며 구연을 시작했다. 코마츠 미호 제보자가 청자로 참여했다.

● 줄거리
옛날 폭설이 내리는 어느 날에 아버지와 아들이 산에 나무를 하러 갔다. 부자(父子)는 눈보라가 심해져 산꼭대기의 빈집으로 대피했다. 다른 사람을 죽여서 생명을 얻는 유키온나가 방으로 들어와서 아버지를 얼려 죽였다. 유키온나는 아들이 아직 젊으니 오늘 목격한 일을 앞으로 말하지 않으면 살려주겠다고 했다. 아들은 유키온나에게 약속을 하고 무사히 집으로 돌아왔다. 아들은 어느 날 눈보라 속에 자신의 집으로 찾아든 여인과 결혼하여 자녀를 낳고 살았다. 아들은 세월이 흘러도 늙지 않는 아내를 보면서 설녀 유키온나가 떠올라 아내에게 자신이 목격한 이야기를 들려주었다. 아내가 자신이 유키온나임을 밝히고 약속을 어긴 남편 곁을 떠났다.

[청자: 그리고 뭐지?] 유키온나 이야기 하셨어요? [청자(코마츠 미호): 유키온나 했어요.] 했어요? [청자: 네.] [조사자: 선생님 기억나면 이야

기해 주시겠어요?] 유키온나? 똑같은데 [청자: 해줘, 해봐. 해 보세요.]

어느 날 뭐 눈이 많이 오는 날에 눈보라가 오기 전에 좀 나무 하러 가자고 어떤 아버지하고 아들이 갔는데 그거 예상치도 않게 빨리 눈보라가 와서,

"이제 집 가지 못한다."

그래서 그냥 산꼭대기에 있는 그냥 오래된 집에 머무르게 됐어요. 그냥 나무를 때워서 휴식을 취하는데 잠이 들었어요. 그랬더니 어떤 여자가 들어와서 그 아버지를 그렇게 냉기를 줘서 아버지를 죽인 거예요.

그런데 그 여자는 '유키온나' 눈 여자라는 거 사람을 죽임으로 인해서 사람의 에너지를 받아요. 그래서 그 할아버지를 먼저 죽이고 그 할아버지의 남았던 인생을 자기가 얻는 거죠. 자기가 얻는 건데 젊은 남자가 있었죠. 근데,

"너는 나중에 아직도 살 날이 많으니까 이번에는 아버지 생명만 얻어가겠다. 그런데 너는 아직 살아라. 근데 대신 지금 눈앞에서 보는 거는 절대 얘기하지 마라."

하고 떠나요.

근데 얘는 무서워서 아무것도 못했고 잊어버리려고 했죠. 근데 어느 날은 갑자기 예쁜 여자가 눈보라 속에 예쁜 여자가,

"너무 추워서 쉬게 해 달라."

해서,

"그럼 어차피 혼자 사니까 들어오라."

고 해서 들어왔는데 휴식만 하는 줄 알았는데 나중에 너무 예쁘니까 부부가 되었어요. 둘이 부부가 되어서 예쁜 아기를 많이 낳았어요. 근데 행복하게 살았었어요.

근데 주변사람들이 너무 부러울 정도? 애기도 한 넷이, 다섯이 낳았다고 나왔는데, 어느 날 갑자기 그 여자가 늙지 않아요. 애기를 낳으면 주름도 생기고 늙어야 되는데 만나는 그대로 유지한 거예요. 그래서 그걸 신기해서 옛날에 그런 얘기가 있었다는 게 생각이 나서 갑자기 그 여자한테 얘기를 했더니 그때 그 여자가 그 시집온 여자

였어요. 근데,

"그 얘기 절대 하지 말라고 하는데 드디어 나한테 얘기했구나."

해서,

"죽이고 싶은데 애들을 위해서 애 아빠를 죽일 수 없어. 그래서 저는 여기 떠날 테니까 나머지 애들을 잘 키우라."고.

하고 가는 그런 옛날의 이야기죠.

그래서 그거 '교훈으로서 비밀은 지켜 줘야 한다.'라는 거를 교훈으로 알으라 해서 가르쳐 주신 적이 있어서.

[조사자: 그 이야기는 어떻게 접하게 됐어요? 언제쯤?] 한 초등학교 때. [조사자: 초등학교 때 교과서에서 보셨어요?] 교과서 아니고 저도 학교 때는 토요일 밤에 저녁시간에 옛이야기를 애니메이션으로 나오는 프로그램 있었어요. [청자: 네. 저도 밤에 볼 수 있어요.] 그거를 순서대로 보다보니까 그것도 나온 거예요.

설녀 유키온나 [3]

● **구연정보**

조사일시 : 2017. 01. 06(금) 오후

조사장소 : 대구광역시 중구 대안동

제 보 자 : 마츠자키 료코 [일본, 여, 1982년생, 이주노동 8년차]

조 사 자 : 조홍윤, 황승업, 김자혜

● **구연상황**

마츠자키 료코 제보자가 〈빨간 도깨비를 도운 파란 도깨비의 우정〉을 구연한 뒤, 묘엔 이치로 제보자가 일본 사람들이 좋아하는 〈쥬신구라(忠臣藏)〉 이야기를 대략적으로 설명했다. 이후 마츠자키 료코 제보자가 한국에 설녀(雪女)로 잘 알려진 유키온나에 관한 설화를 구연했다. 마츠다 타마미와 묘엔 이치로 제보자가 청자로 참여했다.

● **줄거리**

옛날 나무꾼 형제가 산에서 큰 눈을 만나 고립되어서 근처 움막에 들어가 하룻밤을 보내게 되었다. 잠을 자던 중 바람 소리에 깨어난 동생은 예쁜 여인이 형의 얼굴에 입김을 불어서 형이 죽는 광경을 보았다. 동생을 발견한 여인은 아직 어린 나이이므로 살려주겠지만 이 일을 절대 말하지 말라고 경고했다. 세월이 지나 동생은 예쁜 여인과 결혼하여 아이를 낳고 살았는데, 자신의 예쁜 아내를 볼 때마다 형을 죽인 여인이 생각나 결국 아내에게 그 일을 이야기했다. 이야기를 들은 아내는 자기가 바로 그 사람이라 말하고는, 부부의 연을 맺었으니 죽이지는 않겠다면서 아이를 부탁한 뒤 녹아버렸다.

어떤 형제가 있었어요. 형하고 남동생. 둘은 나무꾼인데 산에 갔다가 눈이 많이 내려서 집에 못 가게 되었어요. 그런데 어쩔 수 없이 산에 있는 작은, 자는 집 말고 작업용 집 같은 거 있잖아요? 그것을

찾아서,

"여기서 하룻밤 지내자."

고 해서, 그 방 안에 있었어요.

그때 너무 추웠는데 자다가 많이 강하고 추운 바람이 불어 왔으니까 잠이 깼어요. 남동생이 깼어요. 남동생이 깼는데, 봤더니 긴 머리하고 하얀색 입는, 기모노를 입는 예쁜 여자가 있었어요. 근데 그 여자가 형의 얼굴에 '후' 하고 숨을 불었어요. 불었더니 형은 죽었어요, 얼어서.

그런데 동생이 보는 걸, 아! 그 둘은 나이 차이가 있었어요. 형은 많이 숙달한 나무꾼이고 동생은 아직 미숙한 젊은 사람이었는데, 형이 죽었어요. 근데 그걸 보고 있는 것이 여자가 알게 되어서 얼굴을 쳐다봤는데 여자가,

"넌 아직 젊으니까 구해줄게."

라고 해서 갔는데. 그전에,

"오늘 밤 이야기는 절대 이야기하지 마! 그때는, 이야기하면 어떻게 될지 모르겠다."

그렇게 하고 갔어요.

혼자 된 남동생은 10년 정도 지나서, 그때부터 10년 정도 지났는데, 어느 날 예쁜 여자를 다시 만나게 되어서 부부가 되었어요. 부부가 되고 아이도 몇 명 태어나고 행복하게 살았는데, 어떤 기회였는지 모르겠는데 옛날 그런 밤에 나는 산속에서 예쁜 여자를 만난 적이 있다는 걸 그 여자한테 말했어요. 그게 그 여자였어요.

열 명 정도 아이가 있었는데, 그 사람 이름이 오유키(おおゆき)라는 이름이에요. 유키(ゆき)는 눈(雪). 오유키라는 이름의 여자를 만나고 결혼하게 되었는데, 사실은 유키온나(ゆきおんな) 여자였어요. 그런데 오유키는 몇 년 지나도, 아이를 열 명 낳아도 그대로 예뻐서 젊었어요. 근데,

"그렇게 예쁜 여자를 보고 있으면 그날의 여자를 생각난다."

라고 말했어요. 그런데 갑자기 오유키가 서서,

"그때 네가 본 것이 나다. 그때 나는 너한테 경고했다. '그 말 하

면 너도 죽을 것이다.'라고 했잖아. 그런데 그래도 부부가 되어서 이런 예쁜 아이를 보면 그렇게 할 수 없다."

라고 해서, 죽일 수 없으니까,

"아이를 부탁해."

라고 하고 여자가 돌아갔다. 아니, 여자가 녹았어요. 눈이었으니까.

그 이후에 오유키라는 모습을 본 사람이 없었다라는 이야기에요. [조사자: 남자를 죽였으면 안 녹을 수 있었는데.] 네, 네.

설녀 유키온나 [4]

● 구연정보

조사일시 : 2017. 01. 12(목) 오전

조사장소 : 인천시 부평구 삼산동

제 보 자 : 노마치 유카 [일본, 여, 1974년생, 결혼이주 10년차]

조 사 자 : 조홍윤, 황승업, 김자혜

● 구연상황

속담이나 민속에 대한 이야기가 이어지는 중 조사자가 조사 방향을 좀 더 서
사적인 쪽으로 돌리기 위해 제보자에게 모노가타리[物語]라는 이름이 붙어
전해지는 유명한 이야기들을 아는지 물었다. 이에 제보자는 일본의 대표적인
이야기 중 하나인 유키온나에 관한 설화를 구연했다.

● 줄거리

옛날에 어느 부자(父子)가 나무를 하러 산에 갔는데, 눈보라가 너무 심하여
산속의 오두막에 유숙했다. 잠을 자던 아들이 깨어 옆을 보니 누워 있는 아버
지 위에 하얀 기모노를 입은 여인이 올라앉아서 얼굴에 숨을 불고 있었다. 너
무 무서워 얼어붙은 아들에게 여인은 그 일을 발설하면 죽게 될 것임을 경고
했다. 다음 날 아침에 보니 아버지는 죽어있었다. 시간이 지나 기억이 희미해
질 때쯤, 혼자 살아가던 아들은 하룻밤 묵어갈 것을 청하는 아름다운 여인을
받아들였고, 그녀와 결혼해서 아이를 낳고 행복하게 살게 됐다. 그러던 어느
날 아들은 자신의 아버지가 죽은 사건이 떠올라 자기 부인에게 그날의 일을
이야기했다. 그러자 부인은 아버지를 죽인 여인의 모습으로 변하고는, 약속
을 어겼으니 죽여야 하지만 아이가 있어 죽이지는 못하겠다며 떠나버렸다.

[조사자: 그런 것들 있잖아요. 모노가타리(ものがたり)라고 이름 붙여
지는 그런 이야기들이.] 네. [조사자: 그런 것들 중에 좀 유명하거나 알고 계

신 거 있을까요?] 모노가타리? [조사자: 네.] 이야기라는 뜻인데요. [조사자: 이렇게 무슨, 무슨 모노가타리 해가지고 돌아다니는 이야기들 많이 있는 것 같던데.] 아, 그러니까 귀신 나오는 거는 〈유키온나(ゆきおんな)〉 같은 거 유명하지요. [조사자: 아, 유키온나, 설녀.] 들어 보셨나요? [조사자: 네, 들어본 적은 있는데, 한번 해주세요.] (웃음) 워낙 유명한 얘기라.

그 아버지랑 아들이 산에 나무하러 가는데 너무 눈보라 치고 그래서 산에 있는 오두막집 같은 데서 하룻밤 잤는데. 계속 눈보라 치고, 막 바람소리 나고. 그런 밤에 아들이 눈, 잠을 깼는데 딱 보니까 옆에 앉아, 누워 있는 아버지 위에 그 하얀 기모노를 입은 여자가 이렇게 올라가 있더래요.

올라가서 뭐, 뭐, (손으로 얼굴을 잡는 흉내를 내며) 이렇게 얼굴에다가 뭐 할려고 하는데 깜짝 놀라잖아요. 그런데 움직이지 못해요. 그래 보니까 입에서 숨을 아버지한테 (입으로 바람을 부는 시늉을 하며) '휴' 하는데, 너무 무서워서 움직이지 못 하는.

그런데, 그런데 다 하고 나고 아들을 이렇게 고개 돌려서 보면서,

"지금 너가 본 것을 절대 얘기 하지 말라."

고 얘기하고 가버린 거예요.

"너가 얘기하면 너는 죽는다."

그런데 다음 날 아버지는 시체가 돼서 죽어 있는 거죠. 그런데 그, 그 몇 년 뒤에, 몇 년 뒤인가? 어, 잊혀져가고 있었는데, 그 얘기를. 어떤 여자, 여성이 집에 찾아와요. 옛날에 그런 얘기가 많았어요. 갈 데가 없으면,

"하룻밤 재워 달라."고.

한국도 그랬잖아요? 이제 재워주는데, 그 여자가 안가고 계속 집에 있는 거예요. 뭐 춥거나, 뭐 여러 가지 핑계대고. 그런데 그러면서 아이, 결혼하게 되는 거죠. 결혼해서 애도 낳고 사는데, 너무 행복하게 살아요.

그런데 어느 날 갑자기 그 생각나는 거예요. 아버지가 죽었던 그날. 어, 그날 얘기를 무심코 하는 거죠, 그 부인한테.

"너, 너처럼 이쁜 여자가 아버지 죽인 것 같다."

얘기를 하는데, 그 여자 얼굴 싹 바뀌면서,

"당신 그거 얘기하지 말라고 했지 않았냐?"

그래서 [조사자: 어우, 무서웠겠다.] (일동 웃음) 그런데,

"너를 죽여야 되는데 애들 있어서 못 한다. 나는 그냥 가겠다."

하고 떠나 버린.

[조사자: '가겠다.' 하고 이제 떠나 버린?] 그런, 예. 유키온나 얘기 어
렸을 때 많이 들었어요. (웃음)

[조사자: 그러니까 처음에 살려준 게 마음에 들어서 살려준 걸까요?
(웃음)] 글쎄요. 그래, 그러니까 그런 상상의 세계겠지만 너무 추워서
얼어죽기도 했겠죠, 그 동북지방. 그래서 뭐,

"그런 여자 귀신이 죽였다."

하는 얘기들 하는 거 아닌가?

슬픈 얘기죠. (웃음) [조사자: 슬프기도 하고, 무섭기도 하고 그러네
요.] (웃음)

대나무에서 나온 가구야공주 [1]

● **구연정보**

조사일시 : 2016. 11. 18(금) 오후

조사장소 : 강원도 강릉시 초당동

제 보 자 : 코마츠 미호 [일본, 여, 1969년생, 결혼이주 20년차]

조 사 자 : 박현숙

● **구연상황**

제보자가 〈두루미 아내〉 이야기 구연을 마친 뒤에 이어서 구연했다. 제보자는 구연을 마친 뒤 이 이야기는 고전소설이고, 어릴 때 텔레비전 방송용 애니메이션에서 봤다고 설명했다.

● **줄거리**

옛날에 아이가 없는 노부부가 살았다. 하루는 할아버지가 산에 나무를 하러 갔다가 빛나는 대나무를 발견했다. 할아버지가 대나무를 베었더니 작은 여자아이가 나왔다. 부부는 아이의 이름을 가구야공주라고 짓고 정성껏 키웠다. 가구야공주가 결혼 적령기가 되자 많은 남자들이 찾아와서 청혼했다. 가구야공주는 세상에서 구할 수 없는 물건 세 가지를 구해오는 남자와 결혼하겠다고 했다. 아무도 세 가지 물건을 찾아오지 못했다. 가구야공주는 보름달이 뜨면 달나라에서 자신을 데리러 올 것이라고 알리고 눈물을 흘렸다. 노부부가 가구야공주를 지키려 했으나 달나라 사람들이 가구야공주를 데리고 가버렸다.

───────────────────

옛날 옛날에 산에 할아버지하고 할머니하고 살고 있었는데 할아버지가 산에 나무하러 갔어요. 근데 아, 거기는 대나무가 있는 곳인데 어떤 대나무가 빛나고 있는 거 보고 그 할아버지가,

"그 대나무 잘라보자."고.

잘라봤어요. 그니까 거기서 쪼끄만 여자아이가 있었는 거예요.

그래 역시 아이가 없는 부부였기 때문에 그 아이를 키우려고 해서
집에 데리고 가서 그 아기를 키웠어요.

근데 그 많이 컸는데, 그 할아버지 할머니가 역시 그 아이도 하
늘에서 받은 그 아이라고 해서 잘 키웠는데, 이름을 '가구야히메'라
고, 가구야공주라고 하나요? (가구야) 라고 지었어요. 근데 너무 아
름답고 예쁜 아가씨가 됐는데 이제 시집갈 때가 됐겠죠? 그래서 그
주변에서 결혼하고 싶다는 남자들이 모여왔어요. 다섯 명 정도 왔는
데 그래서 가구야히메가 어떤 사람하고 결혼해야 될지, 그 주문했어
요. 그 다섯 명 남자들한테. 자기가 원하는 물건을 갖고 오라고. 그
조건을 세웠는데. 그게 다 어려운 것들이에요. 진짜 구하기 어려운
거를 다섯 명 하나하나 이렇게 시켰어요.

그거를 해석하기 어려운데요. [조사자: 그냥 일본말로 해주셔도 돼
요. 잘 모르면.] 아, 그래요? [조사자: 대충 설명만 해주셔도 돼요.] 아, 예
를 들어서 그 불당, 불당에 있는, 그 앞에 있는 (손으로 동그란 그릇 모
양을 만들며) 이런 도자기 같은, 재 들어 있는 건가요? [조사자: 재 들어
있는 거? 일본 말로는 그걸 뭐라고 해요?] 하치(はち, 화분). [조사자: 하
치?] 네. 고이시(こいし, 작은 돌)노(の, 의) 하치. 호토케(ほとけ, 불상)
노. 호토케노가 불상. 호토케노. [조사자: 불상?] 네. 고이시노 하치. 그
니까 돌. 돌로 생긴 하치가. 화분 같은 거. [조사자: 우리나라 말로 하면
화로?] 화로? [조사자: 화로가 방 안에서 붙이는?] 아 네, 화로 같아요.

그거를 갖고 오라고도 하고 아니면 뭐, 불, '히네즈미' 쥐, 쥔데
불쥐라고 있어요. [조사자: 들쥐?] 아니요. 불. 화(火). [조사자: 불을 뿜
는 쥐가 있어요?] 그니까 없는 거를. [조사자: 아, 불쥐.] 네. 불이 나는
불쥐의 피(皮)를, 그거 가죽을. [조사자: 껍질?] 네 껍질. 그렇게 어려
운 거를. [조사자: 주문을 해요?] 네네. 용의, 용의 머리에 있는 뭐 구슬
이나 뭐 그런 거나. [조사자: 여의주?] 네. 뭐 그런 건가요? 네. 그니까
이 세상에 없는 것들을 이렇게 시켰어요.

[조사자: 그니까 불쥐도 없는 거고. 용에, 용이 물고 있는 구슬을 말하
는 거예요? 아니며 용이 머리에.] 머리. [조사자: 그니까 일본의 용은 머리
에 구슬이 있어요?] 아뇨, 없어요. 아니 모르겠지만 없는데 그니까 없

는 거를. [조사자: 가져오라고?] 네. [조사자: 그러면 고이시노 하치도 없
는 건가요? 일본에는?] 고이시노 하치요? [조사자: 네.] 아마도 없는 것
같은데요. [조사자: 그게 돌로 된 화로요?] 네, 그냥. 근데, [조사자: 그럼
불상은?] 불상은 있죠.

근데 고이시노 하치가, 그 고이시라는 게 그니까 그냥 화로 아닌
거 같애요. [조사자: 네, 그쵸? 그니까는 우리가 현실에서 구할 수 없는 것
들을 주문했다는 거죠? 그래서 어떻게 돼요?]

네. 그래서 누구도 그걸 갖고 올 수 없는 거죠. 근데 그래서 누구
도 갖고 올 수 없었어요. 근데, 음, 맞다. 근데 왜 그렇게 결혼. 근데
쥬고야(じゅうごや, 15夜)가 뭐죠? 아, 보름, 보름달이 나는 밤에. 아
그러니까 보름달. [조사자: 보름달이 뜨는 밤에?] 예. 그날이 가까워질
수록 그 가구야히메가 점점 슬퍼하는 표정으로 또 울기도 하고, 그
달을 보면서 울고 있대요. 그래서 할아버지하고 할머니가,

"왜 그렇게 우냐?"고 물어보니까,

아 이제 가구야히메가 어떻게 알았는지 자기는,

"달에서 온 자다. 이제 다음 그 보름날에 달에, 달나라에 돌아가
야 된다."

이렇게 이야기를 했어요. 아, 8월 달에, 보름달에. 만월? [조사자:
대보름.] 네, 그날에.

"달나라에서 그 사람이 와가지고 따라가야 된다."

이렇게 고백했어요. 그래서 할아버지하고 할머니가 이제 이별하
는 거 너무 슬프니까 막 울었대요. 근데 할아버지하고 할머니는 이
제 달에서 그, 오는 사람이 데리고 가면 안 되니까 가구야히메를 지
킬려고 했어요. 그래서 그 무사들이 막 집 주위 이렇게 주위를 포위
해서 지키기로 했는데 달에서 이렇게 내려오니까 사람들이, 데리러
사람들이 오니까 그 지키고 있는 사람들도 움직이지 못하게 되고.
그 가구야공주는 그 오는 달의 나라 사람들하고 같이 그 하늘에 올
라가게 된다고 하는 이야기예요.

[조사자: 결국엔 그걸 못 구해가지고.] 네, 그렇죠. [조사자: (달나라
에) 돌아갈 수밖에 없었구나. 되게 슬픈 이야기인데요?] 네.

대나무에서 나온 가구야공주 [2]

● **구연정보**

조사일시 : 2017. 03. 24(금) 오후

조사장소 : 경북 경산시 사동

제 보 자 : 마츠다 타마미 [일본, 여, 1976년생, 결혼이주 6년차]

조 사 자 : 조홍윤, 황승업, 김자혜

● **구연상황**

제보자와 3개월 만에 다시 만나 2차 조사를 실시하게 되었다. 어린 딸과 함께 약속 장소로 온 제보자와 인사를 나눈 뒤 본격적인 조사를 시작했다. 조사자는 제보자에게 1차 조사에서 대략적으로 말했던 이야기를 좀 더 구체적으로 들려줄 수 없는지 묻자, 제보자가 이에 응해 이야기를 구연했다. 먼저 전체적인 줄거리를 구술한 다음, 워낙 어릴 적에 들었던 이야기라 세부 내용이 정확하게 기억나지 않는다면서 인터넷을 검색한 뒤 자세한 내용을 보충해서 구술해 주었다.

● **줄거리**

옛날 한 노인이 산에 가서 빛이 나는 대나무를 잘랐는데 그 속에서 작은 아이가 나왔다. 노인은 아이를 집으로 데리고 와 부인과 함께 키우기로 했다. 아이는 3개월 만에 예쁜 처녀로 자라났고, 여러 사람에게 청혼을 받게 됐다. 그중 높은 신분을 가진 다섯 명의 명사가 가구야히메의 신랑감으로 추려졌다. 그러나 가구야히메는 결혼하고 싶은 마음이 없었기 때문에 다섯 명의 명사에게 불가능한 과제를 내주었다. 남자들은 돈과 권력을 이용하여 이 과제를 풀어보려 했지만 모두 실패했다. 마지막에는 황제가 청혼했지만 가구야히메는 이 역시 거절하고 보름날 그녀를 마중 나온 사자들과 함께 자신의 본향인 달로 가버렸다.

옛날에 할아버지 할머니 계셨잖아요. 그런데 할아버지가 산에 가서 대나무를 채집? 자르면서 생활을 하고 할머니는, 아, 그건 아니에요.

그런데 어느 날에 할아버지가 대나무 안에 그 큰 색으로 좀 빛나는 대나무 발견해서 그걸 잘랐어요. 그러면 그 안에 작은 아이, 요 아이가, 아마 아기였던 것 같아요. 그래 그 놀라서 집에 데려왔어요. 그런데 할머니가 그걸 보고, 그러면 뭔가 그거 또 있는 거 같아서,

"같이 키우자."

그래서 키웠는데 보통 사람보다 급하게 커졌어요. 그리고 너무 예쁘게 됐는데, 거의 3개월, 3개월로. [조사자 1: 3개월 만에 다 자랐어요?] 네, 그랬대요. 그래 너무, 너무 아름다우니까 그게 소문이 나서 결혼하고 싶은 사람이 많이 나왔대요. 그래서 계속, 계속 오잖아요.

그래서 그, 그 여자 가구야히메(かぐやひめ)라는 이름이 붙었는데. 가구야히메, 가구야히메. 히메(ひめ)가 공주예요, 가구야히메. 가구야공주가 그중에서 다섯 명 선정했대요. 그래서 가구야공주가 그때까지 소문만, 소문밖에 본 적이 없는 보물을 찾아온 사람만 이렇게 결혼을 한다고 했대요. 그래 그중에 다섯 명만 여러 가지 갔죠. 그런데 다 여러 가지 갔는데 이때까지 다 안 됐었대요.

(제보자가 잠시 이야기를 떠올리느라 구연이 중단됨.)

그 다섯 명 있잖아요. 그 문제가 다섯 개 있는데, 한 개는 이거 간자로 (허공에 한자 획을 그리며) 이렇게 되는데. 그 나무에 옥, 옥이 생기는, [조사자 1: 아, 옥이 열리는?] 네, 이런 실(實)이, 매실이 같은 거, 실이 옥인 것 같아요. [조사자 1: 열매가 그렇게?]

또 하나는 쥐, 쥐인데 불, 불 뜨거운 거잖아요. 불로 된 쥐가 있는 것 같아요. 그 껍질이, 피부. 그걸 제조하는 거. 그리고 용, 용의 목걸이. 그리고 이게 좀 잘 모르겠는데 부처님이 돌에서 나오는 뭔가, 그릇인 것 같아요. [조사자 1: 그릇이요?] 네, 그리고 지붕에, 지붕에가 뭐였죠? 제비, 제비. 그 빠르게 쭉쭉쭉쭉 하는 거. 그 오월에, 오월이네 유월에 되면 와서 집에 좀 하는 그 제비. 제비의 조개. 제비의 조개? 조개. 아, 제비가 아니고요, 조개 종류인 것 같은데, 실제로는

없는 보물인 것 같아요.

그게 다섯 개. 그것도 실제로 다 없어요. 실제로 없는데 전설 상, 그것도 어릴 때 영상이나 그 그림책으로 봤는데 자세히 들은 기억이 없어서.

그런데 그거를 다 거의 중국처럼 그런 곳에 가서 찾았던 것 같은데, 결국은 다섯 명 다 못 찾았어요. 그래서 그런데 가구야히메는 처음부터 결혼할 생각이 없어서 그런 문제 내는 거잖아요. 근데 마지막에는 그때 시절에, 헤이안 시대라는 시절이었는데, 그때 천왕 같은 게 있었어요. 제왕? 제황? [조사자 1: 황제 이런 거요?] 네, 그런 거. 가장 높은 사람도 결혼하고 싶다고 했는데, 그것도 다 거절해서 15일, 보름, 보름밤에 천(天)에서, 그 달에서, 달에서 마중 나온 사자, 사자님들이 같이 와서, 그때,

"제가 사실은, 제가 이 나라 사람 아니고 달 사람이다."

라고 해서, 그래서 같이 사람들이랑 떠났다. 그건데 그걸로 끝나요, 그 얘기는 그냥.

[조사자 2: 아, 가구야히메가 그렇게 떠났다?] 네, 그래서 그게, 그것 때문에 뭔가 교훈이 있는 것도 아니고. 타케토리모노가타리(たけとりものがたり)라고 해요.

[조사자 1: 남자들이 어떤 남자들이었는지, 뭔가 캐릭터가 좀 있지 않아요?] 아, 네. 가구야히메, 가구야히메. 누구누구, 누구누구라는 것도 있었는데.

(이야기를 자세히 검색하며 잠시 구연이 중단됨.)

다섯 명, 왕자, 왕자님들이예요. 이시즈끄리노 미꼬(石作皇子)라고 해서, 이시즈끄리가 '이시(いし)'가 돌, 그리고 '즈끄리(づくり)'라 만든다는, 한자가 이렇게 (허공에 손가락으로 作자를 쓰며) 돼요. '미꼬(みこ)'가 왕자. 그래서, [조사자 1: 돌로 만든 왕자?] 네. 근데 그거는 그냥 이름이에요. 그런데 그 사람한테 그 불, 부처님 돌로 만든 거, 그릇 가져오라 하고. 그리고 구라모치(車持) 왕자. 다 왕자, 왕자인데. 그라모치는 그냥 이름이고. 그에 대해서, 그 사람이 어떤 사람인지는 그건 알 수가 없어요. 그런데 그거는 그 옥이, 호란? 호란사?

　　(휴대폰으로 한자를 찾아 보여주며) 봉래? [조사자 1: 아, 봉래산.]
봉래산. 네, 봉래산에 있는 그 나무. 그 나무의 풀(잎)은 은, 은으로
되어 있고, 나무 자체는 금으로, 그리고 실(열매)은 하얀 옥으로 생
긴 나무가 있다고 그거를 가져오라고 해요. [조사자 1: 줄기는 금으로
되어 있고, 잎은 은이고, 열매는 옥이고 그런 나무였어요?] 네네, 그런 거
예요. 그런데 이것도 없죠, 사실은. 그것도 가져오라고 하고.

　　그리고 또 한 명에게는 모로코, 모로코시(もろこし, 唐土)*라는,
아마 이거는 중국인 것 같아요. 그게 있는 쥐, 불이 있는 쥐. [조사자
1: 화서(火鼠)?] 네, 화쥐예요. 얘는 이 피부, 모피 가져오라고. 그런데
그 사람 대해서는 이름도 없어요.** [조사자 1: 아, 이름도 없어요?] 네,
없어요, 이거는.

　　그리고 용, 용 목걸이. 그거는 오색으로 빛나고 있는 옥(玉)이가
있대요. 그거는 오토모노(大伴御) 다이나곤(大納言)이라고 해서 이
때까지 처음의 둘은 왕자였는데, 이 사람은 아니고 그 왕자님 밑에
바로 있는 부하, 그래서 높은 그 사람 하나예요, 오토모노 다이나곤.

　　그리고 마지막에 이소노가미노(石上) 츄나곤(中納言). 아까 다
이나곤의 '다이'가 대(大)예요. '츄나' 고거가 중(中)이라고, 대, 중,
그다음에 계단적으로는, 아니 계층적으로는 다음에 사람인데, 이소
노가미노 츄나곤한테는 그 제비가 가지고 있는 오야스(紫貝)가 있다
는데. 오야스가 조개하고 제비가 갖고 있는 (휴대폰으로 한자를 찾
아 보여주며) 자빼? [조사자 1: 아, 자패?] 그래 제비가 갖고 있지는 않
죠? [조사자 2: 그래서 보물인가 봐요.] 네. (웃음)

　　(제보자의 딸이 투정을 부리면서 잠시 구연이 중단됨.)

　　[조사자 2: 아까 그릇도 하나 있지 않았어요?] 아, 네. 그거는 첫 번째
나오는 이시즈끄리노 미코에 대해서 그 부처님, 그 첫 번째. [조사자
1: 그 부처 조각?] 그 부처님의 돌로 만드는 그릇. [조사자 2: 그러니까
석가상의 그릇, 뭐 그런 거?] 그거는 어디서 가져오라는 말은 없었어요.

　　● 중국을 이르는 일본의 옛말 중 하나이다.

　　●● 우대신인 '아베노 미우시(阿部御主人)'라고 알려져 있다.

"그런 거 있으니까 그거를 가져오라."

고 하고. 그 다섯 명.

그런데 할아버지가,

"다 어려운 것 같고 일본에는 그런 게 없을 수가 없다."

"아, 있을 수가 없고 꽤 어려운 거 어떻게 하는지?"

했는데, 가구야히메가,

"이런 거 어려운 게 아니다."

고 이래서,

"가져오라고 해요."

그랬대요. 그리고 왕자님, 왕자님 그거 듣고,

"가자!"

라고 해서 갔는데,

"안 된다."고.

아니, 갔는데 여러 명 좀 자세하게, 어떤 사람은 죽었고 어떤 사람은 많이 다쳐서 그래서 결국 가져올 수가 없고. 그래서 다 포기한 거예요.

아, 아까 부처님은, 부처님이 쓰고 있었다는 전설이 있는 돌로 되어 있는 그릇, 그것도 서쪽의 나라, 아마 중국보다도 서쪽의. [조사자 1: 인도 저 쪽?] 네, 아마 그런 것 같아요. 그리고 아까 그 쥐 모피 있잖아요. 그것도 역시 상상의 뭔가 모피인 것 같은데, 그게 더러워지면 물(불)에 던지면 다시 이렇게 깨끗해진다는 그런 거래요. 그리고 아까 자패? 자패는, 그 자패를 가지고 있으면 순산 된다고. 출산, 네 순산 된다는 그런 믿음이 있었다고. [조사자 2: 왕이 된다고요?] [조사자 1: 아니 순산.] 승산? [조사자 1: 아이를 순산하는.] 아, 그 출산할 때 그 좀 쉽게, 순산. [조사자 2: 아, 아이를 쉽게 낳는다고요?] 네. 순산할 수 있다는. 그리고 번영,

'그 집안이 번영한다.'

그런 이야기가, 그런 믿음이. 그 오마모리(おまもり)라고 해서 일본 사람은 그 절이나 신사 가면 뭔가 부조? 부주? [조사자 1: 부적?] 네, 부적 같은 거를 사서, 이렇게 해서 들고 다니곤 해요. 그래서 그

자패가 그런, [조사자 1: 아, 부적 같은?] 네, 의미가 있었던 것 같아요.

그래서 첫 번째, 제가 순서대로 하면, 첫 번, 아, 셋째까지는 다 왕자고 나머지 두 명, 마지막의 두 명은 그 밑에 있는 사람들, 그 밑에 있는 사람들 중에서 높은 사람들이라고. 그리고 이게 옛날의 이야기에 책으로 쓴 사람이 있는데 그걸 누가 썼는지는 모른다고 해요. 우리는 어릴 때 이 이야기를 간단하게 듣잖아요. 유치원, 어린이집일 때 진짜 그림책처럼, 진짜 간단하게 읽거나 듣거나 했는데, 사실은 코문, 고문(古文)? 한국에서도 옛날, 그 현대문, 그거, 현대문, 한문, 고문? 고문이라고 하나요? 옛날의 문장. [조사자 1: 네.] 그거 공부하는 중에 이것도 있어요.

그것도 좀 처음에 완전 그 할아버지가 나무, 그 산에 가서, 그런 그것만 이야기 간단하게 공부하곤 하는데. 옛날의 이야기가 완전 책으로 되고 있기 때문에, 사실은 너무 길어요. 그거를 잘 읽으면 완전 되는데. 이거 다 하면 너무, 너무 길어서. 이야기할까요? (웃음)

[조사자 1: 길어도 해주시면 좋죠.] (일동 웃음)

(제보자가 이야기를 자세히 확인하기 위해 구연이 중단됨.)

처음에 그 부처님 그 그릇 있잖아요. 그거를 이 왕자님이 실제로 가는 게 아니고, 일본 안에 있는 어떤 지역에 가서 약간 좀 비슷하게 만들고. (웃음) [조사자 1: 아, 가짜를 만든 거예요?] 네, 가짜를 만들어서. 그거를, 당연히 아니니까 가구야히메는,

"이거는 가짜!"

라고 해서 못 됐죠.

그리고 다음에 그 옥나무, 봉래산에 간 사람 이야긴데, 이거는 이 사람은 약간 좀 성격이 여러 가지 괴상해서 하는 사람이에요. 그래서 정부에는,

"저는 병 걸렸기 때문에 시골에 가서 요양을 좀, 치료 받고 간다."

고 해서 몰래 갔대요.

그런데 왕자님이라서 혼자 가는 게 아니고, 여러 가지 사람 다 데리고 갔습니다. 그런데 그 사람도 역시 없다는 걸 알고 있기 때문에 기술을 가지고 있는 사람을 모아서 만들었대요. 그건 또 자기 재

산 다 쓰고, 그 나무, 나무, 그리고 옥 만들고. 가구야히메가 만들라
는 거 그대로 다 만들었는데.

(제보자의 딸이 투정을 부리면서 잠시 구연이 중단됨.)

만들고, 그것도 올 때 그냥 온 게 아니고, 배에서, 배타서 자기가
너무 좀 고생해서 왔다는 듯이 왔대요. 그래서 많은 사람이 마중 나
와서,

"와, 대단하다!"

고 하잖아요. 그런데 모두가,

(제보자의 딸이 투정을 부리면서 잠시 구연이 중단됨.)

난리가 났는데, 그거를 가구야히메가 듣고,

'아, 이거 좀 큰일이 났다. 이거는 진짜인 줄 모른다.'

고 해서 좀 걱정했대요. 그래도 집에, 그 가구야히메 사는 집에
그 왕자가 와,

"나는 좀 죽을 뻔한 그런 경험 겪으면서 그거를 가지고 왔다."

고 해서 너무 피곤한 목소리로 왔는데. 그걸 믿고 할아버지가,

"아, 이번에는 진짜 고생하면서 왕자님이 그 가구야히메가 말하
는 그걸로, 완전 진짜로 가져 왔다."

고 그래서,

"그거를 좀 잘 봐야겠다."

하고 그거를 가구야히메가 봤대요.

또 다시 그 왕자님이 가구야히메 앞에서 내가 어디서 어떻게 얼
마나 힘들게 그거를 가져 왔는지 자세하게, 거짓말인데 설명을 시작
했어요. 이게 너무 길어요. 진짜 잘 만든 걸 보여주고,

"이렇게, 이렇게 해서 이렇게 했다."

해서 자랑스럽게 이야기하고 있을 때, 가구야히메가,

'아, 이번엔 진짜 망했다.'

하고 생각했을 때, 바로 그 밖에서 어떤 사람들이 몇 명 왔대요.
그 사람들이 사실은 그거를 만들은 사람이야, 그 사람들이,

"우리는 몇 개월 동안 계속 그것만 만들었는데, 아직까지 그에
대한 보상, 돈 못 받았다."

고 해서, 화내면서 온 거예요.

그래서 이거 만들은 거를 들켰어요. 그걸 듣고 가구야히메가 (한숨 쉬듯) '하.' [조사자 1: 오히려 안심했어요?] 네, 너무 마음이 가벼워지고 가구야히메가, 가구야히메가 마음이 편해지고,

"그거 옥 들고 집에 가라!"고.

보내고 그랬대요.

그리고 다음에는 그 쥐 모피. 모피 이야기는 그 집안이, 어, 이거는 그 세 번째는 그 사람이 이름이 없었다고 했는데, 여기에는 나왔는데. 아, 나중에. 그때 처음에 문장은, 처음에는 안 나왔는데 그 순서대로. 이 사람은 아베노 미우시라는 사람인데. 그런데 이거 왕자님, 아까 처음에 왕자님이었었는데, 왕자님 아니고 대신(大臣)? [조사자 1: 네, 대신.] 우쪽, 좌쪽 두 개있어요. 그중에 우쪽, 우다이진(右大臣)이라는 지위에 있는 사람인데, 그냥 집안이 아주 돈이 많은 사람이었습니다.

그래서 그 사람이 직접 가는 게 아니고 일본에 온 중국인, 그 중국 선? 배 타는 [조사자 1: 선원?] 네. 그 사람한테 부탁해서 중국에 있는 화? [조사자 1: 화서?] 네.

"그거의 모피가 있다고 하니까, 그걸로 좀 사와서 보내주세요."

라고 했대요.

그리고 부하 중에 가장 생각도 잘 하고 있고, 똑똑한 사람 한 명 부탁해서 그거 보냈어요. 그거 부탁받은 중국인은,

"그 모피가 있다는 거는 중국에는 없지만, 그래도 소문으로 들어봤다."고.

그래 본 적이 없으니까,

"지금 인도 사람들이 아마 중국에 가져 올 것 같다. 그래도 아주 어려우니까 좀 여러 가지 좀 찾아본다."

고 했습니다. 그리고 잠깐 소식이 없었는데 나중에

"그거를 입수했다. 그래서 그거를 보낸다."고.

연락이 왔습니다.

"그런데 너무 비싸니까, 이거 살 수 있겠냐?"고.

그래도 아까 그 아베노 우다이진은,

"그래도 물론 돈은 괜찮다."

고 해서, 그래서 중국 사람에게 감사했다고 합니다.

그리고 그 모피, 그 모피를 가지고 가구야히메 쪽에 가요. 그런데 그 가구야히메가,

"아주 잘된 모피인 것 같은데, 그래도 그게 진짜인지, 진짜가 아닌지는 알 수가 없네요."

라고 했어요. 그래도 할아버지가,

"일단은 그래도 좀 그 사람한테 어떤 건지를 좀 이야기하자고 해서 집에 초대하자. 집에 들어오게 하자."

고 했습니다.

할아버지는 결혼하게, 시키고 싶죠. 그런데 그 모피가 불에 던져, 던지도 태우지 않잖아요? 그래서,

"그것 좀 해보자."

고 가구야히메가 합니다. 그래서 던졌어요. 그러면 모피는 완전 없어져 버렸어요. [조사자 1: 타서 없어져 버렸어요?] 네. 그래서,

"이거는 가짜네요."

라고 해서, 그 우다이진은 자기도 진짜인 줄 알았는데 아니었기 때문에 너무 좀 표정도 어두워지고 집에 갔대요.

그다음에, 다음에 오토모노 다이나곤이라고 해서, 그거는 용 목걸이인데요. 이 사람은 부하들 데리고 와서 실제로 갔어요. 모든 부하들,은

"죽을 것 같다. 싫다."

고 했는데, 자기 갖고 있는 재산 다 주니까 오라고 해서 강제적으로 데려와서 찾으러 가요. 그런데, 그런데 처음에는 자기는 안 가고, 부하만 좀 보냈어요. 그런데 너무너무 시간이 지나도 올 소문도 없으니까, 좀 가서,

"어떻게 됐냐?"

물어봤대요. 나중에 부하가 오는데,

"죽을 뻔했다. 그거는 없고, 안 된다."고.

그러면 자기가 간다고 해서 다시 갔습니다. 그런데 용은 바다 안에 있다는 그 이야기라서, 물에서 그 파도가 치고 해서, 결국 바람도 세고, 결국은 얻을 수가 없었다고 하네요. 결국 못해서 다 죽지 않고 집에 왔는데, 자기도 그렇고 부하도 죽을 뻔했으니까, 이제

'가구야히메가 자기, 우리를 죽이려고 그런 문제 냈다.'

는 생각을 해서, 너무 화내서 아마 더 이상, '됐다'고, 안 합니다.

그 마지막 제비의 자패인데, 이 사람은 츄나곤 이소노가미노 마로타리(麻呂とい)라는 이름이에요. 계층은 츄나곤. 이 사람이, 역시 이 사람도 부하한테,

"제비가 둥지, 둥지 만들면 알려 주세요."

라고 했대요. 그러면 부하가,

"그걸로 뭐하냐?"

고 했는데, 츄나곤이,

"제비가 가지고 있는 자패를 받아야겠다."

고 했습니다. 계속 부하들이,

"아, 그런, 그런 거 없다."

고 많이 해요.

그래 제비, 어쨌든 제비가 갖고 있다는 생각이 있기 때문에, 제비 잡아서 계속, 계속 하니까 제비가 너무 무서워졌대요. 그래서 사람이 보이는 곳에 안 보이게 없어졌다고 합니다. [조사자 1: 제비들 다 숨어버렸구나.] 네, 너무 무서워서. 그 갖고 있지 않기 때문에,

"혹시나 배 안에 있을지도 모른다."

고 해서 자르거나 했대요. 그래서 제비가 무서워했죠.

(제보자의 딸이 투정을 부리면서 잠시 구연이 중단됨.)

결국 못 잡았어요. 그래서 '조개가 없다.' 그거를 일본에서 카이, 조개가 카이(かい)라고 해요. 그리고 없다는 거 나시(なし). 카이나시(かいなし), '조개가 없다.' 그 일본어 카이나시라고 하는데, 그게 일본어로 '보람이 없다.'는 뜻이 있어요. 그런데 여기서 그런 말이 나온 것 같아요. 기대에 많이 노력 했는데 보람이, 어떻게 여러 가지 많이많이 해봤는데 좀 없었잖아요. 그래서 '카이나시', '조개가 없다.',

'보람이 없다.'는 말이 여기서 온 것 같아요.

그런데 그래도 계속, 계속 고집해서 계속해서 찾고 있었는데, 결국 그 사람이 병 걸려서 죽었대요. [조사자 1: 병이, 막 화가 나서 병 걸린 거예요?] 아니, 아니요. 너무 슬퍼져서,

'안 되었다. 안 되었다.'

고 해서. 보람이 없다는 그런 생각이. [조사자 1: 아, 우울증에 걸렸구나?] 네.

이걸 듣고 가구야히메는 좀

'죄송하다. 미안하다.'

고 생각했다고.

결국에 다섯 명 안 됐었기 때문에 마지막에 제황, 황제가 그러고 또 결국 거절하고. 나머지는 이때까지 이야기한 거 똑같이 이야기예요.

내가 지금 무슨 말 했지? 죄송합니다. (일동 웃음)

대나무에서 나온 가구야공주 [3]

● **구연정보**
조사일시 : 2017. 01. 06(금) 오후
조사장소 : 대구광역시 중구 대안동
제 보 자 : 마츠자키 료코 [일본, 여, 1982년생, 이주노동 8년차]
조 사 자 : 조홍윤, 황승업, 김자혜

● **구연상황**
묘엔 이치로 제보자가 가구야히메 이야기를 구연했으나 내용이 소략했다. 그러자 가만히 듣고 있던 마츠자키 료코 제보자가 나서서 이 이야기를 새로 구술했다. 마츠다 타마미와 묘엔 이치로 제보자가 청자로 참여했다.

● **줄거리**
옛날에 노부부가 있었다. 할아버지는 대나무를 다루는 사람이었는데, 어느 날 빛나는 대나무를 발견해 잘라보았더니 예쁜 여자아이가 있었다. 그 아이를 데리고 와서 키웠는데 어느 날 그 아이가 달로 돌아가야 한다고 했다. 노부부는 무사들을 모아 막으려고 했지만 하늘에서 온 사자들이 빛을 비추자 아무도 움직일 수 없었다. 결국 아이는 달로 돌아갔는데, 가면서 노부부에게 불로불사의 약을 주었다. 노부부는 아이가 없는 세상에서 불로불사도 덧없다 하여 그 약을 산 위에서 태워버렸다.

그것은 정말 유명한 이야기라서 미야자키 하야오(みやざきはやお)가, 지브리Studio Ghibli가 영화로 만들었어요. 〈가구야히메(かぐやひめ) 모노가타리〉라는 것이 있어서 정말 유명해요. 그리고 우리 세대는 교과서에서 고전문학을 공부할 때 가장 좋은 예로, 교과서에 처음 나오는 고전 소설이에요. 정말 좋은 부분 많이 있는데.

할아버지가 대나무로 도구를 만드는 사람인데, 장인인데, 그 대나무를, 어떤 날에 밝게 빛나는 대나무를 발견해서 그것을 잘라봤더니 안에 예쁜 여자 아이가 있었다. 대나무처럼 3년 동안만으로 크게 성장했다고, 예쁘게.

그런데 어떤 날 성인이 되었는데, 어떤 날에 달을 보면서 슬퍼하는 모양을 많이 보였어요. 그것을 보고 할아버지가 걱정하고, 할머니가 걱정하고,

"왜 그러냐?"

고 물어봤더니,

"언젠간 저는 달에 돌아가야 됩니다."

고 해서 결국, 중간에 프로포즈하는 사람 이야기도 있는데.

마지막에 결국 가게 되는데, 할아버지가 그걸 거절하려고 많은 사무라이들, 무사들에게 부탁해서 집을 지키려고 했는데, 달에서 사자가 오는데, 왔더니 그 빛이 너무 밝아서 몸을 못 움직이게 되어서 결국 아무 것도 못해서 돌아갔다고 해요.

그때 불로불사의 약을 할아버지 할머니한테 공주님이 주셨는데, 할아버지 할머니는 가구야히메가 없는 세상에서는 그 약이 필요 없다고 해서 산 위에서 태웠대요. 근데 그것이 후지산 앞에서 태웠으니까 지금은 연기 없지만 산에 가면 연기가 나면 그것이다라는 이야기도 있었다, 그렇게 들었어요.

[조사자: 프로포즈 과정은 없을까요?] 누가 누군지는 기억이 없는데, 다섯 명이 있었던 것 같아요. 거의 다 귀족들, 부자들인데 하나는 다 과제를 줬어요.

"이거 가져와주면 결혼하겠다."

라는 식으로 하는데, [청자: 그 과제가 다 못하는 것.] 다 못하는 것.

"인도에 있는 불쥐의 모피를 가져와라."

또,

"옥으로 만들어진 나무를 가져와라."

쯔바메(つばめ, 제비), 새의 일종인데,

"제비가 모으는 분홍색 조개껍질을 가져와라."

[청자: 용의 눈물도 있었던 것 같은데?] 용 눈물 있었나?

　　근데 제비집 안에 있는 것을 입수하려는 사람은 긴 사다리로 들어갔는데 위에서 떨어져서 죽었어요. 그리고 옥나무를 가져오려고 한 사람은, 중국에 있다는 얘기였나? 거기에 가야 했었는데 몇 년 동안 숨어 있고 그 동안에 장인들에게 돈을 많이 주고 만들어 달라고 했어요. 근데 완성된 것을 줬는데 그 장소에 장인들이 와서,

　　"아직 돈을 못 받았다."

　　고 해서, 호소하러 와서 알게 돼서 안 됐어요.

　　그리고 인도에 있는 불쥐의 모피는 불을 태워도 안 태워진다는 것인데, 그것을 가져오는 것이 가짜였으니까 불 안에 넣었더니 다 탔어요. 그런 이야기가 있어요.

대나무에서 나온 가구야공주 [4]

● **구연정보**

조사일시 : 2018. 05. 24(목) 오후

조사장소 : 경기도 화성시 진안동

제 보 자 : 요시이즈미 야요이 [일본, 여, 1971년생, 결혼이주 13년차]

조 사 자 : 김정은, 황승업

● **구연상황**

제보자가 〈유메미가사키 산 유래〉를 마친 뒤 조사자가 〈꽃 피우는 할아버지〉 이야기를 부탁하자 잘 모르겠다고 했다. 이후 제보자가 대나무공주 이야기가 있다며 구술을 시작했다.

● **줄거리**

옛날에 아이가 없는 가난한 노부부가 살고 있었다. 할아버지가 산에 가서 나무를 하다가 빛나는 대나무를 발견하고서 빛나는 부분을 자르자 여자아이가 나왔다. 할아버지와 할머니는 여자아이를 데려다 키웠다. 가구야공주는 자라서 예쁜 아가씨가 됐고, 그녀와 결혼하기 위해 수많은 남자들이 구애를 했다. 그때마다 가구야공주는 세상에 없는 물건을 가져오라고 하면서 거절했다. 사실 가구야공주는 달에서 온 사람이라서 다시 돌아가야 했다. 하늘에서 여자들이 내려와 가구야공주를 데려가려고 할 때 많은 남자들이 막으려 했지만 소용없었다. 결국 가구야공주는 달로 올라가버렸다.

옛날 그 아이가 없는 할머니 할아버지가 두 분이 (웃음) 살고 계셨어요. 그런데 할아버지가 산에 가서 그 대나무, 그 나무하러 가다가 대나무 속에 빛나는 대나무 하나가 있어서, 그걸 빛나는 부분을 잘랐어요. 잘랐다가 그 아이가 나온 거죠. 여자아이. 여자아이가 나와서 그 애를 데리고 집에 가서 키, 키웠겠죠. 키우겠죠.

　　그런데 키우면서 그 또 다시 산에 가면, 또 빛나는 대나무들이 있어요. 있었어요. 그래서 그 한 번씩 이렇게 잘라서 보면, 뭐. 돈도 나오고, 뭐 나오는데. 거의 대부분 이런 할아버지들은, 할머니 할아버지는 가난하게 살아 계세요. 그런데 가난한 상태에서 애 키우려고 하다가, 대나무에서 뭐 돈 나오고, 쌀 나오고 하면서 부자가 되고.

　　그런데 그 카구야히메(かぐやひめ)*도 세월이 지나서 예쁜 그 아가씨가 됐어요. 그런데 그런 거는,

　　'어디, 어디에 예쁜 아가씨가 있다.'고.

　　해서 소문이 나죠. 그래서 곳곳에 있는 부잣집 아들인가 뭐

　　"나랑 결혼해 달라."고.

　　오는데, 그 카구야히메가 다 거절했어요, 이유 없이.

　　"나는 결혼 안 한다."고.

　　[조사자: 안 한다고.] 네, 네. 결혼 안 한다고 하고.

　　"만약에 결혼하고 싶으면."

　　이렇게 이유, 뭐지? 어려운 조건을 내요. [조사자: 문제 내나요?] 네, 뭐 '이런 거는 가져오라. 이런 거는 가져오라.'고 하는데, 이런 거 세상에 없는 거. [조사자: 아, 그걸 갖고 오게.] 네. 얘길 할 수 있으면 좋은데, 제가.

　　그래서 남자들이 그래도 어떻게 해도 결혼하고 싶으니까, 비슷한 걸 일부로라도 만들어서 가져가서,

　　"이렇게 있으니까 나랑 결혼해 달라."

　　는데. 보면,

　　"이거 아니다."

　　해서 거절을 하고.

　　그런데 시간이 지나면 항상 딸, 달 있잖아요. 그 밤에 빛나는 달 보면서 울기 시작했어요. 그런데 그거를 보고, 할머니 할아버지가 걱정해서,

　　● 제보자가 '카구야히메'로 표현했으나, 제목과 줄거리는 다른 자료와의 통일성과 검색의 편의성을 고려하여 '가구야공주'로 표기했다.

"왜 니는 이렇게 항상 밤이 되면 우냐?"

고 물어보니까,

"사실 나는 그 하늘에 왔다. 달에서 왔다."

[조사자: 아, 달에서. 네.]

"그런데 이제 나는 돌아가야 되는 시기가 됐다."

해서 계속 울어요.

그런데 아까 그 결혼해 달라는 남자들이 또 그런 거 듣고, 어떻게 막으려고. 네, 하는데. 그게 언젠지는 모르지만, 달에서 [조사자: 빛이.] 빛나고, 또 다른 여자들이 (웃음) 내려오면서 그 카구야히메 데려가려고 해요. 그래서 남자들이 뭐 뭐지? 화, 화살. 화살로 뭐 죽이려고 하지는 안 하지만, 그냥 [조사자: 못 가게.] 못 가게 하려고 했는데, 아무도 그 신비한 힘에 이길 수 있는 사람 없고. 그냥 카구야히메는 결과적으로 달에, 달에 가버려요.

그런데 그 카구야히메 이야기 저는 그냥 그렇게 들었어요. 그런데 지방마다 후지산하고도 또 관계있어요. 그런데 그걸 제가 이야기 하려고 했는데, 생각을 못 해서. 그냥 저는 그런 카구야히메는 대나무랑 관계있는 이야기로 끝났지만, 어떤 지방에서 나온 사람은 후지산하고 무슨 관계가 있다고 또 하기도 하는데. [조사자: 후지산에서 이 공주가 있었나?]

후지산. 후지산이, 후지산 보면, 그 사진 보면, 그 높이가 있어서 항상 위에는 그 [조사자: 눈이.] 눈이 있잖아요. 그 눈이 하얀 이유가 있어요. 그게 카구야히메하고 관계가 있는, 있는데. 그걸 내 생각이 안 나. (웃음)

대나무에서 나온 가구야공주 [5]

● **구연정보**

조사일시 : 2018. 11. 23(금) 오전

조사장소 : 경기도 안산시 원곡동

제 보 자 : 토리카이 쿠미코 [일본, 여, 1977년생, 결혼이주 11년차]

조 사 자 : 김정은, 강새미

● **구연상황**

인도네시아의 수산티 제보자가 〈시티누르바이야의 이룰 수 없는 사랑〉을 마친 뒤, 제보자가 이야기를 시작했다. 수산티 제보자와 우즈베키스탄의 허율리나 제보자, 중국의 박영숙 제보자가 청중으로 이야기를 함께 들었다.

● **줄거리**

옛날에 노부부가 살았는데, 할아버지가 나무를 하러 갔다가 빛나는 대나무를 발견했다. 가져와서 잘라보니 그 속에 작은 아기 공주가 들어있었다. 노부부는 아이를 가구야공주라고 부르며 애지중지 키웠다. 시간이 흐르자 많은 남자들이 가구야공주와 결혼하고 싶다며 찾아왔지만 공주는 자신은 달에서 온 사람이라며 무리한 요구를 하면서 거절했다. 보름달이 뜨는 날 몇 천 명의 사람이 막아섰지만 가구야공주는 달로 끌려올라갔다.

　가구야공주는 옛날에 할머니 할아버지가 살았어요. 할아버지는 대나무를 잘라서 파셨어요. 어느 날 대나무 자르러 갔는데 어떤 대나무가 반짝반짝 빛나고 있었어요. 그래서,

　'이 대나무는 뭐지?'

　해가지고 한 번 잘라봤더니 그 안에 조그만 아기 공주가 있었어요. 그 공주는 너무 작고. 할머니 할아버지는 아이가 없어가지고 대

나무 공주를 '가구야히메'라고 불러서 귀하게 키웠어요. 근데 그 가구야공주가 너무 예쁘게 잘 컸어요. 그래가지고 다른 남자들도 그 가구야공주를 와이프로 하고 싶고.

그래서 다섯 명이나 젊은 사람들이,

"가구야히메를 주세요. 자기 와이프로 하고 싶다."

그렇게 왔어요. 근데 가구야히메는 갈 마음이 없었어요. 그래가지고,

"혹시 제가 하는 말에 몇 개."

다섯 명 있으니까 다섯 개. 무리한 그런 부탁을 하는 거예요. 그게 잘 모르겠는데,

"그것을 가져오라."고.

하기도 하고,

"그것을 준비해오라."고.

하고 그렇게 했는데 다섯 명, 한 명도 그것을 준비할 수 있는 사람이 없었어요. 왜냐면 자기는 결혼할 수가 없는 사람이라고 생각하기 때문이에요. 그 가구야공주가. 가구야공주 이야기를 듣던 왕자님이,

"가구야공주를 꼭 우리한테 보내게 해 달라."고.

오는데 가구야히메는,

"안 되겠다. 사실은 저는 달에서 온 사람이다. 그래서 달에 돌아가야 되겠어. 그래서 갈 수가 없다."

그러는 거예요.

근데 언제 가냐면 달이 이렇게 동그랗게 될 때 있잖아요. [조사자: 보름달.]

"보름달에 가야 된다."

그렇게 이야기 했어요.

그랬더니 그 왕자님이 몇 천 명의 사람들을 안 보내려고 보냈는데도 불구하고 가구야히메는 달에다가 끌려가버리는 거예요. 그래가지고 가구야공주는 그렇게 끝났습니다. 달로 가는 거예요.

대나무에서 나온 가구야공주와 후지산 유래

● **구연정보**

조사일시 : 2017. 01. 12(목) 오전

조사장소 : 인천시 부평구 삼산동

제 보 자 : 노마치 유카 [일본, 여, 1974년생, 결혼이주 10년차]

조 사 자 : 조홍윤, 황승업, 김자혜

● **구연상황**

조사자가 제보자에게 고향에 유명한 설화가 있는지 묻자 제보자가 책을 언급했다. 조사자가 책에 실린 이야기보다 구술을 통해 달라지는 이야기가 좋다고 하자, 제보자는 다소 의아함을 나타낸 뒤 가구야히메 이야기 구연을 시작했다.

● **줄거리**

옛날에 대나무로 생활용품을 만들어 팔던 노인이 산에 갔다가 빛이 나는 대나무를 발견했다. 신기하게 여겨 갈라보니 안에 한 여자 아기가 있었는데, 대나무처럼 빠르게 자랐다. 노인 부부는 빛나는 대나무에서 나온 아이라 하여 이름을 가구야히메로 했다. 아름다운 그녀에게 숱한 명사들이 청혼했으나 그녀가 제시한 과제를 통과할 수 있는 사람은 없었다. 그녀는 본디 달에 있는 황금세계의 사람으로서 죄를 지어 지상에 내려왔다가 곧 돌아가야 할 운명이기 때문에 일부러 불가능한 과제를 낸 것이었다. 결국 때가 되어 달로 돌아가게 된 가구야히메는 자신을 돌봐준 노부부에게 불사약을 건넸으나 그들은 그녀 없이 더 살 이유가 없다며 받기를 거절했다. 다시 자기에게 마음을 두었던 장군에게 불사약을 주었으나 실의에 빠진 장군은 그 약을 산에 뿌렸다. 한자어 '불사(不死)'는 일본어에서 '후지'로 발음되는데, 일설에는 불사약을 뿌린 산이라 하여 '후지산(不死山)'이었던 것이 후대에 '후지산(富士山)'으로 변했다고 한다.

가구야히메(かぐやひめ) 같은 [조사자: 가구야히메요?] 예예. 달에, 일본에서도 달에, 달을 보면은,

"토끼가 떡을 치고 있다."고.

이렇게 얘기를 해요.

[조사자: 저 어렸을 때 봤을 때는 진짜 토끼 있는지 알았어요.] (웃음) 저도 그렇게 생각했죠, 예. 근데 그거 하고 달, 그 따로 달에는 다른 황금세계가 있다고. [조사자: 황금세계요?] 예. 달, 달은 이쁘잖아요. 근데 거기에는 빛나는 황금, 황금으로 만들어진 마을이 형성돼 있다고. 그런 이야기를 토대로 만든 전래동화인데, 〈가구야히메〉예요. '가구야(かぐや)'는 '빛나다', '히메(ひめ)'가 '공주', 예. [조사자: 빛나는 공주?] 네.

그 일본엔 한국도 비슷한데, 그 대나무로 생활용구 많이, 용구 만들었잖아요. 그래 그거를 하는 할아버지가 어느 날 산에 나무하러 가는데 빛나는 대나무가 있는 거예요. 그래서 나무를 잘라보니까 그 안에서 여자아이가 태어난 거죠.

아시는 것 같은데요? [조사자: 아, 들어본 적은 있어요.] 아, 그렇죠. [조사자: 그런데 버전이 좀 다른 게 달에 어떤 마을이 있는지 그런 이야기 하시는 분들은 없어요.] 아, 그래요? [조사자: 네.] 음, 근데, 음 [조사자: 그냥 제가, '이 사람이 알고 있는 것 같은데?' 생각 안 하시고 그냥 편하게 하시면 돼요.] 아, 네. 그런데 제가 좀 더 깊이 알고 있는 부분이 있어요. 제가 효고 사람이라서가 아니라, 연구를 해서 그래요. (웃음) [조사자: 아유, 좋죠. (웃음)]

네네. 그 여자아이, 그 할아버지 할머니 사이에는 애가 없어서 잘 정성껏 키우는 거죠. 그런데 대나무처럼 우수수 크는 거예요. 모락모락 크는 속도가 사람에 비해서 뭐 열 배, 이십 배 빠른 거죠. 몇 년 사이에 성인이 됐어요, 아주 예쁜 여자가. [조사자: 할아버지 할머니는 되게 편했겠어요.] (웃음) 그렇죠. 그런데 대나무를 가끔 산에 가면은 빛나는 대나무를 많이 발견해서 그 자르니까 황금이 나오는 거예요. 그래서 온전한 부자가 되는 거죠. 네. 그 이제 가구야히메, 공주, 공주 이름이에요.

공주를 시집보내려고 하는데, 유명사, 유, 유명한 그 뭐랄까? 돈이 많은 부자들, 장군까지 찾아오는 거예요. 너무 이쁘다는 소문 듣고. 그런데 다 어려운 그 퀴즈를 내가지고, 예를 들어서,

"용의 목걸이를 가지고 오라."

그런 어려운 그거를 하는 거예요. 주문을 하는데, 다 뭐 못 하죠. 다섯 명 되는 사람들이 도전을 하는데 [조사자: 다섯 명 문제를 다 기억하시나요?] 잘 기억 못 하죠. (웃음) 그러니까 중국의 전설 같은,

"전설에 나오는 나무를 가지고 와라."

그런 식이라서. 황금, 황금 그 여르매(열매)가 열리는 나무. 그런 거를 가지고 [조사자: 열매가 열리는?] 예, 가지고 오라고 하는 거예요. 그런데 어떤 사람, 어떤 사람은 위조까지 하고요. 예, 다 드러나게 되는 거예요. 그때 가구야히메도,

'아, 이제 나는 끝났다. 시집가야 되겠다.'

너무 잘 만들어서 생각을 하는데, 그 자리에 그때,

"대금 아직 못 받았다."고.

사람이 찾아오고. (웃음) 그래서 다 드러나게 되고. 어떤 사람은 정말 그 항해를 나가요. 용, 용 찾으러 가는데, 태풍 만나서 죽고. 그런데 다 그렇게 해서 불행해지는데, 남자는.

그런데 시집 안 가려고 하는 거예요. 밤마다 우니까, 할아버지가 물어봤더니,

"나는 달의 사람이다. 인간세계에는 잠깐 내려온 거고."

그런데 내려온 이유가 어린이 동화에는 잘 안 나오는데, 그 달에서 죄를 지었다고 하는 거예요. 죄를 지어서 인간 세계에 벌을 받아서 보내진 거라고요. 그런데 그거 세월도 지나서 다, 다 용서를 받을 시기가 된 거죠. 그래서,

"달에 돌아간다. 그 시기가 다가와서 할아버지, 할머니하고 헤어지는 거 생각하니까 눈물이 난다."고.

그 죄라는 거는 여러 가지 설이 있는데,

"인간세계를 너무 그리워했다."

하는 죄, 그

"우리 세계가 최곤데, 달세계가 최곤데 인간세계를 너무 그리워
해서 그래서 죄를 받았다."

는 식으로 해석하는데요.

장군도 구애를 했었어요. 그런데 가구야히메도 은근히 좋아했는
데 [조사자: 멋진 남, 멋진 장군이었구나?] 그렇죠, 예. 그래도 헤어져야
하는 상황인 거죠. [조사자: 좋아해도 가야 되니깐 그냥?] 예.

그런데 달, 그 보름달. 크게 8월 달에 대보름. 그때 이제 가야 할
시기가 다 된 거예요. 그래서 할아버지가 장군한테 부탁해서 경비
어마어마하게 하는데, 달에서 사자들이 마차를 타고 막 내려와요. 그
런데 그 빛, 그 달빛을 본 사람들이 다 눈부셔서 쓰러지고 말고요. 전
혀 의미가 없는 거예요, 경비하는 거. 그런데 마지막 인사를 하고,

"나는 가야 된다."고.

진짜 달세계에서 공주였는지, 일반 사람이었는지 모르겠지만.
그런데 대우를 보면, 진짜 공주였던 것 같아요. (웃음) [조사자: 모시
러 나오고?] 예. 그런데 마지막에 할아버지, 할머니한테로 선물을 주
는데, 불로불사? [조사자: 불로불사?] 예예. 계속 오래 사시라고 하는
데, 할아버지 할머니,

"너가 없는데, 어떻게 사냐?"고.

거절을 해요.

"안 받는다."고.

그런데 그거를,

"그러면은 장군한테 갖다 주자."고.

해서 주는데 받기는 받아요. 그리고 가요.

달에서, 달에 돌아가는데. 그 장군도 너무 실의에 빠져가지고 결
국은 뿌리고 마는데, 그 산이 후지산이라는 설이 가설인데요, '후지
(ふじ)'가 '불사(不死)'라는 한자 다르게 쓸 수도 있어요.

[조사자: 불사라는, 그 불사라는 음이 같은가 보죠?] 후지, 네. 일본말
로 두 가지. 일본에 그런 게 많아요. 발음이 많지 않다 보니까, 그런
말놀이 같은 거 많이 발달했어요. 후지가 '후지(ふじ, 富士)' 음, 그냥
지명으로도 볼 수도 있고, 후지(ふし, 不死), 불사(不死) 그런데 거기

다가,

"그 산에다가 뿌렸기 때문에 불사(不死)가 됐다. 그래서 후지산
이라고 한다."

[조사자: 그래서 활화산이 계속, 화산이 안 죽고 있는 건가요?] 아, 그
건 아닌 것 같은데. (웃음)

거기, 거기 또 뭐랄까. 신앙의 대상이었기 때문에 아주 신비로운
산. [조사자: 산의 생명력 같은 걸 생각하면 되나요?] 그렇죠. 정기가 있
다고 하잖아요. 네, 그래서 거기에다가 뿌려서 후지산이 됐고 이름은
바꿔요.

일본에서는 그런 지명이 많은데, 후지에 '안 죽는다'는 뜻이 되
기는 하는데, 좀 불길하잖아요. '시'가 들어가, '사(死)', 죽을 '사'자.
그래서 이름을 좀 이쁘게 바꾼 거예요. 지금처럼 '부사(富士)', 예예.
[조사자: 원래는 불사(不死)라는 이름이었는데, 지금처럼 바뀐 거다라는 설
이 있는 거죠?] 그렇죠. 네네.

그게 가구야히메. 그런데 대나무, 대나무가 되게 신기한 나무긴
해요. 지하계라고 하나? 네, 지하에서 다 그 뿌리 연결되어 있잖아
요. 그래서 어, 하늘하고 땅의 세계를 연결시키는 그런 역할 한다고,
아주 신비스러운 나무라는 예, 의미에서 나온 것 같고요. [조사자: 높
이 자라고 속도 비어 있고 하니까?] 아, 네. 잘 자라기도 하고. 네.

엄지동자 잇슨보시 [1]

● 구연정보

조사일시 : 2017. 03. 24(금) 오후

조사장소 : 경북 경산시 사동

제 보 자 : 마츠다 타마미 [일본, 여, 1976년생, 결혼이주 6년차]

조 사 자 : 조홍윤, 황승업, 김자혜

● 구연상황

제보자는 〈소년장사 킨타로〉 이야기 구술을 끝낸 후에 곧이어 바로 엄지동자에 해당하는 주인공에 대한 이야기를 구술해 주었다. 이 이야기는 일본의 유치원에서 꼭 배우게 되는 이야기라고 했다.

● 줄거리

잇슨보시는 3센티 정도밖에 안 되는 작은 남자였다. 도깨비가 공주를 습격하자 잇슨보시는 도깨비 몸 안에 들어가 바늘로 도깨비 내장을 찔러 물리치고 공주를 구했다. 그 뒤 잇슨보시는 평범한 성인 크기로 변했고 공주와 결혼했다.

잇슨보시(いっすんぼうし, 一寸法師)라는 얘기했어요? 작은 남자라고. 보통 사람, 보통 남자인데 크기 일 센, 삼 센티밖에 없었어요. 그런데 아, 그래도 크기가 작을 뿐이고, 다른 거는 다른 사람이랑 변함이 없었습니다.

공주님 같이 있었고, 도깨비가 공주님 습격 했을 때, 그 작은 거를, 자기 몸 작은 걸 이용해서 도깨비 퇴치했어요. 그 후에 보물, 그 항상 일본에서는 도깨비 퇴치하면 도깨비가 항상 보물을 갖고 있기 때문에 그거를 다 나누거나 받거나 해요. 그것 때문에 잇슨보시가 원래 크기로 돌아왔어요. 그래 돌아왔기 때문에 나중에 그 공주님과 결혼했다는 이야기가 있습니다.

　　[조사자: 작은 크기로 도깨비들을 이겼다는 게 어떻게 이긴 거예요?]
네, 칼은 칼이에요. 칼이 보통 이렇게 (양손을 벌려 30cm 정도의 길
이를 표현하며) 큰 건데, 잇슨보시가 갖고 있는 건 그냥 실 같은 그
런 거였어요. 그래서 입안에 들어가서 계속해서 (바늘로 찌르는 시
늉을 하며) 이렇게 했대요, 몸에서. [조사자: 아, 입 안에 들어 가지
고?] 네네, 내장에서. 너무 힘들죠.

　　"어우, 미안하다, 미안하다."고.

　　그래서 이제 잇슨보시가 이겼다는 이야기가 있습니다. 그래서,

　　"그거로 봐주세요."

　　라고 하는데, 아마 도깨비가 원래 크기로 해주신 것 같아요.

　　그게 〈잇슨보시(いっすんぼうし)〉, 〈킨타로(きんたろう)〉, 〈모
모타로(ももたろう)〉, 그리고 〈우라시마타로(うらしまたろう)〉, 〈카
구야히메(かぐやひめ)〉, 이 다섯 개가 우리가 반드시, 반드시 유치원
때 배우는 그림책이다. 선생님한테 배우는 이야기에요, 옛날에.

엄지동자 잇슨보시 [2]

● **구연정보**

조사일시 : 2017. 05. 01(월) 오전

조사장소 : 인천시 부평구 삼산동

제 보 자 : 노마치 유카 [일본, 여, 1974년생, 결혼이주 10년차]

조 사 자 : 신동흔, 조홍윤, 황승업

● **구연상황**

제보자가 일본의 추석 풍속에 대해 들려준 뒤, 조사자가 일본 도깨비에게도 방망이 같은 것이 있냐고 묻자 제보자는 한국의 도깨비 방망이 같은 것은 우치데노코즈치라는 요술 망치라며 그와 관련된 이야기를 구연했다. 이야기의 끝부분에 잇슨보시가 요술 망치를 얻는 내용이 들어 있다.

● **줄거리**

아이가 없는 노부부가 신사에 가서 기도를 올리며 작아도 괜찮으니 아이 하나만 낳을 수 있게 해달라고 기도했다. 이에 손가락 한 마디 크기의 아이가 태어나 잇슨보시로 불리게 되었다. 작지만 착하고 용감한 아이로 자라난 잇슨보시는 새의 다리를 잡고 여행을 떠나 한 부잣집에 떨어지게 되었다. 잇슨보시는 그 집에서 쓸 만한 아이로 인정받아 일하게 되었는데, 어느 날 주인집 딸을 호종하여 나갔다가 도깨비를 만나게 되었다. 잇슨보시는 용감하게 싸웠으나 크기가 너무 작아서 도깨비에게 붙들려 삼켜지고 말았다. 그러나 도깨비의 몸 안에서 열심히 칼을 찔러대자 못 견딘 도깨비는 그를 토해내고 요술 방망이도 놓아둔 채로 도망치고 말았다. 주인집 딸은 요술 방망이로 잇슨보시의 크기를 키웠다.

[조사자: 일본 오니들도 무슨 뭐 방망이나, 아니면 구슬이나, 도끼나, 뭐 감투나 이런 물건들을 좀 가지고 있나요? 보물 같은 거 가지고 있나요?] 방

망이는 가지고 있어요. [조사자: 방망이요?] 네. 다른 것은 못 알아들어서 어떤지 모르겠는데, 그거의 아주 대표적인 거, 방망이.

때리기 위하려고 하는 도군데, 한국처럼 요, 요, 이거 뚝딱하면 뭐 나오고 하지는 않는 것 같아요. 다른 거 있어요. 그 아까 말씀드린 뭐지? 에비스(えびす). 에비스 신이 뭐 이런 망치 같은 거 가지고 있어요. 예쁜, 예쁜 거. 망치 같이 생겼는데, 이걸 들고 있는 거거든요. 그런데 그거를 오니도 들고 있어요. 그런데 그걸로 뭐 필요한 거 나오게 하고 해요. [조사자: 방망이는 그냥 무기고?] 무기고. 네네.

그거 우치데노코즈치(うちでのこづち; 打ち出の小槌)*라고 하는 도군데, 우치데노코즈치. [조사자: 우치데노코데츠?] 코즈치. '코즈치(こづち)'가 망치예요. 지금 안 쓰는 말이지만. 우치데노코즈치, '우치데(うちで)', 우치데, '우츠(うち)'가 치다, 때리다, '나오다(で)'. 우치데, 치면 뭔가 나온다는 [조사자: 치면 나오는 망치?] 그렇죠, 그렇죠. 네. 그거 나오는 이야기도 해드릴까요? [조사자: 네.]

또 할머니 할아버지가, 애가 없는 할아버지 할머니가 참 많아요. 모모타로(ももたろう)도 그렇고.

(제보자가 잠시 물을 가져오겠다며 자리를 비워 구연이 중단됨.)

그 부부의, 부부가 애기가 너무 갖고 싶어서, 할머닌데 기도를 해요. 신에, 신사에 가서. 그런데 신사는 백 번 왔다갔다 하면은 그 소원이 이루어진다는 얘기가 있어요. 오햐크도(おひゃくど). '햐크(ひゃく)'가 백이고, '도(ど)'가 몇 번 할 때. 오(お) 붙이고 오햐크도 마이리(おひゃくど まいり). '마이리(まいり)'가 기도? 아, 참배라는 뜻이 있는 것 같아요. 그런데 그 신사 가시면은 그런 통로가 있어요. 기둥이 있는데, 햐크도(ひゃくど)라고 쓰여 있어요. 여기서부터 여기까지. 에, 한 번, 두 번, 그것도 맨발로 왔다갔다, 밤에 해야 된다고 해서 밤에 많이 옛날에 했다고 합니다. 그런데 그런 식으로 기도를 했겠죠.

그랬더니 그 신이 그 애기를 줘요. 그런데 그때 이렇게, 아 제가

● 일본의 민담, 전설, 동화 등에서 오니가 가지고 있는 신비한 망치를 말한다.

그거는 약간 제가 꾸민 얘기지만, 기도를 할 때 갖고 싶으면,

"아무리 작아도 괜찮다."

뭐 그런 약간 좀, 기대치를 낮추자, (웃음) 해주기만 하면 된다 해서, 그런데 뭐

"작아도 괜찮다."

뭐 그렇게 기도를 하지 않았을까 싶어요.

엄청 작은 애가 생긴 거예요. (엄지 손가락을 내보이며) 요만큼밖에 안 돼요. 옛날에 단위로 촌(寸), 촌이라는 단위 한국에도 있었나요? 잇슨(いっすん). [조사자 2: 잇슨?] 촌인데. 한국말로. [조사자: 촌, 촌?] 촌. [조사자: 잇슨보시 할 때?] 그렇죠. 네, 잇슨보시.

요만한 애가 생긴 거예요. 그래도 애가 아주 잘 자랐어요. 자랐다 해봤자 (손가락 한 마디를 재어 보이며) 이 정도겠지만. (웃음) 아주 뭐랄까, 마음씨도 착하고, 훌륭하고 용기도 있는 아이로.

그런데 애가 이 시골 말고 도시로 가고 싶다고 해서 부탁해요.

"도시로 보내달라"고.

그랬더니 이제,

"가고 싶으면 가라."고.

허락받고 그 밥그릇, 국그릇에 타고 강을, (웃음) 강을 '둔, 둔' 가요.

그런데 거기서부터 얘기가 여러 가지지만, 새를 만나서, 새에 이렇게 매달려서 중간에 빨리 이동해가지고 가는데. 그 새가 자기를 놓아버렸어요. 놓아버린 곳이 그 부잣집, 부잣집 집 안이었던 거예요. 그런데 그때 거기서 애들이 조개로 놀고 있었어요. 조개 그림을, 조개 세트잖아요. 한 쌍이 있잖아요. 그래 똑같은 그림을 그려가지고 이렇게 덮어놔요. 그러면은 같은 거 찾으면은 내 것이 되는 이런 카드게임의 기원인데, 그걸 하고 있었는데, 그 아이가 이 가운데 딱 떨어지는 거예요.

"와! 귀엽다. 같이 놀자."

하고 그 집에서 살게 되는데. 그런데 보니까 칼질도 잘하고, 작지만 쓸 만한 거예요. 그래서 하인으로 일을 하라고 허락받고 공식

적으로 살게 됐는데.

그런데 어느 날, 그 집안 딸, 그 모시고 경비하고 어디 꽃구경 간 거예요, 봄이 됐으니까. 그랬더니 오니(おに)가 딱 나타나서 잡아가려고 하는데, 용감하게 싸워서, 싸우는데 (엄지와 검지를 사용해서 작은 것을 집는 시늉을 하며) 이렇게 집으면, 요만큼밖에 안되니까,

"에이, 먹어버리자."

하고 먹어버렸어요, 오니가.

그랬더니 칼을 들고 있으니까 여기서 (몸 여기저기를 가리키며) 막 이렇게 찌르고, 찔러대니까 뱉어버렸죠, 아프다고. 그래서 오니는 도망갔는데, 거기에 보니까 우치데노코즈치도 놓고 간 거예요, 떨어져서, 가지고 있던 것. 그래서 딸이 그걸 들고 잇슨보시 아이한테,

"커져라, 커져라!" (웃음)

그랬더니 그 아이가 아주 성인 모습으로 변했다는 이야기.

[조사자: 그래서 둘이 서로?] 서로 뭐 좋아했겠죠. (웃음) 그건 모르겠지만. 그게 잇슨보시. [조사자: 둘이 결혼했다는 얘기는 듣지 못하셨어요?] 글쎄요. 하지 않았을까요? (웃음)

[조사자: 해야 될 것 같은데.] (웃음) [조사자: 결혼해서 오래오래 해서 잘 살아야할 것 같은데.] 그렇죠. 살려줬고, 은인이니까. 그럴 때 좀 사랑이 생긴다고 하잖아요. [조사자: 결혼 안 할 거면 왜 키우겠어요.] (웃음)

엄지동자 잇슨보시 [3]

● 구연정보
조사일시 : 2017. 05. 11(목) 오후
조사장소 : 경기도 수원시 영통구 매탄2동
제 보 자 : 이데이 유미 [일본, 여, 1977년생, 결혼이주 15년차]
조 사 자 : 오정미, 이승민

● 구연상황
제보자가 사람으로 변하는 너구리와 여우 이야기를 구술한 뒤 조사자가 일본
의 도깨비 이야기가 더 없는지 묻자 제보자가 바로 잇슨보시라는 이야기를
떠올렸다. 주인공이 어떻게 나타나는지 잘 모르겠다면서 구연을 시작했다.

● 줄거리
작은 동자 잇슨보시가 바늘로 열심히 칼 연습을 하여, 마을의 물건들을 훔쳐
간 큰 도깨비를 찾아갔다. 큰 도깨비가 잇슨보시를 삼키자 그는 도깨비의 뱃
속에서 그동안 연습한 칼로 계속 뱃속을 찔렀다. 결국 도깨비가 죽고 잇슨보
시는 많은 보물을 가지고 마을로 돌아와 영웅이 되었다.

잇슨보시가 어떻게 나타나는지 잘 모르겠어요. 그런데 어떤 마
을에 쪼그마한 아이가 이만해요. 아주 작은 (웃음) 이만한 아이가.

그런 아이가 살고 있었는데, 너무 작아서 아무것도 못 한다고 다
른 사람들은 생각하는데 그 애가 열심히 훈련을 해요. 또 칼처럼 바늘!
바늘 가지고 이렇게 연습하고, 뭐하고 그렇게 하는데, 다른 사람들은,

"조그마하고, 뭐 그 바늘로 뭘 할 수 있냐? 뭐가 되냐?"

이렇게 웃고 뭐 하는데 자기는 열심히 훈련하고 좀 어떻게 잘 해
보려고 했을 때 그 마을에 큰 도깨비가 나타나가지고 마을을 훔쳐가

려고 했어요. 여러 가지. 먹을 것도 그렇고, 그런데 그것도.

"내가 나서겠다."

해가지고 가려고 하는데.

"야, 너 가 뭐 하겠냐?"

다 그러는 거예요.

"그래도 내가 도깨비를 물리치러 간다."

해가지고 갔는데, 그러면, 아! 거기도 할아버지 할머니가 키우고 있었던 것 같아요.

그런데 그 강인가? 바닷가인가? 그 건너가야 그 섬이 있어요. 도깨비가 사는 섬. 거기까지는 일본 국그릇이 가볍고 통통 떠요. 그거에다가 타고 가요. 배처럼 (웃음). 이렇게 열심히 가다가 도깨비 나라에 도착했는데 도깨비가 어마어마 크잖아요? 그런데 그 칼처럼 가지고 있는 바늘을 이렇게 찍어도 뭐 아무렇지도 않잖아요.

"뭐? 이게 뭐야? 이게 뭐야?"

이렇게 했는데,

'어떻게 할까? 어떻게 할까?'

생각하다가,

'입속인가? 콧속인가?'

안에 들어간 거예요, 도깨비 안에. 그래서,

"나는 너를 잡아먹겠다."

해가지고 도깨비가 그 동자를 삼켜가지고,

"어, 너는 죽었네?"

식으로 도깨비는 생각했었는데 그 안에, 몸속에 들어갔던 그 잇슨보시는 안에서 바늘로 이렇게, 이렇게 찌르면 얼마나 아프잖아요? 너무 아파가지고.

"아! 아파, 아파, 아파, 아파."

하면서 쓰러지는 거예요. 그런 이야기가 있어요.

결국 도깨비를 물리치고 그것도 아까 모모타로랑 비슷하게 거기에 있던 보물들을 싣고 이렇게 가져왔다는 이야기. [조사자: 도깨비가 공주를 납치해서 공주랑 결혼하는 유형도 있어요.] 아, 그래요.

엄지동자 잇슨보시 [4]

● **구연정보**

조사일시 : 2018. 02. 03(토) 오전

조사장소 : 서울시 광진구 화양동

제 보 자 : 이케다 마유미 [일본, 여, 1967년생, 결혼이주 22년차]

조 사 자 : 오정미, 한상효, 엄희수

● **구연상황**

조사자들은 건국대학교에서 이케다 마유미 제보자와의 두 번째 만남을 가졌
다. 인사를 나눈 뒤 본격 조사로 들어갔다. 제보자는 유명한 이야기라면서 잇
슨보시 이야기를 시작했다.

● **줄거리**

어느 마을에 한 남자아이가 태어났는데 크기가 어른의 새끼손가락만큼밖에
안 됐다. 부모는 아이에게 잇슨보시라는 이름을 지어주고 잘 키웠다. 하루는
잇슨보시가 무사가 되고 싶다고 하며 교토로 가겠다고 했다. 부모는 말렸지
만 잇슨보시는 결국 바늘로 칼을 만들고 국그릇으로 배를 만들어 교토로 갔
다. 교토에 도착한 잇슨보시가 어느 부잣집으로 갔고 부자는 잇슨보시를 자
기 딸인 하루히메의 무사로 삼았다. 하루는 하루히메가 절에 갔다가 돌아오
는데 빨간 도깨비가 나타나 공주를 잡아가려고 했다. 다들 도망치고 잇슨보
시만 남았는데, 빨간 도깨비가 잇슨보시를 잡아먹었다. 잇슨보시가 바늘로
도깨비의 뱃속을 찔러댔고 도깨비는 잇슨보시를 토해내고 도망갔다. 도깨비
는 도망치면서 망치를 떨어뜨리고 갔는데, 하루히메는 도깨비 망치로 잇슨보
시를 크게 만들었다. 둘은 결혼해서 행복하게 살았다.

잇슨보시라고. [조사자 1: 아 네. 네.] 옛날에 그 어느 마을에 한 남
자아이가 태어났어요. 그 아이는 어른의 그 새끼손가락 정도밖에 없

었고. 그래도 그 부모님은 그 잇슨보시라는 이름으로 어, 이름으로 지고. 진짜 귀엽게 잘 돌봐주고, 몇 년 됐는데, 또 불구하고 그래도 그 정도 새끼손가락밖에 크게 성장되지 않았어요.

근데 어느 날, 그 잇슨보시는 교토라고 하, 지금 지금 쿄토에 가서 거기 무사가 되고 싶다고 말했어요. 근데 그 부모는 그런 거 하지 마라라고 했지만 그래도 그런 마음을 크게 먹고 있기 때문에 하는 수 없이, 그 바늘, 바늘, 그 바늘을 그 칼로 만들고, 그게 국그릇을 배로 준비해가지고 어, 그 잇슨, 잇슨보시를 보내기로 했어요. [조사자 1: 바늘을 칼로 만들고.] [조사자 2: 아이가 조그마니까.] [조사자 1: 국그릇을.] 배로, 배로 만들고.

그리고 떠났는데 그리고 뭐 짧으니까 며칠 며칠, 되고나서 드디어 교토에 도착했어요. 그러고 나서 잇슨보시는 산죠에 대진이라는 그렇게 그 일본서는 그게 손이 있으면, 가까운 데서 일죠, 이죠, 삼죠라고 그게 죠가 곧 있는 마을이 있어요. 그러니까 산죠에 대진이라는 그런 큰, 큰 집에 가서 거기 있는 거기서 일하게 해달라고, 했어요.

근데 그 거기에 있는 대진이라고 거기에 있는 그런 주인이 그런 조그마한 그런 몸이 몸뚱인데, 이지만 건강한 눈꾸고, 건강하게 보이는 그런 잇슨보시를, 마음에 들어 그 자기 딸에 그 하루히메라고 하루공주(공주)라는 자기 딸에 그기, 부하로 모시라고 했대요.

그래서 그게 그러고 나서 몇 년 지나는 어느 날에, 거기 쿄토에서 뭐 쿄토에서 그 도깨비가 그 빨간 도깨비가, [조사자 1: 파란?] 빠란, 판간 [조사자 1: 빨간 빨강색.] 빨간, 네. 빨간 도깨비가 소란을 일으켰어요. 그래서 기요미즈 절이라고 그 교토에 유명한 절이 있는데 거기에서 그 딸이 거기에서 삼배하다가 오는 김에 거기 그 빨간, 빨간 도깨비 부딪, 만났어요.

그래서 그 빨간 도깨비가 거기 하루공주를 잡아가고, 잡아려고 했는데, 그게 옆에 있던 다른 부하들은 너무 무서워가지고 도망갔어요. 근데 그 대신, 그 대신 거기 잇슨보시만 거기 조그만한 몸뚱이지만 그기 도깨비 앞에서 서고, 거기 하루공주를 지키려고 했어요.

그런데 몸뚱이 적기 때문에 그 도깨비는 그 잇슨보시를 잡아먹

었어요. 근데 잡아먹었는데 잇슨보시가 그기 뱃속에 들어가서 자기
가 가지고 있던 바늘을 가루러, 그기 찔렀어요. 그 찔렀으니까 그기
도깨비도, 도깨비도 너무 아파가지고 어떻게 해야 되는지 모르고, 너
무 아픈데 그래서, 그래서 너무 쓰러지고, 또 다시 입에서 거기 나왔
어요.

그래서 도깨비도 너무 힘들어가지고, 너무 힘들었으니까 와 모두,
"또다시 그렇게 소란일으키지 않겠다."
라고 하면서 울면서 도망갔는데.

그게 도망가는, 가고 나서 그게 도깨비가 거기 망치 같은 게 있
어요. 망치 같은 거, 아마 도깨비의 보물이에요. 그게 놓고 갔어요.
[조사자 1: 만치?] 망치. [조사자 3: 망치.] 망치. 망치라고, 그게 이렇게
그 흔들면 여러 가지 소원 들어주는 그런 게 있는 거 같애요.

그래서 그거를 줏었고, 줏으고, 그게 하루공주가 그게 줏으고,
잇슨보시에게 그게 몸을 크게 해달라고 소원 빌어가지고 그게 잇슨
보시가 몸이 크게 돼서 공주랑 결혼했다고 해요.

그 왜냐면 그게 손주, 손주 아니고 자식, 그기 공주의 아버지가
그기 괴물 도깨비를 처단했다라는 그런 그런, 뭐라 그럴까요? [조사
자 1: 공적?] 그런 공적을 인정해가지고 거기서 그 그러면 공주랑 결
혼해라고 하면서 에 그래서 오래 동안 행복하게 살았다라는.

[조사자 1: 선생님, 공주 이름이 뭐라고 했죠? 아까?] 그 하루라고 봄
이에요. 봄의 공주. [조사자 1: 아 하루 하루.] 하루가 봄이라고 해요.
[조사자 1: 봄이라고 해요.] [조사자 2: 이거 주인공 이름은 어떻게 써요?
선생님.] 잇슨보시라고. 잇슨이라고 하면 33.3센티이라고 있어요. 있
는데. [조사자 1: 아 그 뜻이 33.3센티?] 아 그게 고유 의미니까 어느
정도 있어요.

엄지동자 잇슨보시 [5]

● **구연정보**
조사일시 : 2018. 10. 11(목) 오후
조사장소 : 경기도 오산시 은계동
제 보 자 : 후카미즈 치카코 [일본, 여, 1974년생, 결혼이주 13년차]
조 사 자 : 김정은, 강새미, 엄희수

● **구연상황**
러시아의 김알라 제보자가 〈집을 지키는 신 다마보이〉 구연을 마친 뒤 조사
자가 후카미즈 치카코 제보자에게 이야기 구술을 요청했다. 제보자는 처음에
다문화 수업을 할 때 사용하는 그림을 보면서 이야기를 시작했다. 조사자가
그림 없이 들려주듯이 해달라고 부탁하자 그 말대로 했다. 김알라 제보자가
함께 이야기를 들었다.

● **줄거리**
옛날에 자식이 없는 부부가 소원을 빌어 아이를 얻었는데 아주 작았다. 몸집
은 작지만 아이는 잘 자랐고, 넓은 세상을 구경하고 싶다며 집을 떠났다. 부모
는 아이에게 작은 국그릇과 바늘을 주며 그것을 타고 가라고 했다. 아이는 시
내로 나가 성에서 공주를 지키는 수행원이 된다. 어느 날 공주와 아이가 산책
을 갔는데 갑자기 오니가 나타나서 아이를 삼켰다. 아이가 뱃속에서 바늘로
계속 찔러대자 오니는 아이를 뱉어냈다. 오니는 자신의 요술 방망이를 두고
도망갔는데, 공주가 그걸로 아이를 크게 만들었다. 아이는 공주와 결혼해서
잘 살았다.

　　일본의 동화가, 원래가 '그 애가 없는 집에 이렇게 빌어서 애를,
애가 주어진다'. 그런 게 많아서 이게 노부부가 되어있는 경우가 많
은데. 이 그림은 그냥 젊은 사람처럼 보이네요. 빌어서 그렇게 애를

얻었는데 그 아이가 엄청 작아요. 인형 아이처럼. 너무 작아서.

그래서 근데 밥은 잘 먹고 잘 자라서 결국은 혼자 자기가 뭐, 뭘 하러 간다고 했나?

"넓은 세상을 구경하고 싶다."

고 해서 집을 나가요. 집을 떠나서 이렇게 그러면 너무 작으니까, 작은 국그릇이랑 바늘로 이렇게 배를 만들어주고, 이걸 가지고 이 배를 타고 가라고 부모님이 보내줘서.

그다음에 이런 시내로 와서 그 성에서 공주님을 지켜주는 수행원 같은 사람이 돼요. 너무 굉장히 똑똑해서 일을 잘 해가지고 공주님도 이 애를 너무 마음에 들어서 같이 했는데, 그 산책을 어느 날 떠났을 때 이런 도깨비가 나와요. 오니가 완전히 일본에 또 항상 자주 나오는 오니인데. 이게 빨간 오니랑, 파란 오니랑 있어가지고. 그 빨간 오니가 이거를 삼켜버려요, 먹고 삼켜 먹어버리는데. 다 죽었는 줄 알았는데 결국은 뱃속에서도 그 아까 가지고 있었던 바늘로 계속 그 위를 찔러가지고 뱉어내요.

이 오니가. 뱉어내서, 뱉어내고 도망가는데, 도망가는데 우치데노코즈치(打ち出の小槌)●라는 일본에서 옛날 얘기에 많이 나오는데, 소원을 빌면 소원이 이루어진다는 작은 망치 같은 게 있어요. 그걸로 뭐지? 우치데노코즈치라고 하는데. 한국어로는 요술 방망이라고 하는데 우치데노코즈치예요. 우치데노코즈치를 놓고 도망갔어요. 그래서 마지막에 그걸로 공주님이.

"그 엄지동자를 크게 해 달라."고.

그래서 엄지동자가 크게 돼서 결국에 나중에는 결혼하고 잘 살았다는 뭐. 그래도 흥미 있는 거 같은 그런 얘기가 하나 있어요.

[조사자: 너무 웃겨요. 애들이 되게 좋아하는 얘기네요. 요만했던 사람이 커지는 얘기 애들이 되게 좋아하거든요.] 네. 인형 같은 거 실제로 갖고 가서 국그릇 이렇게 하고. 유치원이나 그런 데서는 해주면 좋아하죠. [조사자: 역시 아기자기하다.] 그러니까 재미있는 거 같아요.

● 일본의 민담, 전설, 동화 등에서 오니가 가지고 있는 신비한 망치를 말한다.

엄지동자 잇슨보시 [6]

● 구연정보
조사일시 : 2018. 11. 23(금) 오전
조사장소 : 경기도 안산시 원곡동
제 보 자 : 토리카이 쿠미코 [일본, 여, 1977년생, 결혼이주 11년차]
조 사 자 : 김정은, 강새미

● 구연상황
우즈베키스탄의 허율리나 제보자가 〈도끼로 만든 밥〉 이야기를 마친 뒤 토리
카이 쿠미코 제보자가 구연을 이어갔다. '잇슨보시'는 작은 남자아이로 크기
는 삼 센티 정도라는 설명을 덧붙였다. 허율리나 제보자와, 인도네시아 출신
의 수산티 제보자, 중국 출신의 박영숙 제보자가 청중으로 이야기를 함께 들
었다.

● 줄거리
노부부가 사는데 아이가 없어서 작은 아이라도 좋다며 낳게 해달라고 빌었
더니 삼 센티짜리 아이 잇슨보시가 태어났다. 잇슨보시가 도시로 가고 싶다
고 하자, 노부부는 바늘과 젓가락, 국그릇을 마련해 주었다. 잇슨보시는 바늘
로 검을 삼고, 국그릇으로 배를 삼아서 타고 가서 공주집에서 일을 하게 되었
다. 어느 날 공주와 절에 가다가 도깨비를 만났는데 도깨비가 자기와 맞서는
잇슨보시를 집어삼켰다. 잇슨보시는 도깨비의 배 속을 바늘로 찔러서 살아났
고, 도깨비는 도망을 갔다. 잇슨보시는 도깨비의 요술 망치를 주워서 커지게
해달라고 소원을 빌었다. 몸이 커진 잇슨보시는 공주와 행복하게 살았다.

　　할머니 할아버지가 살았었는데, 거기에 또 아이가 없는 거예요.
그래가지고 할머니 할아버지가 빌었어요.

"어떤 작은 아이라도 되니까 우리한테 아이를 갖게 해 주세요."

그래가지고 어떤 순간에 작은 남자아이가 태어나게 되었어요. 진짜 작았어요. 잇슨, 3센티밖에 없었어요. 이 친구를 '잇슨보시', 3센티 남자아이. 그렇게 이름으로 짓고 귀하게 키웠어요. 근데 잇슨보시가 몸은 크지는 않지만 조금 성장해서,

"자기도 도시에 가서 일하겠다."고.

얘기했어요. 근데 시골이라 강을 배 타고 가야 되는데 잇슨보시니까 큰 배는 필요가 없는 거예요. 그래서 할머니 할아버지가 준비해주신 것은 작은 배, 국그릇 있잖아요. 나무로 된 국그릇에다가 잇슨보시를 넣고, 검은 바늘로 준비해줬고, 젓가락으로 노 젓게 이렇게 보내줬어요. 열심히 갔어요. 그랬더니 도시에 가서 제일 잘 사는 것 같은 집에 찾아갔어요.

"여보세요! 여보세요!"

해서 사람들이 문 여는데,

"아무것도 없네?"

"여기요! 여기요!"

3센티니까. 근데 어떻게 여기서 공주님 옆에서 일하는 사람으로 되었어요, 잇슨보시가.

그렇게 살고 있는데 어느 날 공주님이랑 같이 절에 가게 되었어요. 절에 갔는데 거기에다가 도깨비가 나타났어요. 도깨비한테 바늘 갖고,

"죽여 버리겠다!"

해가지고 열심히 싸웠는데 아무리 싸워도 3센티니까 안 되잖아요. 도깨비는 먹어버렸어요, 잇슨보시를.

근데 잇슨보시는 갖고 있는 바늘로 뱃속에서 막 (사방으로 찌르는 동작을 하면서) 하는 거예요. 그래가지고 아파서 못 참아가지고 도깨비가 뱉어내는 거예요. 그 뒤에도 도깨비 눈이나 그런 것을 찔려가지고 도깨비도,

"그만. 저를 살려!"

하면서 도망갔어요.

　그 도망갔던 자리에다가 '우치데노코즈치(打ち出の小槌)'라고 해가지고 이런 해머hammer같이 생긴 것이 떨어져 있었어요. [조사자: 망치?] 이렇게 망치처럼 생긴 것이 떨어져 있었어요. 그것을 갖고 소원을 빌면 이게 이루어지는 거였어요. 그게 우치데노코즈치라고 하는데 그것을 하면서,

　"자기를 크게 해 달라."

　그게 소원이었어요. 제일 자기가 갖고 싶었던 게 돈도 아니고, 음식도 아니고,

　"크게 해 달라."

　해가지고 그게 돼서 거기에 공주님이랑 사이좋게, 행복하게 살았다는.

소년장사 킨타로

● **구연정보**

조사일시 : 2017. 03. 24(금) 오후

조사장소 : 경북 경산시 사동

제 보 자 : 마츠다 타마미 [일본, 여, 1976년생, 결혼이주 6년차]

조 사 자 : 조홍윤, 황승업, 김자혜

● **구연상황**

제보자가 〈대나무에서 나온 가구야공주〉 구술을 마친 뒤 조사자가 어렸을 때
좋아했던 이야기가 무엇인지 묻자 제보자는 모모타로 이야기와 킨타로 이야
기를 좋아했다면서 이 이야기를 들려주었다. 주인공인 킨타로와 관련된 노래
를 직접 부르고 그림을 그려주며, 알몸에 앞치마 차림으로 곰을 타고 있는 킨
타로의 모습이 오랫동안 기억에 남는다고 했다.

● **줄거리**

킨타로는 어린 시절 알몸에 앞치마를 두르고 한 손에는 도끼를 들고 다녔으
며, 산에서 곰과 스모를 하며 놀았다. 이후 성인이 된 킨타로는 사카타 킨토키
(坂田金時)로 이름을 바꾸고 미나모토 요리미츠(源賴光)라는 유명한 무장 밑
에서 사천왕으로 활약했다. 그중 대표적인 것이 산적 슈텐도지(酒呑童子)를
잡은 일이었다.

어릴 때 킨타로(きんたろう, 金太郎)라는 남자가 있었는데. 이
사람이 좀 실제로는, 사실은 진짜 있었던 사람이라고 해요. 그런데
그거는 우리한테는 상관이 없는 이야기고. 그 사람이 힘이 많이 강
해서 항상 스모, 스모 아세요? [조사자 1: 네.] 그 스모, 산에서 산에
있는 친구랑 스모 했대요. 그래서 상대방이 곰이에요, 곰. [조사자 1:
오, 곰? 곰이랑 스모하고 놀았어요?] 네. 왜요, 괜찮죠. 힘세잖아요.

그리고 그 모습이 독특해요. (제보자가 종이에 직접 그림을 그리는 동시에 노래를 흥얼거리며) [조사자 1: 아, 킨타로 그리는 노래가 있어요?] 네, 아니요. 그 킨타로 노래가, 다른 카구야히메(かぐやひめ)나 모모타로(ももたろう)는 그런 것 없는데, 왜 그런지는 모르겠지만, (본인이 그린 그림을 가리키며) 여기에 앞치마 같은, [조사자 1: 아 앞치마가 있어요?] 온몸이 알몸? [조사자 1: 알몸에 앞치마를 했어요?] 네, 알몸. 알몸이었던 것 같아요, 제가 기억하기에는.

진짜 작은 남자아이인데, 여기 이게 빨간 앞치마였던 것 같아요, 제 생각에는. 그리고 여기에(앞치마에) 금(金)이라는 한자어. (한자로 金太郞이라 쓰고) 이 금인 것 같아요. 그리고 마사가리(まさかり, 鉞)라고 해서 그 노래, 노래에 (도끼를 그리고) [조사자 1: 도끼를 들고 있군요.] 네, 이거를 들고, 어깨 놓고, 위에 그 곰, 곰은 여기에 앉고. [조사자 1: 곰을 타고 다녀요?] 네, 아마 친한 친구예요. (노래를 흥얼거리며) 이거 다음에는 조금 기억에 없지만, 이런 그 노래가 아마 어릴 때는 한 개씩.

(스마트폰을 이용해 영상을 보여 주고 흘러나오는 노랫말을 설명해 주며) 곰에 타서, 그 열심히 승마 연습을 하고 있대요. 아시가라(足柄)*라는 산, 오지에서 그 짐승들을 모으고, 모이고 스모 연습을 했다. 역시 (영상을 보여주며) 이것도 앞치마만. [조사자 1: 도끼 어깨에 메고 앞치마를 두른 킨타로가 곰 타고 승마 연습을 한다?] 네, 그런 좀 재미있는 그런 이야기인데.

사실은 뭔가 유명한 무장, 무장이 어릴 때 이런 전설이 있었다. 그만큼 좀 강했다. [조사자 1: 그 무장이 이름은 뭔가요?] 네, 그 사람은 실제 인물인데 (휴대폰으로 이름을 검색하고) 사카타 킨토키, 사카타노 킨토키라는 사람이라고 합니다. [조사자 1: 그 전국시대의 무장이었어요?] 어느 시대, 990년? 헤이안, 헤이안이에요. [조사자 1: 헤이안 시대의 무장이었어요?] 네. 좀 대단한 사람이었던 것 같아요. 옛날부터 이 사람에 대해서, 그 킨타로 이야기가 있어서 이렇게, 옛날에 에도

● 가나가와(神奈川)현의 군(郡)으로, 군의 땅 대부분이 산지인 지역이다.

시대 때 이런 그림이 많이 있었어요.

그 이야기도 뭔가 교훈 같은 거 통 없는 거 같아요. 그냥 킨타로가 산에 가서, 우리 그래서 보통 아이들의 기억도 막 스모하거나, 재밌게 놀았었다는 간단한 이야기인데. 그런데 이 모습이 약간 좀 기억에 남잖아요. 그래서 조금 엄마들이 이런 거 팔아서, 자기 아이들한테 이런 거 옷을, 기념을 사진 찍거나 하거나 해요. (웃음)

[조사자 1: 킨타로에 대한 다른 이야기들은 없어요?] 네, 우리가 그림책이나 그런 걸로 듣는 거는 그런 건데. 자세하게 되면 아마 역사적인 이야기가 될 것 같아요.

역사적인 이야기를 하면, 킨타로라는 인물이 나오는데 아빠가 죽었대요. 엄마는 그 교토, 수도에 안 가고 고향에서 키웠는데, 산에서, 아까 노래 나오는 아시가라 산에서 키웠지만, 그 킨타로는 그 산 안에서 잘 놀고 곰이랑 스모하면서, 그리고 엄마한테 효도하는 너무 착한 아이로 성장했다고 합니다. 나중에 성인이 되어서 사카타 킨토키라는 이름으로 바뀌고, 그때 미나모토 요리미츠라는 아주 유명한 무장이 있는데, 그 사람의 밑에 있는 사천왕? 사천왕이라고 해요? 사 명, 아니, 네 명 강한 사람이 있었는데. 시텐노(してんのう)라고 하는데 그 하나가 됐다고. [조사자 1: 아, 사천왕?] 네. 하나가 됐다고 해요.

그리고 요괴 같은 게 나왔는데, 그 사카타 킨토키가 그 요괴를 좀, [조사자 1: 퇴치했어요?] 네, 그런 이야기가. 아마 그게 가장 유명한 것 같은데.

[조사자 1: 그 요괴가 어떤 요괴였을까요?] 교토, 교토 아세요? [조사자 1: 네.] 오사카 위 교토. 교토에 그 동해 쪽에 있는, 완전 시골 쪽에 있는데, 그곳에 있는 요괴라고 합니다. 그 술이 너무 좋아서 슈텐도지라는 이름이 됐는데, [조사자 2: 슈텐도지?] 슈텐도지의 '슈'가 '술(酒)'이라는 한자 의미인데. [조사자 1: 술 마시는 요괴예요?] 네. 그런데 요괴라고 하는데, 실제로는 이 사람은 산적? [조사자 1: 산적?] 네, 산적. 그 보스, 보스인 것 같아요. [조사자 1: 우락부락하게 생겼어요?] 네, 얼굴 무서웠던 것 같아요. 진짜 술 좋아했다고 그런 이야기 많이

나오고. 그래도 어릴 때는 완전 좀 꽃미남이었대요. 그래도 좀 하는 짓이 좀 산적이었기 때문에 그 킨타로, 나중에 사카타노 킨토키가 나중에 퇴치했다는 그런 이야기.

다른 거는 그렇게, 그 어쨌든 사카타노 킨토키였던 시절보다 킨 타로였던 게 좀 더 일본 사람들 다 알고 있기 때문에. [조사자 1: 그 어 린 시절 모습이?] 아마 특이해서, 이 모습이. 그래서 나는 사카타 킨토 키가 어떻게 대단한 일을 했다는 그런 이야기는 좀 그렇게.

꾀 많은 잇큐 [1]

● **구연정보**

조사일시 : 2016. 11. 17(목) 오후

조사장소 : 강원도 횡성군 횡성읍 읍하리

제 보 자 : 모우에 히로꼬 [일본, 여, 1967년생, 결혼이주 19년차]

조 사 자 : 박현숙, 김현희

● **구연상황**

제보자가 〈원숭이와 게의 싸움〉 이야기 구연을 마친 뒤, 가져온 그림책을 조사자에게 보여주었다. 그리고 이어서 들려줄 이야기 주인공은 실존 인물이라고 설명하고 구연을 시작했다. 처음에는 구연 도중 그림책을 뒤적이면서 내용을 확인하려고 했으나 시간이 흐를수록 기억을 바탕으로 자연스럽게 구연했다. 제보자가 구연을 마치자 조사자가 잇큐 이야기와 유사한 한국 설화를 들려주었다. 제보자는 신기하다는 반응을 보이며 잇큐의 또 다른 에피소드를 덧붙였다.

● **줄거리**

잇큐의 어머니는 아들을 훌륭하게 키우고 싶어서 잇큐를 스님에게 맡겼다. 스님은 꿀을 독식하려고 아이들에게 먹으면 죽는 꿀이라고 거짓말을 했다. 잇큐는 꿀을 다 먹은 뒤 스님이 아끼는 접시를 일부러 깨뜨렸다. 그런 뒤 스님에게 자신이 접시를 깨뜨린 죄를 지어 죽으려고 꿀을 먹었다고 말했다.

한 번은 어느 부자가 잇큐의 영리함을 시험하려고 집으로 부르면서 '하시(다리)'를 건너지 말라는 경고문을 써 붙여 놓았다. 잇큐는 '하시' 단어가 지닌 '다리'와 '다리 양 옆'의 중의적 의미를 이용하여 다리의 중앙으로 걸어서 부잣집에 도착한 뒤 자신은 '하시'를 건너지 않고 왔다고 했다. 부자가 잇큐에게 식사 대접을 하면서 뚜껑을 열지 말고 국물을 마시라고 했다. 그러자 잇큐는 국물이 식었으니 뚜껑을 열지 말고 바꿔달라고 했다.

어느 날 왕이 잇큐에 관한 소문을 듣고 잇큐를 불러서 그림 속 호랑이를 나오게 하라고 명령했다. 잇큐는 왕에게 먼저 가까운 곳에 있는 사람이 호랑이를 불러내면 자기가 잡겠다고 했다. 왕은 잇큐의 재치에 상을 내렸고, 잇큐는 그 상품을 어려운 사람에게 나눠줬다.

　　한 번은 스님이 잇큐에게 부처님께 입김을 불면 좋지 않다고 말했다. 잇큐는 다음 날 일부러 불상을 등지고 앉았다. 스님이 이유를 묻자, 입김이 부처님을 향하면 안 돼서 돌아앉았다고 답했다.

　　(동화책을 보여주며) 이거 잇큐상(一休さん)*이라고 진짜 옛날에 계시는 분이세요. 스님인데, 잇큐상. [조사자 1: 원래 살아있는 실존인물이라는 거죠?] 네. 잇큐상.

　　그런데 그분이 이 이야기가 진짜인지는 모르겠지만 그 사람이 진짜 똑똑하고 아주 유명한 사람이 있어서. 그래서 잇큐상이라고 만화에서도 인기가 많았었어요. 아이들이, 저 초등학교 때 만화 만든거. [조사자 1: 어릴 때 만화로 보셨어요?] 네. [조사자 1: 어떤 이야기예요?] 지금은 조금. 그거도, 그것도 조금 비슷한 거 이야기가 있는데.

　　그러니까 '잇큐상 가마.' 저 그건 잘은 모르겠는데 아무튼 그 높은 위치에 있는 [조사자 1: 스님이에요?] 아니요. 스님이 아니었어요. 엄마, 엄마가 아마, (잠시 생각하며) 잠깐만요. 조금 귀족 같은 그런 거에서 살았는 사람인데, 그 엄마가 조금 그런 아이, 아이를 훌륭하게 키우고 싶어서 어떤 스님한테 맡겨요. 그래서 그런데 그 잇큐라는 아이가 아주 머리가 똑똑하고 그런 아이예요. 근데 절에서 맡겨요.

　　(조사자에게 단어를 확인하며) 절이라고 말해요? 절? [조사자: 절.] 네. 절에 맡겨요. 스님한테 맡기고. 그래서 근데 그 스님이 조금 욕심이 [조사자 1: 많아요?] 네, 맞아요. 아마 비슷한 거 같은데.

　　(잠시 책 내용을 살피느라 구연을 잠시 중단함.)

　　[조사자 1: 스님이랑 잇큐상이랑 뭐 얘기 같은 걸 해요?] 네. 잠깐만. 제가 생각이 나서 저 이 부분을 읽었는데. 그러니까 뭐라고 할까? 원래 그 잘 모르겠네. 그 기도할 때 그게 스님이 앞에 있고 친구들이

　　● 생몰연대는 1394~1481년으로 일본 무로마치시대 후기의 선승이다.

같이 있어요. 근데 스님이 이렇게 뭐라고 할까? (손을 치는 시늉을 하면서) 뭐라고 할까? 이게 뭐예요? [조사자 2: 목탁.] 목탁하고 기도 하고 있어요.

그래서 선생님, 잠깐만! 조금 읽어야 될 것 같은데요.

(제보자가 가져온 책 내용을 확인하느라 잠시 중단함.)

[조사자 1: (그림책을 짚으면서) 이 꿀을 욕심 많은 스님이 혼자 몰래 먹네요. 그렇죠? 그래서 이게 혹시 먹으면 죽는다는 그런 이야기예요? 자기가 먹고.] 맞아요. 비슷해요. 그러니까 스님이 이거 먹으면 죽는다고 말을 해요. [조사자 1: 애들한테?] 네. 그런데 잇큐가 아무래도 머리가 똑똑하니까 일부러 스님이 좋아하는 접시가 또 나오네요. 접시를 깨 져버려, 일부러. 그래서 스님한테 없을 때 먹어요.

"괜찮다. 먹자."

그러다 스님이 나타났어요.

"스님, 나는 죽을 죄 지었습니다. 그래서 저는 죽을 죄 지었으니까 스님 먹으면 죽는다는 그거 제가 책임지고 먹었다."

해서. [조사자 1: 먹고 죽으려고? 접시 깬 죄로?] 네. 아이고. 그래서 스승님이 아무 말도 못하게 됐다. 그런 이야기가 있고.

그리고 잇큐라는 아이가 머리가 똑똑한 거는 다 그런 소식으로 알고 있어요, 주위 사람들이. 어떻게 잇큐가 진짜 머리가 좋은지 그런 거 알고 싶어서 일부러 잇큐를 불러요. 그래서 이 스님하고 같이 그 부잣집에 가요. 근데 그 가기 전에 다리가 있어요. 다리. 다리. 다리가 있는데 그 옆에서 그 '다리들을 건너지 말라.'라고 했어요. 그런데 그 다리를 건너야지 부잣집에 갈 수 있어요.

그래서 스님이,

"아, 어떻게 하지? 이 다리 건너야지 갈 수가 있는데 못하니까 어떻게 하지?"

그러니까 잇큐는,

"그냥, 스님이 그냥 가세요. 그냥 가면 돼요."

갔어요.

그러니까 부잣집 아저씨가,

"왜 여기 다리 다니지 말라고 말을 했는데, 왜 다녔어?"

라고 말하니까.

이거저거 일본말로 하면 다리가 '하시'라는 뜻이에요. 하시, 하시. 그런데 다리 다리 사이 옆에는 '하시(はし)'라고 말을 해요. 그러니까 잇큐는 중간은 걸어갔으니까라는 그런 이야기. 그 옆에는 일본말로 다리도 '하시'지만, 그 옆에 사이도 '하시'.

그래서 부자, 부자 아저씨한테 [조사자 1: 나, 건너지 않았다.] 응.

"뭐가 잘못이 있어?"

그런 이야기해서 그래서,

"아, 진짜 똑똑하구나."

했는데.

또 부잣집 아저씨가 확인하고 싶어서 잇큐한테 식사 대접을 해요. 그래서 식사가 일본에서는 한 사람 한 사람 나와요. 밥은 그냥 나오지만, 국물은 이렇게 뜨겁. 뜨겁게 드시라고 그러죠.

근데 그러면,

"잘 먹겠습니다."

해서 그러면 부잣집 아저씨와 손님과 같이 먹기 전에 부잣집 아저씨가,

"잠깐만요, 그 국물을 열지 말고 대번 먹어보라."

라고 말을 해요.

잇큐가 그러면, 그 부잣집 아저씨한테,

"그러면 뜨거운 국물이 식었으니까 뚜껑 열지 말고 바꿔 달라."고.

"그러면 나는 그거 먹겠다."

그래서,

"아이고, 진짜 똑똑하다."

근데 그 이야기를 다음에는 왕. '쇼구(しょぐう)'라고. 왕인가? 쇼구가 뭐지? 왕 그런. '도노사마'라고 아무튼 그런 높은 사람. 왕. 왕이,

"소문 들어서 한번 보고 싶다."

그 스님이,

"한 번 그 왕 해서 모셔라."

그래서 모시고 그 왕 앞에서 앉아서 뭐 인사하고 그러면 왕이 그림이 있거든요. 그림 속에 호랑이가 있어요. 그래서 왕이,

"그 호랑이를 앞에 나타나게 해보라. 너는 할 수 있지?"

그러니까,

"네, 할 수 있습니다."

그렇게 당당하게 이야기해요. 그래서, 그래서 옆에 있는 스님은 아무래도 왕한테 거짓말을실례하면(잘못하면) 잘라버릴 수가, 자기도 잘라버릴 수 있으니까.

"그런 말 하지 말라."

해요. (스님이) 그런 말해도,

"아, 괜찮다."고.

"저는 괜찮다."고.

"자신이 있다."고.

말을 해요.

"그러면 제가 지금 잡아주니까 그 옆에 있는 사람이 일단 호랑이를 가까운 곳에서 불러 보라. 여기 기다리고 있으니까. 빨리 불러 보라."고.

"그러면 내가 호랑이를 잡겠습니다."

불러 볼 수가 없으니까.

"야! 진짜 너는 똑똑하다."

뭐, 그런 이야기.

그래서 그 왕한테,

"진짜 똑똑하다."

그래서 많이, 먹을 거 많이 받아서 어려운 사람한테 나누어줬다. 뭐 그런 얘기.

[조사자 1: 훌륭한 사람이, 큰 스님이 된.] 그렇죠. 그러니까 그 아이가 무로마치, 무로마치시대에 있는 높은 스님인데 아무래도 왕 아이인 거 같아요. 왕 아이.

[조사자 1: 왕의 아들?] 네. [조사자 1: 왕자였던 거 같다고요?] 네.

[조사자 1: 잇큐상을 찾아보면 실제 언제부터 언제까지 살았는지 나오죠?] 네. 아마 있을 거 같아요. 그리고 부인이 왕 집에서는 완전히 집안이 반대였으니까. 그 아이가.

　[조사자 1: 신분이 낮은 집이에요?] 아니요. 그러니까 낮은 거 아니고 여기 반대라고 썼네요. [조사자 1: 반대.] 네네. 그리고 잇큐가 반대인지, 그 권력이 반대인지 모르지만. 그래서 자기 아이가 여기서 키우면 아마 상할 수도 있으니까 아마 그래서 일부러 절에 맡겼다고 쓰고 있어요. [조사자 1: 왕의 아들이라, 반대하는 파에서 제거 당할까 봐. 절에 보내서.] 그렇죠. 네. 그렇다고 쓰고 있어요. 그러니까 사실은 있는데. 그 이야기는 모르지만 근데 그 스님이 머리가 똑똑한.

　[조사자 1: 우리나라는 서당 훈장님. 선생님이 꿀을 혼자 먹었어. 그 아이가 선생님이 아끼는 도자기를 깨뜨려가지고.] (웃으며) 똑같으네. 와! [조사자 1: 죽으려고 먹었다. 선생님. 그래서 선생님이 아무 말 못했다. 그런 얘기가 있어요. 똑같죠?] 네. 똑같네.

　그리고 그 잇큐가 불교가, 불교에서 사까 앞에서 불 켜는 거 있잖아요. [조사자 1: 연등?] 등 맨날 불을 켜고 있잖아요. [조사자 2: 초.] 초. 초. 초. 그래서 잇큐가 입으로 입으로 '후' 하니까,

　"그거 하지 말라."고.

　(적절한 한국어를 생각하며) 사까요. 사까. 아. 부처님.

　"부처님한테 자기 입이 불면 안 좋다."

　그렇게 들었어요, 스님한테.

　근데 다음 날, 다음 날에 잇큐가 이렇게, 이렇게 뭐지? 목탁 할 때 대부분 앞에 있는데 자기가 일부러 등에서 반대로 [조사자 1: 돌아앉아?] 반대로 했어요. 그래서 스님이,

　"왜 너는 등. 등. 등 해서 이렇게 하고 있냐?"

　그러니까,

　"스님이 이야기했잖아요. 자기 숨 쉬는 거 부처님한테 불면 안 돼. 그래서 나는 이렇게 하고 있다."

　그런 이야기네요.

꾀 많은 잇큐 [2]

● **구연정보**

조사일시 : 2016. 12. 16(금) 오후

조사장소 : 강원도 강릉시 교동 강릉문화원

제 보 자 : 코마츠 미호 [일본, 여, 1969년생, 결혼이주 20년차]

조 사 자 : 박현숙, 김민수

● **구연상황**

코마츠 미호 제보자가 〈삿갓 쓴 돌부처〉 이야기 구연을 마친 뒤 1차 조사 때
조사자가 물어봤던 이야기를 찾아봤다면서 구연을 시작했다. 제보자는 청자
로 참여한 곤도 사끼에에게 관련 내용을 확인하기도 하고 동조를 구하기도
했다. 제보자와 청자는 이 이야기를 어릴 때 애니메이션에서 봤다고 했다.

● **줄거리**

교토에 있는 어느 절의 스님이 물엿을 몰래 숨겨두고 혼자 먹으면서 동자들
에게는 물엿에 독이 있으니 먹으면 안 된다고 말했다. 잇큐는 스님이 외출했
을 때 스님의 물엿을 다 먹은 뒤 스님이 돌아오자 자신이 스님의 벼루를 깨뜨
려서 죽으려고 물엿을 먹었다고 말했다.

　한 번은 잇큐가 매일 가죽조끼를 입고 절에 바둑 두러 찾아오는 남자가 귀
찮아서 북채로 남자의 가죽을 때렸다. 잇큐는 절 안에 있는 가죽은 북이라면
서 북채로 두들겨 남자를 쫓아버렸다.

　어떤 남자가 잇큐를 자신의 집으로 초대하면서 다리(하시) 앞에 통행금지
라고 써 붙였다. 잇큐는 다리 귀퉁이(하시)로 건너와서 주인에게 다리(하시)
는 건너지 않았다고 말했다.

　잇큐가 머리가 좋다고 소문이 나자 한 장군이 잇큐를 성으로 불러서 병풍
속 호랑이를 잡아달라고 했다. 잇큐는 장군에게 병풍 속에서 호랑이를 꺼내
면 자신이 잡아주겠다고 되받아쳤다.

저번에 잇큐상(一休さん) 이야기 어떻냐고 물어 보시길래 다시
봤는데 잇큐상, 교토. 교토라고 (청자를 가리키며) 선생님 옆에 나라
라고, 나라 출신이구요. 그 옆에 교토가 있죠. 잇큐상 이야기가 교토
이야기예요. 그전에 거기가 수도였는데요, 네.

그 거기에 아 저기 그 절이 유명한 절이 있는데 잇큐라는 사람이
있었어요. 그 중이었죠. 근데 첫 번째 이야기는 그 스님이 단 것을 좋
아서 꿀을, 아. 꿀 아니고요, 물엿. [조사자: 물엿?] 네. 그것을 누구 몰
래 항상 먹고 있었어요. 근데 잇큐상 봤을 때는 그것을 봤을 때는,

"이거는 어린이 먹으면 독이니까 먹으면 안 된다."

그렇게 스님이 항상 얘기했었대요.

어떤 날에 스님이 그 외출한 다음에 그 중들이 몇 명 물엿을 먹
었대요. (웃음) 다 먹어봤어요. 그래서 스님이 돌아왔는데 그 소중한
아 돌아왔는데 그 잇큐상이 소중한 그 스즈끼가 뭐지? [청자: 붓글씨
할 때 그 있잖아요. 벼슬?] [조사자: 벼루?] 네.

"벼루를 깨버렸다."고.

"그래서 너무 죄송해서 독을 먹어야 한다."고.

"그 엿을 먹었다."고.

[조사자: 먹고 죽으려고?] 네. 그런 이야기.

어떤 남자가 항상 절에 와 가지고 뭐지? 이 고(ご)가 뭐지? [청
자: 바둑.] 네. 바둑 그거 하려고 오는 사람이 있었는데 절에서는 그
사람이 오는 거 싫어했어요. 그래서 그 사람이 오는 걸 막으려고 생
각을 했는데요. 그 아저씨가 항상 털이, 털 조끼 [청자: 가죽.] 네, 가죽
조끼 털 입고 오니까 그 사람이 오기 전에 그 절 문에다가,

'짐승 가죽을 입고 있는 사람은 들어오면 안 된다.

이렇게 붙였어요. 그래서 그 아저씨는,

"저기 절에 있는 그 북이나 뭐 그런 것들도 모두 가죽이 아니
냐?"고.

그렇게 공격했어요. 그래서 그렇게 하니까 잇큐상이 그러면 하고
북으로 때리는 그 봉. [청자: 북채.] [조사자: 북채] 네. 북채 그걸로 그
아저씨를 막 때리면서 가라고 했어요. (웃음) 때려도 된다는 이야기.

그래서 그 아저씨가 화가 나가지고 어떤 수수께끼로 이기려고 그 아저씨가 그 스님이랑 잇큐상을 불렀어요.

"자기 집에 오라."고.

그리고 그 아저씨가 자기 집 앞에다가 집에 가려면 다리를 건너서 와야 되는데 거기다가,

'이 다리를 건너지 마세요.'

이렇게 붙였어요.

그래서 그 잇큐상이 다리에 일본 다리에 그 가에로 [조사자: 가에로?] 네, 가에로 갔는데 그거는 일본어로 다리를 하시(はし)라고 합니다. 하시(はし)를 건너지 말라고 했죠. 그 가에도 하시라고 해요. 그래서 그 하시를 건너왔다. 그런 이야기.

아, 또 하나 유명한 하나 이야기가 있어요. 그래서 잇큐상이 너무 머리가 좋다고 소문나가지고 그 장군이 불러가지고 성에다가 불렀어요. 그리고 그 뵤부(びょうぶ)가? [청자: 병풍?]

"병풍, 병풍 안에 있는 호랑이를 좀 잡아달라."고.

이야기했어요. 그래서 잇큐상이,

"그럼 그 호랑이를 병풍에서 좀 꺼내 달라."고.

"그래야 잡을 수 있다."고.

했다는 그런 이야기.

그래서 아,

"꺼내달라."고

했는데 그 장군이,

"그림에 있는 호랑이를 어떻게 꺼낼 수 있냐?"

하니까 잇큐상이,

"그림에 있는 호랑이를 어떻게 잡을 수 있냐?"

뭐 그런 이야기를 했다고 합니다.

그래서 나중에 그 잇큐상은 높은 스님이 됐다는 이야기입니다.

(곤도 사끼에 청자를 쳐다보며) 그 장소가 있는 거죠, 지금도? [청자(곤도 사끼에): 네. 실제로 있던 사람이라고 알고 있는데 어느 절인지는 저도 모르겠어요.]

　그 인터넷으로 보니까 지도가 있더라구요. [조사자: 그럼 잇큐상이 있었던 절이? 그게 지금 교토에 있어요?] 네. [청자: 네. 실제 인물이라고 알고 있어요.] [조사자: 되게 영리한 잇큐상이네요.] [청자: 솔로몬의 지혜죠.]

　그거 애니메이션으로 이런 거는 유명하지만은 계속 매주 같이 보여주고 애들 다 보고 있었어요. [청자: 저도 어렸을 때 초등학교 때 애니메이션으로 매주 매주 나왔었어요. 그래서 그거 보고 좀 지혜롭게 살아야지. 생각했어요.] 오, 재밌었어요.

둔갑한 여우를 잡은 잇큐

● **구연정보**

조사일시 : 2018. 02. 03(토) 오전

조사장소 : 서울시 광진구 화양동

제 보 자 : 이케다 마유미 [일본, 여, 1967년생, 결혼이주 22년차]

조 사 자 : 오정미, 한상효, 엄희수

● **구연상황**

제보자가 〈삿갓 쓴 지장보살〉 구술을 마친 뒤 이 이야기를 시작했다. 준비한
자료를 읽으면서 내용에 맞춰 이야기를 구술했다.

● **줄거리**

옛날에 여우가 아주머니로 변신하여 잇큐와 꼬마에게 가짜 보타모치(떡)을
줬다. 잇큐가 화를 내자, 여우가 되어 도망갔다. 잠시 후 대법종 큰스님이 잇
큐와 꼬마를 불렀다. 가보니, 여우가 둔갑하여 불상으로 변해있었다. 진짜 불
상이 어떤 것인지 찾기 위해 꼬마가 머리를 막대기로 때려보자고 하자 큰스
님이 진짜 불상의 머리는 때릴 수 없다며 반대했다. 그러자 잇큐가 큰스님한
테 진짜 불상은 경을 읊으면 혀를 내미니 경을 읊어보라고 했다. 스님은 잇큐
의 꾀를 알아차리고 경을 외우자 가짜 불상으로 변한 여우가 혀를 내밀었다.
잇큐와 스님한테 잡힌 여우는 용서를 빌었고, 그 후로 다시 나타나지 않았다.

옛날에 그게 재주가 있는 사람이 산대 재주가 있는 사람이라고
해서. 지난번에는 히코이치도 그렇고 또 그러고 또 거기 옆에 현 오
이타에서도 깃점이라는 사람도 있고 또 한 분이 잇큐(一休)˙라는 사

● 생몰연대는 1394~1481년으로 일본의 무로마치시대 후기의 선승이다.

람이 있어요. 잇큐라는 사람이 이야기를. [조사자 1: 잇큐?] 잇큐.

아마 거기에 가짜 범종이라는. [조사자 1: 갑자?] 가짜. 범, 범, 종. 불상이라는 뜻인데 그 잇큐라는 사람이 이 잇큐라는 사람이 스님이신데, 스님이 거기에 꼬마 스님이랑 같이 거기 절로 청소하고 있었대요. 그랬더니 가까운 아주머니가 와가지고 말했어요. 아, 꼬마 스님들이 거기 보타모치*를 만들었으니까 먹으러 오라고

"오세요."

라고 했대요.

[조사자 1: 보타모치가 뭐예요?] 보타모치라는 것이 안에 그거랑 똑같은데 그러니까 반대로 되는 거예요. 안에 그 찹쌀이 있고 바깥에 팥이 있는 거예요. 그게 보타모치라고 해요. 그게 아 그게,

"아! 맛있겠다."

라고 해서,

"잘 먹겠습니다."

라고 하면서 거기 꼬마 스님들이 그 보타모치를 덥석 먹었어요.

그랬더니 그거 뭐랄까. 그게 부드럽지도 않고 그냥 딱딱하기 때문에 그 소리가 들었어요. 그래 또,

"뭐야, 이거?"

라고 했더니 그 보타모치를 자세하게 보니까 검은 색깔의 돌이었어요.

그러고 나서,

"아, 아주머니 이거 뭐냐?"고.

"돌이잖아."

라고 했더니. 그 아주머니가 공중에서 제비, 제비 던지면서 여우가 여우였, 여우 존재로 나타냈어요. 여우였어요.

그래서 그 여우가 그렇게 히히, 그 보타모치는,

"맛있었어요?"

● 보타모치(ぼたもち)는 찹쌀과 멥쌀을 섞어 쪄서 팥고물이나 콩가루를 묻힌 떡으로 인절미의 일종이다.

라고 하면서 야 이게 여우,

"그러면 여우니까 빨리 잡아야지."

하면서 쫓아가는데 거기 여우는 재빠르게 모습을 숨겼어요. 그러고 나서

"어디에 어디에 있냐?"

라고 하면서 계속 찾아봤는데,

'아마 절을 밖에서는 나가지 않겠다.'

라고 생각해서 그때 계속 찾았는데.

그때 그 큰 스님이 거기 꼬마 스님을 그 가리켜주시는, 거기 [조사자 1: 큰 스님.] 큰 스님이 큰 스님이가 대범종에서 부르는 소리가 됐어요. 됐어요. 그래서,

"아, 큰일 났어. 모두 모여, 이쪽으로 와."

라고 했는데 꼬마 스님들이 가보면 그 대선종에서 원래는 불상이 한 대밖에 없는데 같은 모양이 않는 그 불상이 두 대 있었어요. 나란히 앉아 있, 앉아 있는 거기. 아 그거는 어느 쪽 앤지.

'그게 아까 그 여우, 여우인지 모르겠다. 여우의 둔갑했구나.'

라고 생각했대요.

그래 했는데 근데 그게 큰 스님이 꼬마 그 어느 쪽에 봐도 구별을 못하고 그게 여우는 진짜 진짜 똑같이 거기에서 잘 둔갑했었어요. 그래서 어느 쪽이 진짠지, 구별이 못 됐어요. 그래서 그러면 그 다른 꼬마 스님이 그러면,

"거기, 막대기를 거기 머리 때려 뿌시라."

했대요. 그랬더니,

"아니야, 안 돼. 진짜라면 큰 일이 된다."고.

"진짜라면 불상을 머리로 때리면 큰일이 나니까 그러지 마."

라고 그렇게 했더니. 지금까지 가만히 있었던 잇큐가,

"그럼 뭐라고 말하는 거예요?"

라고 했고.

"구별하는 거 간단하지 않잖아. 간단하잖아요."

라고 했고.

"진짜 불상은 그 경으로 경으로, 읽으면 읽으면 그 별을 밀어내잖아요."

라고 했어요.

[조사자 1: 경을 읽으면?]

"경을 읽으면 효를, 혀를 내밀리잖아요?"

라고 했어요.

"그러니까, 내밀으니까 그거는 간단한 일이야."

했어요. [조사자 1: 거짓말 한 거네요. 속이는 거네요. 지금.] 네. (웃음)

그래서 잇큐는 그기 큰 스님한테 눈 신호를 주면서 말했어요. 그래서,

'아, 그런 말이구나.'

라고 생각해서 큰 스님은,

"알겠다. 에 맞아 맞아. 그렇다 그렇다."

'아, 잇큐는 잘 알아차리구나.'

생각하고 그러고 나서 큰 스님이 경으로 외치고 있는데,

"그기 그러면 외칠 거니까 어느 쪽에 혀를 내미는지 잘 보고 있으라."

고 했더니, 그러고 나서 계속 경을 읽었더니 그게 혀를 긴 혀를 쭉 내밀었어요. 그래서,

"아, 여기 있는 거가 여우다."

라고 했고.

그러고 나서 그거를 보고 여우를 잡아 놓고 기둥에서 동여맸어요. 그러고 나서 여우도 눈물을 흘리면서 사과하고,

"아 도와, 살려달라."고.

"아, 두 번 다시 장난치지 않겠으니까."

라고 하니까,

"그래 그럼 두 번 다시 하지마."

라고 했더니,

"네 약속할게요. 그러면 용서해줄게요."

라고 해서 두 번 다시 여우는 절에 가까우지, 가깝게 오지 않겠

다라는.

　[조사자 1: 이 이야기도 유명한 이야기인가요?] 이거는 잇큐 그 지방에는 알아요. [조사자 1: 그 지방, 지역이 어디에요? 선생님.] 아마 교토인가. [조사자 1: 아, 정확하지 않아도 돼요.] 아 그쪽인가.

　근데 잇큐라는 사람이 유명해요. [조사자 1: 아, 잇큐라는.] [조사자 2: 실제로 살았던 사람이에요?] 네. 그런 거 같애요. 그게 근데 그 스님인데 고기도 먹고 그런, 술도 먹고 그런 사람이었다고 들었어요. 그래서 파문해서 여러 돌아다녀서 그거 진앙 이야기가 붙어서 그런 말이 나왔다고 들었어요.

　[조사자 1: 혹시 잇큐가 무슨 뜻이나 의미가 있어요?] 그게 모르겠어요. [조사자 1: 뜻이 있진 않고?]

　그게 만화, 만화로 잇큐에 관한 만화가 있었어요. 만화로 유명하고 근데 잇큐(一休)라는 이름이 한, '좀 쉬다가 가자'라는. [조사자 3: 휴(休)자?] 네. [조사자 3: (亻을 一로 잘못 말하며) 한 일에다가 나무 목자.]

잇큐와 단카 할아버지

● 구연정보

조사일시 : 2018. 02. 03(토) 오전

조사장소 : 서울시 광진구 화양동

제 보 자 : 이케다 마유미 [일본, 여, 1967년생, 결혼이주 22년차]

조 사 자 : 오정미, 한상효, 엄희수

● 구연상황

제보자가 〈둔갑한 여우를 잡은 잇큐〉 구연을 마친 뒤, 잇큐에 관한 다른 이야기가 있다면서 구연을 시작했다.

● 줄거리

큰스님과 단카 할아버지가 늦은 밤까지 장기를 둬서 잇큐와 어린 동자들이 늦도록 잠을 잘 수 없었다. 잇큐는 단카 할아버지가 절에 오지 못하게 하려고 마음먹고 꾀를 냈다. 그는 단카 할아버지가 가죽 옷을 입는 것을 생각하고서, 절 앞에 가죽 옷을 입은 사람은 입장할 수 없다고 써 놨다. 단카 할아버지는 절 안에 가죽으로 만든 북도 있다며 안으로 들어섰다. 그러자 잇큐는 북은 그 때문에 막대기로 맞는 것이라며 단카 할아버지도 북처럼 맞으라고 했다. 단카 할아버지가 졌다며 다시 오지 않았다.

절에는 단카*라고 여기 한국에서도 그러는 건지 모르지만 거기 한 절에서 한 절에서 그 만약에 사람이 죽거나 하면 일 년에 한 번 그 사람의 제사 같은 것은 경도, 경문도 읽어주고 그런 거를 그 절에

● だんか[檀家]는 일정한 절에 속하여 시주를 하며 절의 재정을 돕는 집이나 사람을 의미한다.

소속하는 식구들이 있어요. 그거를 단카라고 하는데. [조사자 1: 그런 분들을, 아니 그런 행동을.] 아뇨, 그런 사람들을. [조사자 1: 그런 사람들을?] 그거 단가라고 해요.

그게 단가에서 그러니까 그런 사람들이 그 절에 소속하기 때문에 자주 왔다갔다 하고 거기에 있는 스님이랑 조금 가깝게 지내는 경우가 많아요. 그래서 거기 그래서 거기 한 1대, 2대, 3대 거기 그게 계속 이어가기 때문에 거기 뭔가 길게 지낸다고 할까요? 그런 거 오랫동안, 거기 스님이랑 지내니까 그래서 가깝게 지내니까, 거기 절에 큰 스님이랑 그게 그 단가가 아, 오늘 단가가 이거라고 해요.

요게 장기라고. [조사자 3: 바둑?] 바둑? 바둑이라고, 바둑이 좋아하는 그런 어르신이 있었어요. 그 어르신 중에서 그래서 요즘에 그 어르신이 매, 매 판마다 거기 절에 와가지고 그 큰스님이랑 밤늦게까지 장기를 치기 되니까 그래서 그 꼬마 스님들이 아침에 빨리 일어나고 일도 해야 되기 때문에 빨리 자고 싶어도 그분이 있기 때문에 잘 수가 없었대요. 그래서,

"어떻게든지 어르신들을 오지 않게 하면 좋겠다."

라고 하면서 그 잇큐(一休)*와 다른 스님들이 꼬마 스님들이 여러 가지 생각했지만 했는데 그게 장난치다가 그게 큰스님한테 혼날까 봐 아 겨우 방법을 생각하지 않았대요.

그때 그 그때 그, 그때는 너무 추운 날씨였기 때문에 그 어르신이 그 동물 가죽, 가죽으로 만드는 그런 윗도리를, 그 소매 없는 윗도리를 그 입고 왔어요. 그 겨울에, 겨울이기 때문에 너무 추운 날씨라서. 그걸 보는 그 잇큐는 어떤 제안을 생각이 났어요,

"그렇다 좋은 생각이 있다."

이라고 해서 다음 날에 잇큐는 그 절을 앞에서 그 문 앞에서 한 쪽지를 그 그기 붙었어요.

'그기는 동물 가죽으로는 여기 들어오지 말아야, 말 것.'

그런 쪽지를 붙였는데 그거를 그래서 그 장기를 두러 오는 어르

● 생몰연대는 1394~1481년으로 일본의 무로마치시대 후기의 선승이다.

신이 와서,

"뭐냐. 이거 가죽으로, 가죽으로 여기 들어오지 말고 라는 것은 나의 이야기로구나."

라고 생각을 했어요.

"아, 그거를 보고 잇큐는 우리 내가 거기 장기 두는 거를 방해하는 거구나."

라고 생각했어요. 그래서 좀 잠깐 생각하는 그런 어르신은 아무렇지도 않게 그 그게 문으로 통과해가지고 왔어요. 그러고 나서 잇큐가,

"어르신 그 문앞에 있는 종이를 읽으지 않았어요?"

라고 이야기했어요.

"그게 동물을 죽이고 나서 만드는 가죽이기 때문에 거절합니다. 거절합니다. 돌아가세요."

라고 했어요. 그러고 나서 그리고 그거를 들었던 그런 그 어르신이,

"맞아. 그 옷은 동물을 죽이고 나서 만드는 가죽으로 만드는 것이다. 그러나 이 절 안에서 가죽으로 만드는 북이 있지 않겠느냐?"

라고 말했대요.

"아, 그 북이는 조으는데, 내는 안되는 거는 안되는, 안 되는 일 잖아."

라고 이야기했어요. 근데 어르신은 그 어르신이 잇큐를 '잘 됐다.'라고 생각하, 생각하는데,

"맞아."

이 근데 잇큐는,

"맞아. 이 절에서는 북이 있긴 있어요. 그게 있기 때문에 죄를 씻기 위해서 매번 그 막대기로 두드리고 있다."고.

"그게 뭐야?"

"맞고 있다."고.

"맞고 있으니까 그러면 어르신도 같이, 같이 맞아야 되겠네요."

라고 했어요. 그러고 나서 그 거기 막대기로 막대기를 치려고 했

더니,

"아, 알겠다, 알겠다. 내가 졌어요."

라고 해가지고 어르신은 갑자기 거기 집으로 도망갔다라는 이야기. (웃음)

[조사자 2: 되게 똑똑하다.]

귀 잃은 악사 호이치 [1]

● **구연정보**

조사일시 : 2016. 12. 17(토) 오후

조사장소 : 강원도 횡성군 횡성읍 읍하리

제 보 자 : 모우에 히로꼬 [일본, 여, 1967년생, 결혼이주 19년차]

조 사 자 : 박현숙, 김민수

● **구연상황**

제보자가 〈삿갓 쓴 돌부처〉 이야기 구연을 마친 뒤 준비해온 마지막 이야기를 구연했다. 오숙민 작가와 캄보디아 국적의 체아다비 제보자가 청자로 참여했다.

● **줄거리**

옛날에 맹인 악사 호이치가 살았다. 호이치는 부잣집에서 연주를 마치고 귀가하는 길에 울고 있는 여인을 만났다. 여인은 호이치에게 삼 일 동안 밤마다 연주해 달라고 부탁했다. 호이치가 매일 밤 밖으로 나가자 스님이 호이치에게 행방을 물었다. 그런데 호이치는 아무에게도 말하지 않겠다는 여인과의 약속을 지키느라 대답하지 않았다. 스님이 호이치 뒤를 밟아보니 호이치가 무덤가에서 연주를 하고 있었다. 스님이 호이치의 온몸에 귀신에게 안 보이는 경문을 쓰다가 귀에 쓰는 것을 빠트렸다. 여자 귀신이 마지막 날에 호이치를 데려가려고 했으나 귀만 보여서 귀를 가져갔다.

[조사자: 그다음에 또 준비하신 이야기가?] 이거가 미미나시 호시 [조사자: 이거는 무슨 뜻일까요?] 미미나시. '미미나시' 귀가 없는, '미미(耳)' 귀, '나시(無し)' 없다. 호시, 그 사람 이름. 주인공 이름. [조사자: 아. 귀가 없는 호시. 네. 어떤 이야기예요?]

그러니까 호시라는 아이보다 어른이죠. 절에서 스님과 함께 살고 있거든요. 근데 그 호시는 '비와'●라고 그런 음악 악기, 비와 그런 악기가 있거든요? 그 악기가 진짜 잘하는 사람인데. 호이치. 호시가 아니고 호이치라는 사람인데 그 사람이 눈이 안 보여요. 눈이 안 보이는데 그 절에서 스님하고 같이 살면서 그 비와는 잘하니까 그런 악기 연주도 하고 그런 거에서 유명한 사람인데 그 사람이 매일매일 밤이 되면 악기 연습도 하고 열심히 하고 있었어요.

그런데 눈이 안 보이잖아요. 그런데 어느 날 어떤 사람이 자기 앞에 와서,

"우리 집에 와서 연주해 주시면 좋겠다."고.

이야기해요.

"그럼 알았다."고.

"그럼 나 데리고 가라."고.

해서 그래서 집에 데리고 가요. 그래서 연주했거든요.

근데 그 집에는 아마 저 부잣집에서 연주해서 근데 연주가 끝나고 나서 어떤 여자가 우는 소리가 들려서, 그래서.

"아, 왜 우세요?"

그렇게 물어보니까, 호이치라는 그분이. 그러니까,

"오늘 밤부터 삼일 동안 우리 집에 와서 연주해 주시면 안 될까요?"

라고 이제,

"그 말은 누구한테도 절대 말하지 마세요."

근데 그 호이치는,

"그럼 알았다. 그러면 그때마다 나는 눈이 안 보이니까 좀 다시 사람이 데리고 와서 데리고 가면 연주할 수 있다."고.

해서 그리고,

"누구한테도 말 안 한다."

고 말했어요.

● 중국에서는 피파, 한국에서는 비파라고 부르는 동양의 고유 악기이며, 서양의 류트족의 악기와 비슷하다.

그래서 그거 끝나고 나서 또 갔는 거죠. 절에 들어갔어요. 근데 그 스님이,

"너는 밤마다 어딜 가는 건지."

궁금해서 물어봤는데 그 호이치는 안 가르쳐줘요. 왜냐면 약속했으니까.

근데 아무래도 스님이 그 호이치 그분이 밤에 나가는 거는 느낌이 안 좋아서 그 사람이 따라갔거든요. 그러니까 그 호이치가 갔는 거는 묘에 갔는 거예요, 묘. 자기는 [조사자: 여자 집에 갔는데.]

근데 묘 앞에서 이렇게 치고 있는 그런 거 스님이 보고 있었어요. 근데 아무도 하지 말라 그러니까 계속 집에 갔죠. 그래서 아무래도 스님이,

"너는 아무래도 영(靈)이 이렇게 주관하고 있을 것 같애. 너 몸 속에 영혼이 들어가고 있을 거 같애. 앞으로는 나가지 말라."고.

그러면 그런 말을 하는데 그러면 그 사람이 데리고 가지 않게 내가 몸에서 그런 경 같은 거 다 얼굴부터 [조사자: 써줘?] 네. 몸 전체를 써요. 그러면 그 사람이 안 데리고 간다고 해서.

그리고 또 밤에 연습을 하고 하니까 그 영이 왔어요. 근데 그거 경이 이렇게 쓰고 있으니까 안 보이는데 그 스님이 귀에는 안 썼었어요. 그래서 그 영혼이 밤에 와서 데리고 가서, 데리고 갈까 생각했는데 귀만 보이는 거예요. 그래서 그러면 안 보이니까 귀만 보이니까,

"그럼 귀라도 가지고 가야 되겠다."

해서 호이치의 귀 잡아서 가져갔다. 그런 이야기. (웃음) [조사자: 무섭다.]

귀 잃은 악사 호이치 [2]

● 구연정보

조사일시 : 2017. 01. 06(금) 오후

조사장소 : 대구광역시 중구 대안동

제 보 자 : 마츠다 타마미 [일본, 여, 1976년생, 결혼이주 7년차]

조 사 자 : 조홍윤, 황승업, 김자혜

● 구연상황

묘엔 이치로 제보자가 〈두루미 아내〉 구연을 마친 뒤, 마츠다 타마미 제보자
가 고향인 시모노세키 인근에 전해져 내려오는 호이치 스님에 대한 이야기
구연을 시작했다. 마츠자키 료코와 묘엔 이치로 제보자가 청자로 참여했다.

● 줄거리

미나모토 가문과 타이라 가문의 전쟁이 타이라의 가문의 패배로 끝나고 수백
년의 시간이 지났다. 시모노세키의 한 절에는 장님이자 비파의 명인인 호이
치 스님이 살았다. 어느 날 밤 호이치에게 한 사람이 찾아와 자신과 함께 연회
에 가서 비파를 연주해달라고 했다. 호이치는 그를 따라가 비파를 켰는데 그
소리에 감동받은 사람들이 계속 와서 연주를 들려줄 수 없겠냐고 부탁했다.
호이치는 흔쾌히 허락했는데, 밤마다 가서 비파를 켜다보니 기력이 많이 쇠
했다. 점점 피폐해지는 호이치의 모습을 이상하게 여긴 동료 스님이 밤에 호
이치를 따라가 보니, 호이치가 타이라 가문의 무덤 앞에서 비파를 켜고 있었
다. 스님들이 이 사실을 주지 스님에게 전하자 주지 스님은 호이치의 온몸에
경문을 쓴 뒤, 누가 와도 절대 대답하지 말라고 했다. 그날 밤에도 타이라 가
문의 원령이 찾아왔는데, 아무 대답이 없자 방에 들어와 호이치를 찾았다. 이
때 온몸에 경문을 쓴 호이치의 모습은 원령의 눈에 보이지 않았는데 주지 스
님이 호이치의 귀에 경문을 쓰지 않았던 터라 두 귀가 원령의 눈에 띄었다. 이
에 원령은 그 귀를 떼어가지고 돌아갔다. 그 후에 호이치의 일화가 점점 퍼져
지금까지 전해지게 되었다.

고향 이야기인데, 시모노세키가 옛날에 좀 큰 역사 무대가 된 곳이에요. 그 1200년대, 양력으로, 무사 집안 두 개 있었는데 그게 전국에서 싸우고, 싸우고, 싸우고 나서 마지막으로 시모노세키에서 결전 됐어요. 그때 이긴 사람도 있지만 반대로 진 사람도 있잖아요. 진 집안이 그곳에서 완전 망했는데 그때 여자도 아이도 많이 죽었다고 합니다. 그것을 베이스base로 시모노세키에 나중에 몇백 년 후의 이야기인데,

어떤 절에 스님, 어떤 절에 젊은 비파 타는 사람 있었어요. 법사, 비파 법사, 이름은 [조사자: 스님인데 비파를 타요?] 네, 젊은 사람이 근데 눈이 안 보였어요. 그 사람 이름 호이치(芳一)라고 하는데, 그 호이치가 아주 (비파를) 잘 탔어요. 근데 그 타는 중에서도 그 아까 전쟁 겐페이합쎈(源平合戰, 원평합전)*, 합전이라고 하는데, '겐(源)'이 이긴 무사지방, 그리고 '페이(平)'가 타이라가, 미나모토 타이라 [조사자: 아, 미나모토 가문하고 타이라 가문?] 네, 좀 아세요? [조사자: 네, 미나모토 요시츠네(源義経)잖아요?] 아, 네. 맞아요.

그 사람 요시츠네가 가장 화려한 마지막 전쟁이 제 고향에서 일어났는데, 그게 마지막은 타이라, 그 이야기 단노우라노 합전(壇ノ浦の合戰)**, 전쟁 이름인데, 그 말하는 이야기 말하는 게 가장 잘했대요.***

어느 날에 호이치가 자려고 하면 밖에 뭐가 좀 사람이 있는 느낌이 났대요. 근데 안 보이잖아요. 근데 소리가 나서,

"호이치님, 호이치님. 계세요?"

이러니까,

"네, 있어요."

---

* 일본 헤이안시대에 미나모토 가문과 타이라 가문이 일본 전국의 주도권을 쥐기 위해 벌인 전쟁을 이야기한다.

** 미나모토-타이라 가문의 마지막 전투이다.

*** 호이치가 가장 잘 연주하는 서사시의 레퍼토리가 원평합전의 단노우라 전투에 관한 것이었다는 의미이다.

"좀 늦은 밤에 미안한데, (비파를) 너무 잘한다고 겐페이합전 이
야기 너무 잘한다고, 잘 탄다고 하셨으니까 혹시 괜찮으시면 지금 같
이 좀 어떤 높은 분이 듣고 싶다고 하니까 좀 같이 와줄 수 있냐?"

고 물어봤어요. 호이치가 좀 생각했는데,

'나를 보러 일부러 스스로 찾아와서, 그래서 가야겠다.'

생각해서 간다고 그래서 따라갔대요.

안 보이잖아요. 계속해서 같이 가는데 목소리. 그 사람이 요로이
카부토(鎧よろいかぶと) 아세요? 무사 갑옷 소리가 '카작 카작 카작
카작' 계속 난대요. 이상하다고 생각하면서 갔더니 어떤 큰 집에 도
착해서 그곳에 많은 사람 앞에서 비파 탔대요. 마지막 이야기 끝난
후에 모두가 울고 모두가,

"감동했다."

고 그래서,

"혹시 괜찮다면 내일도 올 수 있냐?"

고 그래서,

"삼 일 동안 듣고 싶다."

고 했어요.

"괜찮다."

고 했는데, 열심히 탔으니까 너무 피곤해서 아침까지 푹 잤는데
아침에 일어났더니 다른 동료 스님들이 호이치 봤더니, 너무 피곤하
고 눈도 붓고, 얼굴도 하얗게 되고 너무 피곤하게 보여서, 걱정해서
뭔가

"괜찮냐?"고.

"몸이 괜찮냐?"

고 했는데, 사실은 호이치가 어제 했던 일을 그 사람한테서 절대
다른 사람에게 이야기하지 말라고 해서,

"아무 일도 없다. 괜찮다."

했어요.

그런데 점점 이상하게 되잖아요? 살 빠지고 너무 안 좋게 보이
니까 동료 스님이 가장 높은 스님한테 이야기해서 높은 스님이 이

스님한테,

"좀 감시, 따라가 보라."고.

해서 그 사람이 마지막 밤에 호이치가 나가는데 혼자 따라가는 거 보여요. 근데 같이 따라갔는데 비가 오는 날이라 어둡잖아요? 그래서 호이치가 안보이게 돼서 어디 있겠지 찾았는데 소리가 갑자기 들렸대요.

소리 있는 곳에 가보니 어떤 묘, 묘 앞에서 열심히 빗속에서 호이치가 비파 타고 있는데, 그 묘가 그때 타이라, 진 사람들의 장군이나 그때 아이 같은 여러 높은 사람들 있는 묘 앞에서 열심히 치고 있는데, 열심히 치면서 점점점 그 묘에서 그 불이, 사람의 그 불 [조사자: 혼불?] 네. 혼불이 많이 나와서 춤을 추고 있어, 너무 무서워져서 동료 스님이 다음 날에 높은 스님한테 어제 있었던,

"이런 일이 있었다. 그거는 망령가, 망령이 호이치한테 들린 것 같다."

[조사자: 귀신 들렸다?] 네, 그런 것 같다.

"그래서 이것 좀 해야 되겠다."

그래서 호이치 부르고 호이치 온몸에 맨몸으로 하고 경문을 다 머리, 발까지 다 썼대요. 없는 곳 없이 작게 작게 다 써서 호이치한테 오늘도 올 것 같아서,

"어떤 사람이 와도 절대 대답하지 말라."고

"가만히 방에 있으라."고.

했대요. 그래서 호이치가,

"알았다."고.

했어요.

그런데 역시 밤에,

"호이치님, 호이치님."

이라고 왔는데 스님 말대로 호이치 가만히 있었어요. 근데 무사, 찾아온 무사가 사실은 유령, 귀신이잖아요. 왔는데 안 보이니까,

"호이치님 없다."고.

그래도 그대로 가면 높은 분이 왜 못했냐고 (못 데려왔냐고) 해

서 화내잖아요? 그래서,

"증거 찾아야겠다."

그런데 그 방에 귀가, 보였어요. 귀만. 네. 사실은 스님이 귀에 쓰는 것 깜박했어요. 귀만 보여서 그거를 가지고 갔는데, 아침에 스님이 호이치 방에 가서 봤더니 호이치가 가만히 있었지만, 여기서(귀에서) 피가 나서 완전 몸에 피, 옷이 다 피로 빨간색으로 바꿔져 있었다.

그래도 그 스님이 잘 봐서, 돌봐서 좋아졌대요. 그 후에 한 번도 다시 찾아오지 않았는데 그래도 호이치가 그 후에 그런 경험도 있었기 때문에 그 비파 그 이야기 했다고 하고, 그걸 동상으로 고향에 지금 있어요.

[조사자: 호이치 동상이 있어요?] 네, 호이치 동상. 그리고 타이라 신사가 있어요. 그것도 특이하게 보통 일본 신사 모습이 아니고 용궁처럼 생긴 신사가 시모노세키에 있는데, 그 안에 그 호이치 동상이 있고, 이것도 역시 일 년에 한 번 축제가 있어요.

근데 그 이야기는 약간 좀 무서운 이야기라서 어릴 때 여름이 되면 무서운 이야기, 괴담? 반드시 나오는 이야기였어요.

귀 잃은 악사 호이치 [3]

● **구연정보**

조사일시 : 2017. 12. 10(일) 오후

조사장소 : 대구시 달서구 신당동

제 보 자 : 마츠자키 료코 [일본, 여, 1982년생, 이주노동 8년차]

조 사 자 : 김정은, 황승업, 강새미

● **구연상황**

제보자가 〈오리를 잡는 시골뜨기 곰베〉를 구연한 후 바로 이어서 이 이야기를 시작했다.

● **줄거리**

일본에서는 옛날부터 맹인들이 비파라는 악기를 많이 연주했다. 비파 악사들은 비파를 연주하며 '겐페갓센'이라는 서사시를 노래로 불러준다. 하루는 맹인 비파 악사 호이치가 집에서 연습을 하고 있는데 어떤 여자가 와서 영주들이 호이치의 연주를 듣고 싶어한다며 같이 가자고 했다. 한밤중이라 이상하게 생각했지만, 호이치는 그들의 집에 가서 비파를 연주하며 겐페갓센을 노래했다. 그 서사시는 너무 길어서 일부분만 했는데, 연주를 듣는 사람들이 다음 날에도 와서 해달라고 했다. 매일 밤마다 비파 연주를 하자 호이치는 점점 수척해졌다. 호이치의 상황을 알게 된 스님들이 그 사람들은 귀신이라며 절대 따라가지 말라고 했다. 그러면서 호이치의 온몸에 경문을 써주고, 다른 사람들이 찾아와도 경문만 외우고 있으라고 했다. 호이치가 그 말대로 하자 진짜로 귀신들의 눈에 모습이 보이지 않았다. 그런데 스님이 호이치 귀에만 경문을 쓰지 않아서 귀신들이 호이치의 귀를 발견하고 귀를 잘라갔다.

일본 악기 악사가 하나 있는데, 맹인들 하는 악기가 있어요. 비파인가? [조사자: 비파? 비파 알아요. 네.] 그런 비파. 비파가 옛날부터

그런 악기예요. 맹인들 하는 악기. 그래서 이거 하면서 노래를 부르고, 부르면서 긴 얘기를 하는 그런 예술이 있죠. [조사자: 아이, 네. 멋있네요.] 네, 그거 있는데.

그런데 맹인, 그리고 스님들도, 어떤 스님들도 하는 그런 악기예요. 맹인들, 스님이 그걸 겸하는 경우도 있으니까, 그걸 맹인들 스님이 되고 그거를 다니, 아노 들고 다니면서 그런 예술 하는 그런 직업이 있었죠? 그런데 호이지●는 그런 사람이었어요, 눈이 안 보이는. [조사자: 아, 눈도 안 보이는구나.] 눈도 안 보이는 사람이었으니까. 맹인 사람이었는데, 정말 그 비파가 잘 했어요. 비파도 잘하고, 그 같이 하는 얘기도 잘 하고.

그런데 그 얘기 중에 하나, 아, 비파라면 그 얘기라는 것이 있어요. 그거는 〈겐페갓센〉이라고 하는데, 겐페갓센. 옛날에 있던 큰 전쟁이에요, 무사들의. [조사자: 음, 무사들의 전쟁을 얘기해주시는구나, 비파하면서.] 응, 겐지하고, 그건 역사 얘기라고 하면 되는 건가? 역사, 네. (일본어) 서사, 서사시라고 하는 건데.

겐지라는 그 그룹이 옛날 그 전쟁하고, 헤이시라는 그룹하고 에 또 전쟁하고. 결국은 헤이시는 멸망했어요. 지금도 일본가면, 전국 각지에,

'헤이시가 도망 온, 도망가서 숨고, 저기 다시 싸웠다.'

라는 전설이 곳곳에 있는데.

[조사자: 헤이시 다 도망다녔구마.] 네, 헤이시 도망가고. 마지막 멸망했다라는 그런 얘기도 있고. 마, 그 얘기가 서사시로 유명해요.

그런데 어떤 날에 호이지가 집에서 그 연습하고 있었더니, 그러더니 아 그, 그리고 좀 소문도 있었어요.

'호이지는 잘 한다.'

그래 한 밤중에 그거 호이지는 어떤 상황인 줄 모르겠죠? 그런데 약간 좀 고급, 품격이 있는. 옛날 좀 기모노도 여러 가지 종류가

● 제보자가 '호이지'로 표현했으나, 다른 자료와의 통일성을 고려하여 제목과 줄거리는 '호이치'로 표기했다.

있는데, 그 실크 기모노라면 진짜 좋은 소리가 나겠죠? 보통 면이나
마 기모노 보다. 그러니까 약간 고귀한 사람들 왔다는 느낌이 있는
데, 어떤 여성 소리에,.

"어떤 영주님이 듣고 싶다고 하니까 지금 좀 오고, 비파를 하나
반주를 해주면 안 될까?"

그런 얘기를 했죠. 그런데 한밤중이니까 그거 이상하게 생각했
대요.

'오, 이런 한 밤중에 누가 오셨지?'

했는데.

"진짜 고귀한 사람이 비밀로 듣고 싶다고 하니까, 지금 오는 거
예요. 특별히 좀 와주세요."

라고 하니까 갔대요, 네.

"보상도 많이 해준다."

고 했죠. 그래서 가고 했어요.

그런데 겐페갓센은 정말 기니까, 일부분만 하고 갔대요. [조사자:
너무 기니까.] 네 기니까. 그런데 그때 들었더니, 정말 감동하고 울면
서 듣는 느낌이 들었대요. 그래 호이지가 그래서 마, 한 구절 했는데,

"아, 오늘 여기까지 괜찮다. 고맙다. 그런데 내일도 와줄래?"

라고 했어요. 그래서,

"알겠습니다."

라고 해서 갔어요.

그렇게 해서 밤마다, 밤마다 그 호이지는 그 영주님, 야식집에
가서 겐페갓센을 하게 됐는데. 그런데 동료 스님들 그 호이지의 모
양을 보고, 너 날마다 좀 살 빼. [조사자: 수척해진다고.] 아, 수척해, 수
척해, 수척해진 그런 모습을 보고 좀 걱정을 했대요.

'밤마다 나가고, 뭐하지?'

그리고 이렇게,

'얼굴도 안 좋아 보인다.'

그래서 호이지에게 물어봤더니, 그게 비밀이니까 [조사자: 얘기
못했구나.] 얘기 못했는데, 많이 물어봤더니 결국,

"밤마다 좀 어느 분이신지 그거 신분은 모르겠는데, 좀 겐페갓세 하는 거야."

라고 했대요.

그런데 그 스님들이시니까 좀 높은 그거 지휘? 영웅력이 강한 스님도 있죠. 도사님? 네, 있어. 그 의사가,

"안 된다. 그건 귀신이다!"

라고 했대요. 그래서 어떤 날에,

"아 그게, 마지막까지 부르면 네가 죽겠다."

하는 거예요. 그래서,

"그거 너에게 오는 사람들은 그거는 다 산 사람이 아니야."

그랬어요. 그래서 호이지는,

"호이지, 어느 날, 어느 날은 누가 와도 절대 문을 열면 안 된다. 너 그거 몸을 그 귀신한테서 안 보이게 해줄게."

라고 해서 호이지 온몸에 경문을 썼대요. 그거, 붓으로. 그래서,

"밤에 되면 계속 그 경문 읽고, 그 가만히 앉아 경만 읽고 있어라. 누가 와도 대답하면 안 돼."

그렇게 했대요. 그래서 호이지는 그 밤은 그렇게 했대요.

그런데 막 맨날 오니까, 귀신들 다시 와, 오고,

"호이지, 호이지. 오늘도 간다."

라고 했는데, 대답 안 했어요. 계속 경문을 읽고 있었는데,

"호이지, 호이지!"

라고 해서 부르는 거예요. 그게. 그리고,

"가, 가, 가, 가"

하고 집을 흔들고. 결국 집 안에까지 왔대요. 너무 너무 무서웠는데, 뭐 참고 경문, 경만 읽고 읽었는데, 호이지 모양 안 보이는 거예요. 귀신이 그래서,

"왜 안 보이지? 확실히 있을 것 같은데, 왜 없지?"

라고 해서, 하고 있었는데. 그 스님, 높은 스님이 귀만 안 적었어요. 그래서,

"호이지 없는데, 귀만 보이네?"

라고 해서 귀를 (귀를 자르는 시늉을 하며) 갔어요.

그런데 뭐 목소리 못 내니까 그냥 참았는데, 그래 아침 되고 그 소리를, 아 귀만 데리고 갔는데, 귀신이 없어졌다. 그런데 밤, 밤을 샜다, 그리고 밝아지고 결국 목숨을 살렸는데, 호이지는 귀도 없어졌습니다. 그런 이야기 있습니다.

접시를 세는 하녀 귀신 [1]

● **구연정보**
조사일시 : 2016. 11. 17(목) 오후
조사장소 : 강원도 횡성군 횡성읍 읍하리
제 보 자 : 모우에 히로꼬 [일본, 여, 1967년생, 결혼이주 19년차]
조 사 자 : 박현숙, 김현희

● **구연상황**
제보자와는 두 번째 만남이었다. 제보자가 약속 시간에 맞춰 오숙민 작가의
집으로 왔고, 서로 반갑게 인사를 나눈 뒤 조사를 시작했다. 제보자는 1차 조
사 때보다 자신 있게 구연을 시작했다. 제보자를 소개하고 조사장소를 제공
한 오숙민 작가가 청자로 참여했다.

● **줄거리**
에도시대의 한 부잣집에서 일하던 하녀가 주인이 아끼는 접시를 하나 깼다.
주인은 벌로 하녀의 손가락을 하나 자르고 손을 묶어 방에 가두었다. 다음 날
하녀가 우물 안에 빠져 죽었다. 얼마 후 임신 중이던 부자의 아내가 출산했는
데, 태어난 아이가 손가락이 하나 없었다. 그리고 밤마다 우물 속에서 젊은 여
자가 접시를 세면서 한 개를 찾는 소리가 들렸다. 스님이 우물 속에서 접시를
아홉 장까지 세는 소리를 듣고 바로 이어서 열 접시라고 말했다. 하녀 귀신은
스님에게 속아 더 이상 나타나지 않았다.

'반쬬 사라야스키'라고 해서. 그거는 에도, 에도시대의 이야기인
데요.

어떤 하녀, 하녀가 부잣집에서 일하고 있어요. 근데 그 부잣집에
서 귀한 접시가 열 개. 열 개 있거든요. 그거를 하녀가 깨끗이 씻어
서, 씻었는데. 손으로 미끄러져서 하나, 접시가 깨져 버렸어요. 그런

데 그거를 주인이 아주 아끼고 있는 접시인 거 알면서도. 아, 그걸 주
인한테 말하면 혼나겠죠. 근데 그렇게 생각하는 순간 누군가가 보는
거예요. 깨지는 걸, 접시 깨지는 걸.

그래서 주인한테 말을 해 버리고, 주인이 와서,

"너 왜 귀한 접시 하나 깨져버렸냐?"고.

그 이름이, 그 아이 이름이 '키쿠'라는. '키쿠' 그 아이가 하녀, 하
녀. 그 주인이,

"그러면 너 손이 잘못됐다."

그래서 손가락 하나 잘라 버려요. 그리고 그래도 그 주인이 화가
나서, 아직 화가 풀리지 못해서. 그 아이를 손을 묶어서 방에 가둬 놓
아요.

그런데 그 아이는 뭐 하고 싶어서 했던 것도 아니고. 근데 아마
나는 나중에 아마 주인이 한이 안 풀린 거 같아서. 아마,

'다음 날도 손도 자를 수도 있고, 또 힘들은 경험 있는 거 아닌가.'

라고 해서 자기가 스스로 그 집에 있는. 아, 이도가 뭐지? 그 물
을 이렇게. (검색하면서) [조사자 1: 두레박? 물 뜨는 거? 두레박? 줄로
끌어 올리는 거?] 네. 맞아요. 두레박 안에서 자기 묶은 상태에서 도망
가면서 두레박 안에 자기 몸을 던져서 죽어 버려요.

그런데 그 아이가 죽었잖아요. 근데 그 주인이 억지로 했는지 아
무튼. 그런데 그 부인이 임신하고 있었어요. 근데 그 아이가 그 하녀
가 죽고 나서 부인이 애기를 낳는데 손이 없었어요. 한 쪽이. 그리고
밤에마다 그 [조사자: 우물?] 우물을. [조사자: 그 빠져 죽은 우물에서?]
네. 그 속에서 젊은 여자아이 목소리가 들린대요.

"한 접시."

"두 접시."

"세 접시."

계속,

"다섯 접시."

그런 소리가 계속 들린대요. 그런데 마지막에,

"아홉 접시."

라고까지 이야기해서,

"하나 없다."

고 해서 우는, 계속 우는 소리가 나서, 그 주인이 뭐 무섭잖아요. 매일 밤에 그런 소리가 나니까.

그래서 어떤 뭐 스님인지는 잘 모르겠지만, 그런 사람을 불러서 밤에 기도해 달라고 해서 또, 밤에 되면 울으면서, 한 접시, 두 접시, 아홉 접시까지 헤아리니까 이야기하니까. 스님이,

"열 접시."

라고 말하니까. 그 아이가 마음이 풀려서 그 후부터 그 소리가 없어졌다. 그런 이야기.

[조사자: 결국 한 접시가 없어서 계속 찾아서 우는데, 그 스님이 열 접시 해서 접시가 다 있으니까.] 그런 이야기.

[청자(오숙민): 옛날이야기에요?] 옛날이야기. 에도시대 이야기인데. [청자: 근데 뭐 괴담. 괴담이야.] 괴담이죠. [조사자: 이게 제목이 뭐라고요?] 반쬬 사라야스키. [청자: 근데 에도시대가 언제야? 선생님?] 1600년 정도. 1600년. [조사자: 반쬬 사라야스키는 무슨 뜻이에요?] 그 지역인 거 같은데, '반쬬'가 아마 지역 이야기 한 거 같은데, '사라'가 접시요. '야스키'는 그런 집.

접시를 세는 하녀 귀신 [2]

● **구연정보**

조사일시 : 2017. 03. 24(금) 오후

조사장소 : 경북 경산시 사동

제 보 자 : 마츠다 타마미 [일본, 여, 1976년생, 결혼이주 6년차]

조 사 자 : 조흥윤, 황승업, 김자혜

● **구연상황**

제보자가 〈엄지동자 잇슨보시〉를 구연한 뒤 일본의 괴담류 이야기에 대한 대화를 소소하게 이어가던 중 제보자가 일본에서 유명한 괴담 중 하나라며 이 이야기를 구술했다.

● **줄거리**

옛날에 오키쿠라는 여자가 있었는데, 부잣집에서 일을 하다가 실수로 접시를 깼다. 화가 난 여주인은 오키쿠의 손가락을 자르고 방 안에 가두었고, 오키쿠는 너무 슬픈 나머지 우물에 몸을 던져 자살했다. 그 이후로 밤마다 접시를 세는 오키쿠의 목소리가 들렸는데, 항상 마지막에 한 장이 모자란다고 했다. 그러던 어느 날 스님이 그 집에 묵어가게 됐는데, 그날 밤도 어김없이 접시를 세는 오키쿠의 소리가 들렸다. 오키쿠가 접시를 아홉 장까지 세는 소리를 들은 스님은 바로 이어서 열 장이라고 말했다. 그러자 기쁘다는 소리가 들렸다. 그 이후로는 접시를 세는 오키쿠의 소리가 들리지 않았다.

그리고 그것과 같이 유명한 반조 사라야시키(番町皿屋敷)라는 게 있어요. 반조 사라야시키가, 반조가 무슨 이름인지 모르겠어요. '사라(さら, 皿)'가 접시, '야시키(やしき, 屋敷)'가 집이라고 하는데.

그런데 오키쿠(おきく)라는 여자가 [조사자: 오키쿠?] 네네, 있었어요. 그래 그다음엔 오키쿠가 반조 사라야시키에서 무슨 이야기인

지 이따 좀 볼게요. 그런데 그 여자가, 유령 여자가 접시를,

　　(접시를 세는 흉내를 내며) "한 장, 두 장, 세 장."

하고 하는 장면이 있어요.

　　[조사자: 아, 접시를 세고 있어요?] 네네. 그 접시 상관있는 이야기였던 것 같은데. 그런데 그게 너무 유명해서 뭔가 좀 패로디, 패러디로도 자주 쓰곤 해요.

　　(노래를 부르듯이) "한 장, 두 장, 지금 마지막인데 한 장 모자라요." (웃음)

라고 해요. 그걸 무섭게.

　　[조사자: 한 장 모자라면 화를 내는 거예요?] 아마 그것 때문에 죽였어요. 네, 죽였어요. 죽음 당하고. 아마 그 이야기는 몰라도,

　　"한 장, 두 장."

마지막에,

　　"한 장 모자라요."

는 알고 있는데. (웃음)

　　(검색을 통해 이야기를 확인하며 잠시 구연이 중단됨.)

　　옛날에 그 오키쿠라는 사람이, 오키쿠가 여자 이름이에요. 그런데 그 여자가 어떤 부잣집에서 일하고 있었는데, 그때 한참 접시 깬 것 같아요. 그래서 여자 주인이, 여자 주인이 너무 화내서 (손가락을 잡으며) 여길 자르게 했던 것 같아요. [조사자: 손가락을 잘랐어요?] 네네, 그리고 그 후에, 그래도 좀 아직 화를 풀 수 없다고 해서 그 여자 주인이 그 오키쿠를 한 방에 감금했는데, 그거를 너무 좀 오키쿠가, 그게 너무 마음이 너무 아파져서 그대로 우물에 자기 던져서 자살했어요.

　　그런데 그때부터 밤이 되면, 항상 밤중에,

　　"접시 한 장, 두 장."

하면서 마지막에 몇 장까지, 아, 아홉 장까지. 아홉 장까지 그러고,

　　"한 장 모자라요."

라고 소리가 맨날맨날 나니까 너무 무섭다고 했는데.

　　훗날에 여자 주인이 출산했대요. 여아이 가졌는데, 손가락이 없

었대요. 네, 그런데 그래도 계속계속 맨날맨날 밤이 되면,

"한 장 모자라요."

하니까, 어느 스님이 상담해서 그 스님이 왔대요. 역시 그날도,

"한 장, 두 장, 세 장."

계속 계속,

"아홉 장."

이라고 했을 때, 스님이,

"열 장."

이라고 했대요. 그러면

"아, 기뻐요."

라고 해서 그 후에부터 없어졌다라는.

그런데 그 '한 장, 두 장, 세 장', 이 좀 그게 좀 뭔가 특이해서 뭔가 해서 패러디. [조사자: 패러디가 많이 돼요?] 네네, 그걸로 나오곤 해요.

병(瓶)의 유령이 된 사람

● 구연정보
조사일시 : 2018. 02. 03(토) 오전
조사장소 : 서울시 광진구 화양동
제 보 자 : 이케다 마유미 [일본, 여, 1967년생, 결혼이주 22년차]
조 사 자 : 오정미, 한상효, 엄희수

● 구연상황
제보자는 〈살아있는 우산〉 이야기 구연을 마친 뒤 준비해온 자료를 보면서
이야기를 이어나갔다.

● 줄거리
술을 아주 좋아하는 무사가 있었다. 무사는 가난해서 원하는 만큼 술을 마시
지 못한 채 병들어 죽었다. 무사는 아내에게 자신이 죽으면 오카야마 현 비젠
시에 묻어달라고 부탁했다. 아내가 이유를 묻자, 비젠 시는 흙이 좋아 술병을
만드는 곳으로 유명하다며, 자신도 죽어서 술을 담는 술병이 되고 싶다고 했
다. 아내는 유언대로 비젠 시에 무사를 묻었다. 어느 날, 무사가 유령이 되어
목이 말라 죽겠다며 아내 앞에 나타났다. 아내가 무사의 소원대로 묻어줬는
데 왜 목이 마르냐고 묻자 무사는 자기가 병이 되기는 했는데 간장을 담는 병
이 됐다고 했다. 무사는 억울하다며 계속 물을 달라고 했다.

다음은 수르병(술병) 유령. [조사자 1: 수르병?] 스루병, 스루병,
술을 따르는 병이 있어요. [조사자 3: 술병?] 술병의 유령. [조사자 1:
아 술병 속 유령. 네.] 속이 아니지만. [조사자 1: 속이 아니에요?] 예, 술
병의 유령. [조사자 3: 술甁의 유령?] [조사자 1: 술병의 유령.] [조사자 3:
술병 유령해도 되겠다.]

옛날에 '그 술 좋아하는 사람은 좀 위지가 더럽다.'라는 말이 있

대요. [조사자 1: 술 좋아하는 사람은 뭐라고요?] 그 위지, 위지. [조사자 1: 아 의지가?] 마음씨, 마음씨 더럽다는 마음씨가 더럽다는 말이. [조사자 1: 의지가 더럽다.] [조사자 3: 마음이 더럽다. 그냥 의지.] [조사자 1: 의지가 약하다?] 약하지 않고 더럽다. 더럽다. 왜냐면 술이 있는 동안에는.

"또 한 병, 또 한 병만 조금 더 이제 뭐 이게 진짜 한 병만 이게 마지막으로 한 병만."

이라고 하면서 전부 먹어버리기 때문에 그런 말이 있대요.

[조사자 1: 아, 그래서?] 그래도 그게 할 수 있는 곳이 술을 살 수 있는, 살 수 있는 행복감, 술꾼이기 때문에 돈이 없어, 살 수 있기 때문에 그렇고.

"돈이 없는 술꾼은 그렇게 할 수가 없어요."

라고 그래서.

그 나가야니비, 거기 나가야(ながや [長屋])라고 하는데 연립주택이라고 할까요? 거기 옛날에 거기, 연립주택, 일본에서는 연립주택이라고 이렇게 있어요. 거기 살고 있는 무사가 있었어요. 그 사람이 진짜 고래, 고래, 술, 술고래. [조사자 1: 술고래.] 같은 진짜 많이 진짜 좋아했어요.

근데 그 무사가 너무 가난해서 그때 그때 먹고 살기가 힘들었는데 그거만 하고 술을 막 사는 돈도 없었어요. 그래서 그 가끔씩, 진짜 가끔씩밖에 술 먹을 수밖에 없었어요. 근데 그 남, 무사가 갑자기 몸이 아파져서 쓰러졌어요. 그래서 남자가 거기 거기, 누우면서 거기 거기서 자기 부인한테 부르고 나서,

"나 지금 이대로 죽을 것 같다."고.

"죽으면 저의 마 저의 시체를, 거기…"

비젠로쿤이라고 지금 오카야마 현이라고 있어요.

"그 땅에서 묻으라."고.

"묻게 해달라."

해서 부탁했대요."

"알겠다."고.

"근데 왜 거기 비젠로쿤이 오카야마 현에 당신은 그 땅에서 아무 인연도 없고, 없는데 왜 거기서 묻어야 되냐?"

그 부인이 신기, 신기했어요. 이래 물어봤어요.

"나는 여기, 여기까지 살아오면서 내가 좋아하는 술을 마음껏 먹을 수가, 마실 수가, 마실 수 없었어요. 그래서 죽고 나서 죽고 나서는 너그럽게 많이 재미있게 거기 술을 먹고 싶다."

그래서,

"술을 그 술에 그 병, 병 되면 술병 되면 아, 술의 병은 거기 비젠로, 비젠구, 오카야마 현에 있는 땅, 흙이, 흙에서 흙으로 만드는 그것이 제일이 좋다고 들었다."고.

그래서,

"거기 비젠, 오카야마 현에 거기, 흙에 되면서 흙에 되고 그 흙에 만든 만드느면, 거기 술병에 술병으로 되우면, 언제든지 거기 안에서 술을 달아주니까 마음껏 먹을 수 있으니까 그렇게 해달라."고.

말했어요.

그러고 나서 한참 있다가 그 남자는 이 세상을 떠나가지고, 떠났어요. 그래서 거기 오카야마 현, 비젠 땅에 묻었어요. 그래서 생각, 소원대로 했으니까 그 부인이,

'얼마나 기쁜지 모르겠다.'

고 하면서,

'아 지금쯤은, 지금쯤은 도쿠리에 돼가지고, 뭐 맛있는 술을 받고, 행복하게 되어 있겠구나.'

하고 생각하고 있었더니 어느 밤에 늦게, 깊은 밤에 돼서, 남자가 유령이 돼가지고 나타났어요.

"아, 억울해, 억울해."

하면서,

"물을 주세요. 물을 주세요."

약하게

"너무 목을 말라, 말라, 말라서 죽겠다."고.

그렇게

"워매 어떻게 되는 거예요?"

라고 하면서,

"당신 소원대로 비젠에 묻혔고 흙에 되는 거 아니에요? 거기 흙에 되니까, 거기서 만드는 도쿠리, 술병에 되는 거 아닌가요?"

했더니 물어봤더니 에,

"당신 덕분에 비젠, 비젠 오카야마 현에 흙에 되기는 됐지만 도쿠리에서 만들었다 그러나 나는 내가 생각하지 못했다."

라고 해서,

"그 술병 생기는데 거기 술병이 아니고 간장병이 돼버렸다." (웃음)

그래서,

"매일 매일을 간장, 간장을 먹고 너무 목이 말라가지고 물을 먹고 싶어서 죽겠다."

라는 말을 들었대요. 그래

"너무 억울해, 억울해."

라고.

"물을 좀 주세요."

라고 했더니 거기 부인,

"알겠어, 알겠어요".

그러면,

"지금 물을 갖다 드릴게요."

라고 하면서 바가지에 물을 그 담아 놓고 내밀었는데 남자는,

"아, 맛있다."

라고 해서 쭉 들여 마시고 나서 그러고 나서 사라졌다는 얘기. (웃음)

입이 두 개인 아내

● **구연정보**

조사일시 : 2017. 12. 10(일) 오후

조사장소 : 대구시 달서구 신당동

제 보 자 : 마츠자키 료코 [일본, 여, 1982년생, 이주노동 8년차]

조 사 자 : 김정은, 황승업, 강새미

● **구연상황**

구연자가 〈에도시대 오스찌의 사랑〉를 마친 뒤이어서 이 이야기를 구연했다.

● **줄거리**

한 남자가 자기에게 과분할 정도로 미인인 아내를 맞이했다. 그런데 결혼한 이후로 집에 있는 음식이 많이 사라졌다. 남편은 처음에 아내 때문이라고 믿지 않으려 했지만, 시간이 갈수록 아내를 의심하게 되었다. 그래서 하루는 남편이 농사일을 하러 나가는 척하면서 몰래 다시 집에 왔다. 그런데 아내가 머리 뒤쪽에 있는 입을 벌려 남은 음식을 다 먹고 있었다. 이후에 남자가 어떻게 되었는지는 알 수 없다.

어떤 남자가 자기에게 맞지 않게 미인인 아내를 맞이했어요. [조사자: 예뻤군요.] 예뻤어요. 그런데 그 아내가 오고와서, 옛날 같이 사람들 확대 가족으로 사는데. 보통 아내, 미인인 아내. 그래 많이 일하고 좋은 아내였는데, 왠지 그 아내가 오고 나서 집 음식이 많이 없어졌어요. 없어져요. 그런데,

'설마 아내가?'

라는 생각이 없었는데, 어떤 날 근데 날짜가 시간이 지나갈수록,

'좀 이상하다. 아내가 먹고 있나?'

라고 생각하잖아요.

그래서 남편이 농사하러 가는 척해서 다시 집에 왔더니, 아내가 뒤에 있는 머리, 머리 내 속에 있던 두 번째 입에서 머리를 쓰고 이렇게, 머리를 손처럼 쓰고 여기서 남은 음식을 다 먹고 있었다라는 그런 얘기.

'후타쿠치 뇨보,' 그런 많이 해요. '후타쿠치 뇨보'라는.

[조사자: 이 남자 그래서 어떻게 됐어요?] 음, 모르겠어요. (웃음) 그거는 좀 모르겠네요.

입 찢어진 여인 [1]

● 구연정보
조사일시 : 2016. 11. 17(목) 오후
조사장소 : 강원도 횡성군 횡성읍 읍하리
제 보 자 : 모우에 히로꼬 [일본, 여, 1967년생, 결혼이주 19년차]
조 사 자 : 박현숙, 김현희

● 구연상황
제보자가 〈접시를 세는 하녀 귀신〉 구연을 마친 뒤, 조사자가 한국에서 유명
했던 일본 괴담 〈요코하마〉에 대해 설명하자 제보자가 그 내용을 받아서 〈입
이 찢어진 여인〉 이야기를 들려줬다. 제보자가 초등학교 때 일본에서 들은 이
야기라고 했다. 한국에서 1990년대 초반에 〈빨간 마스크〉라는 제목으로 유
행한 이야기다.

● 줄거리
마스크를 쓴 여자가 나타나서 자신이 예쁜지 물어보면 대부분 겁이 나서 예
쁘다고 대답한다. 그 여자가 다시 물어도 대부분 예쁘다고 답을 한다. 그러면
여자가 마스크를 벗어서 찢어진 입을 드러내며 이래도 예쁘냐고 묻는다. 그
러면 빠른 속도로 도망가야 한다.

일본에서 그런 거, 놀라는 이야기인데, 근데 이거 영화에서도 됐
다. 이렇게 입이 [청자: 찢어진 이야기? 찢어진 이야기. 우리나라도 있어.]
[조사자: 빨간 마스크.] 빨간 마스크예요? [조사자: 우리나라에서는.] 일
본에서는 입이 찢어진 여자라고. [청자: 언제 이야기예요?] 초등학교
때. [청자: 옛날이야기예요?] 네.

옛날 나 초등학교 때, 그런 여자가 갑자기 물어보고. [조사자: 입

이 이렇게 찢어진 여자가 어떻게 해요? 그냥 입이 찢어진 게 보여요?] 아니요. 마스크 해요. [조사자: 마스크 써요? 그래서 어떻게 해요?] 그래서 내가 초등학교 때 이야기인데. 친구들이,

"혹시 입이 찢어지는 여자가 있으니까 조심히 하라."

그런 거들어서,

"그럼 어떻게 해요?"

그러니까, 마스크하고 있어서,

"나 이뻐?"

라고 물어본대요. 그래서 그러면,

"이뻐."

라고 말하죠. 대부분, 뭐 무서우니까. 그런데,

"진짜 이뻐?"

라고 말하면,

"네."

라고 말하죠, 무서우니까. (마스크 빼는 손동작을 하며)

"이래도 이뻐?"

라고 해서 놀라서 백 메타(m)를 몇 초라고 이야기했는데.

(잠시 생각하며) 아무튼 많이 달려야 한다고 뭐 그런 거 이야기해서. 조심히 하는 그런 이야기가 있어요.

[조사자: 그러면 그 이야기 듣고 나서 마스크 하는 사람들 보면 무서웠어요?] 네. 그거 보면 진짜 무서웠어요. 바바리코트도 입고. 그렇게 들었어요.

입 찢어진 여인 [2]

● 구연정보
조사일시 : 2016. 12. 16(금) 오후
조사장소 : 강원도 강릉시 교동 강릉문화원
제 보 자 : 코마츠 미호 [일본, 여, 1969년생, 결혼이주 20년차]
조 사 자 : 박현숙, 김민수

● 구연상황
곤도 사끼에 제보자가 한국과 일본의 제사와 민속 문화에 대해 이야기한 뒤
여담을 나누던 중 코마츠 미호 제보자가 무서운 이야기가 생각났다면서 구연
을 시작했다. 제보자는 구연을 마친 뒤 자신이 초등학생 때 처음 나온 이야기
라고 설명했다. 곤도 사끼에 제보자가 청자로 참여해 적극적으로 호응했다.

● 줄거리
일본에는 빨간 스포츠카를 타고 찢어진 입을 빨간 마스크로 가리고 다니는
쿠치사키온나라는 여자가 있다. 이 여자는 사람을 만나면 빨간 스포츠카에서
내려서 그 사람에게 자신이 예쁘냐 묻는다. 상대가 안 예쁘다고 하면 왜 안 예
쁘냐고 협박하고, 예쁘다고 하면 자신의 입과 똑같이 만들어주겠다고 협박한
다. 상대는 어떤 대답을 하든 좋지 않은 결과에 처한다.

그 갑자기 무서운 이야기가 생각났는데요. [조사자 1: 어떤 이야기
요?] 그 빨간 뭐지? 쿠치사키온나? [청자(곤도 사끼에): 쿠치사키온나?]
그거 한국에서 뭐라고 했었지? [조사자 2: 빨간 마스크요?] 아. 빨간 마
스크, [조사자 1: 그 입 찢어진 여자 이야기잖아요?] 네. 그게 우리가 초
등학교 때 나온 이야기예요.

　[조사자 1: 일본에서는 뭐라고 부른다구요?] 쿠치사키온나. 그러니

까 입 이 찢어진 여자라나 뭐 그런 이야기인데 근데 기억나요? [청자: 이름은 기억나는데 스토리는 모르겠어요.] 스토리는 없고 진짜 있었던 사건처럼 뉴스에도 나오고 기억이 나요? [조사자 1: 뉴스에도 나왔어요?] 네. 뉴스, 신문에도 나고. 그래서 제가 진짠 줄 알고 진짜 무서웠는데요.

그건 그 시다케라고. [청자: 우리 근처네?] 네. (웃음) [청자: 우리 근처 시와나기?] 거기 자살하는 사람 많은. [청자: 응, 리와꼬. 리와꼬.] 그쪽에 거기서 빨간 마스크 이야기가 나왔는데 빨간 스포츠카 타고 저기 오는데.

그 와타시키레이가 뭐지? [청자: 나. 예뻐?] '와타시키레이'라고 [조사자 1: 그러니까 누군가 만나면?] 네. 만나고 거기 빨간 스포츠카 내려 와 가지고,

"나, 예뻐?"

라고 그때,

"예쁘다."

고 하면 뭐라 그러드라?

[청자: 뭐 예쁘다고 하든 말든 뭔가 있어요.] (웃음) 네. 아, 그 마스크 이렇게 하고,

"나, 예뻐?"

하고 그렇게 해서 놀래거나 말을 못하거나 하면 거기서 딱 하고 뭐 그런 이야기.

[조사자 1: (조사자 2를 쳐다보며) 우리나라 빨간 마스크는 어떤 얘기야?] [조사자 2: 뭐지? 예쁘다고 그러면 (입가를 가리키며) 여기 찢어졌잖아요. 너도 똑같이 만들어준다고 이렇게 하고, 안 예쁘다고 하면 내가 왜 안 예쁘냐고 하면서 하고.] (웃음) 네네.

[조사자 2: 그래서 어떻게 하든 똑같던데.] [청자: 예쁘다고, 예쁘다고 아니어도 결과는 똑같고 그게 좀 뭐 안 좋은.] [조사자 1: 그러니까 안 예쁘다고 하면 "내가 똑같이 만들어줄게." 하고 입을 찢고 안 예쁘다고 그러면 안 예쁘다고 그러면서 입을 찢고?] 네.

그게 제가 초등학생 때 처음으로 나왔어요. 맞죠? [청자: 그건 나

도 모르겠어.] 네. 그래서 [조사자 1: 한국에도 전해져요.] 네, 그게 한국에도 전해져요. 애들이 빨간 마스크라고 하니까 엄마가 어렸을 때 유행했던 이야긴데.

입 찢어진 여인 [3]

● **구연정보**
조사일시 : 2017. 01. 06(금) 오후
조사장소 : 대구광역시 중구 대안동
제 보 자 : 묘엔 이치로 [일본, 남, 1952년생, 유학 3년차]
조 사 자 : 조홍윤, 황승업, 김자혜

● **구연상황**
조사자가 일본의 도시전설에 대한 호기심을 내비치자 제보자는 그런 이야기에 부정적인 시각을 드러내면서도 이야기를 하나 들려줬다. 그 이야기는 한국에는 〈빨간 마스크〉라는 이름으로 알려진 〈구치사케몬〉이다. 구치사케몬은 입이 찢어진 괴물이라는 뜻이다. 마츠다 타마미와 마츠자키 료코 제보자가 청자로 참여했다.

● **줄거리**
어린아이가 학교를 마치고 귀가하는 길에 빨간 코트를 입고 마스크를 한 여자가 와서 자신이 예쁘냐고 물어보았다. 아이가 예쁘다고 하자 마스크를 벗었는데 입이 귀 밑까지 찢어져 있었다. 아이가 도망을 치자 여자가 쫓아가 아이 입을 자신과 같이 찢었다.

　도시전설에서는 좋은 이야기 별로 없어요. 그리고 교훈도 없어요. 그래서 도시전설을 들으면서도 좋은 것이 아닙니다.
　하지만 언제부턴가 그런 이야기가 여러 가지 있고, 여러 가지 방법으로 이동하고 있어서, 어떤 의미가 있는지 모르겠지만 제일 유명한 일본에서 도시전설의 하나는 '구치사케몬(口裂けモン)', 입을 칼로 찢는 여자. [조사자: 한국에서는 빨간 마스크] 아, 비슷한 이야기 아

닙니까? 빨간 코트를 입고 마스크를 한 여자가 있다 그런 이야기입니다. 비슷해요? [조사자: 들려주세요] 네.

아이가 학교에서 집에 돌아갈 때 여자를 만났어요.

"저기 저 예뻐?"

라고 말을 물어봐요. 그래서 그렇게 돌아볼 때, 빨간 코트를 입은 여자가 서 있어요.

그래서 마스크를 하고 있지만 얼굴을 좀, 눈을 보면 조금 미인이라고 보이는데 아이가,

"네, 언니 예뻐요."

그렇게 하면 갑자기 여자가 마스크를 벗고,

"이거 예뻐?"

라고 강하게 말해요.

여자의 입이 귀까지 칼로 찢어졌는데, 아이도 습격해요. 아이가 도망쳤지만 가장 빠르게 아이를 찾고 그래서 낫으로 아이 입을 찢었어요. 여자와 비슷한 얼굴이 되었다는 그런 이야기입니다.

화장실에서 휴지 주는 귀신

● 구연정보
조사일시 : 2016. 12. 16(금) 오후
조사장소 : 강원도 강릉시 교동 강릉문화원
제 보 자 : 곤도 사끼에 [일본, 여, 1966년생, 결혼이주 20년차]
조 사 자 : 박현숙, 김민수

● 구연상황
코마츠 미호 제보자가 〈혼자 남은 사람 오이테케보리의 유래〉 구연을 마쳤을
때 곤도 사끼에 제보자가 귀신 생각이 났는지 한국에 화장실 귀신 이야기가
있는 듯한데 일본에도 똑같은 이야기가 있다며 구연을 시작했다. 코마츠 미
호 제보자가 청자로 참여했다.

● 줄거리
화장실에 가면 빨간 휴지, 노란 휴지, 파란 휴지를 고르라는 목소리가 들려온
다. 그중 어느 것을 선택해도 결국 안 좋은 결말에 이르게 된다.

근데 한국에서 그게 화장실 가서 빨간 종이 줄까? 그거 있다고 들
었는데. [조사자: 그런 얘기 있죠.] 일본에서도 있어요. [조사자: 일본
은 어떤 이야기예요?] 얘기하셨어요? [청자: 응?] [조사자: 안 하셨어요.]
안 하셨어요?

일본도 마찬가지예요. 그게 어디 시골에 화장실을 가게 되면 개
량인데 시골 화장실이나 폐교학교. 학생들이 뭐 없어지는 그런 옛날
에 학교에 밤에 역시 우리도 '기모다메시'라고 해서 담력훈련을 해
요, 여름에. 그래서 묘지라던가 그런데 가서 누가 잘 이겨낼까 그런
걸 해요.

근데 그때 화장실을 가니까 그냥 볼일 다 보고 휴지로 닦는데 그때 창문 바깥에서,

"빨간 종이 줄까? 노란 종이 줄까? 파란 종이 줄까?"

자꾸 그런대요. 근데 그때,

"안 주셔도 돼요."

라든가, 빨간 거 고르면 뭐가, 노란 거 고르면 뭐가, 그런 게 있는데.

결국은 뭘 골라도 좋은 일이 없다는 거는 알고 있어요. 그래서 그게 제비뽑기 아닌데 빨간 거 고르면 뭘 주냐 이런 게 아니고 그냥 그 목소리 듣는 것만 해도 무섭다.

"'여기는 귀신이 있다'라는 거는 알게 되는 소리다."

하고 그래서 한국에서도 그런 얘기가 있다고 하니까 일본도 있다.

[조사자: 밤에 화장실을 못 가겠어요.] 네. 그래서 진짜 무서웠어요. 그래서 사천에 살 때 무서웠어요. 빨간 종이 귀신이 나올까 봐. 그래서 요강에 하는데 그게 요강에서도 나오나? 여기 한국에서도 그런 귀신이 있다.

[조사자: 그럼 요강은 언제까지 쓰고 안 쓰셨어요?] 아, 거의 뭐 한 번 쓰고 말았어요. 그냥 바깥에 가서 했어요. [조사자: 아, 어머니가 소리 안 나게 하는 법 안 알려주시던가요?] 그게 안 알려주셨고요. 제가 나름대로 휴지를 막 안에 넣고 했는데 휴지를 몇 겹을 안에 넣었어요. 근데 소리는 안 나죠. 근데 나중에 [조사자: 처리가 힘들죠.] 뒤처리. 요강 씻는데 또 그래서.

[조사자: 옛날에는 지푸라기, 마른 지푸라기를 넣었었다고. 그래서 신부들도 가마 타고 시집 가는데 반드시 넣어야 되는 게 요강. 왜냐면 가마 안에서 이제 일 보는 거예요. 근데 새신부가 소리가 나면 안 되니까 여기는 이제 이미 우리 집 사람이니까 라는 뜻에서 반드시 거기에 지푸라기를 말아 넣어요. 그럼 볼일을 봐도 밖에 가마꾼들이 안 들리니까. 그랬다고 하더라구요.]

후쿠시마로 가는 손님

● 구연정보
조사일시 : 2017. 03. 24(금) 오후
조사장소 : 경북 경산시 사동
제 보 자 : 마츠다 타마미 [일본, 여, 1976년생, 결혼이주 6년차]
조 사 자 : 조홍윤, 황승업, 김자혜

● 구연상황
제보자가 주변인의 신이체험인 〈기숙사의 귀신〉 이야기를 구술한 데 이어서, 최근에 등장한 도시전설에 해당하는 이 이야기를 구술했다. 후쿠시마 지진과 원전 사고로 인해 인근의 많은 마을들이 사라졌는데 이후 택시 기사들을 중심으로 이러한 괴담이 많이 퍼졌다고 했다.

● 줄거리
어느 날 한 손님이 택시를 탔는데, 그 손님은 후쿠시마 지진으로 완전히 사라진 마을로 가자고 했다. 택시 기사는 이상한 생각이 들었지만, 손님이 원하는 곳으로 갔다. 목적지에 도착한 뒤 택시 기사가 뒤를 돌아봤는데, 그곳에는 아무도 없었다.

후쿠시마. 후쿠시마 그 공장. [조사자: 후쿠시마?] 네, 그 있었잖아요. 그 동일본 큰 지진이 있었고, 큰 쓰나미로 엄청 망한, 바닷가에 있는 마을이 그런 건데. 완전 뭐 아무도 없어졌어요.

그런데 그 얼마, 얼마 후에, 지진하고 나서 얼마 후에 그런 좀 귀신 이야기 많이 많이 좀 나왔대요. 그것도 본 사람들 다 택시 아저씨들 많았다고 해요. 그 역에, 도시 쪽에 뭐 괜찮았던 도시에서 손님 태우고. 그래서,

"어디 가요?"

라고 하면, 그 뭐 벌써 없는 마을에,

"그쪽에 가세요."

했대요.

'어, 지금 그런데 이 시간에 가도 아무도 없는데.'

하고 운전하다가 거기를 도착해서,

(뒤를 돌아보며) "손님!"

하면 아무도 없었다. 그런 이야기가 진짜진짜 많이 나온다고 하는데.

그것도 일본에서 큰 지진 일어나면 많이 좀, 많이 죽거나 하잖아요. 그러면 그 후에 약간 좀 그런 이야기가 자주 나온다고 하는 거예요. [조사자: 후쿠시마요?] 네네.

그러니까 특히 그 이야기는, 후쿠시마는 원전 때문에 그 마을 자체는 괜찮은데, 그 위에 있는 미야기(みやぎけん)현. 그쪽에, 특히 쓰나미 때문에 완전 망한 지역이라서 그곳에 그런 이야기가 많이 나오곤 합니다. 뭔가 좀 하나의 현상인 것 같아요.

제보자 정보

곤도 사끼에
[일본, 여, 1966년생, 결혼이주 20년차]

곤도 사끼에 제보자는 한국인 남편과 결혼해서 한국으로 이주한 뒤 강원도 강릉시에서 20년째 거주하고 있다. 코마츠 미호 제보자의 2차 조사 때 동행하여 이야기판에 참여했다. 차분하면서도 유쾌한 태도로 구연에 임했다. 조사 취지에 맞는 이야기를 구연하려고 했으며, 동석한 코마츠 미호 제보자가 이전에 구연한 이야기와 겹치지 않도록 하려고 했다.

곤도 사끼에 제보자는 한국어 발음이 비교적 정확했고 구연 속도도 적당했다. 음성은 작은 편이나 청취의 어려움은 없었다. 기억력이 좋고, 상황에 대한 세부 묘사에 더해 이야기에 대한 자신의 느낌을 제시하기도 했다. 다양한 에피소드를 지닌 생애담을 거부감 없이 재미있게 구연했으며, 설화는 정확하게 아는 이야기만 구연하려고 했다. 구연한 자료는 총 14편이다.

노마치 유카
[일본, 여, 1974년생, 결혼이주 10년차]

노마치 유카 제보자는 일본의 효고현 간사이 지방에서 태어나 초·중·고등학교를 졸업하고 오사카로 가서 오사카대학교를 졸업했다. 대학 졸업 후 1년 동안 부산대학교에서 유학을 했던 제보자는 도쿄로 돌아가 증권회사에 다니다가 적성에 맞지 않아 한국계 IT 기업으로 옮겨 컨설팅 업무를 봤으며 다시 일본어학당의 관리직으로 이

직했다. 한국인 남편과는 남편이 일본에서 유학하던 시절에 교회에서 만났다.

노마치 유카 제보자의 한국어 구사 능력은 상급으로, 자연스러운 한국어 대화가 가능했다. 외국인에게 어려울 수 있는 고급 어휘들도 별 어려움 없이 구사했다. 이중언어교사 일을 하면서 한국과 일본의 언어와 문화에 대해 지속적으로 탐구해온 터라서 옛이야기와 문화에 대한 식견이 뛰어났다. 이야기를 구연하면서도 상당히 전문가적인 견지에서 이야기의 의미와 문화적 맥락에 대한 설명을 덧붙이고는 했다.

노마치 유카 제보자의 구연 항목은 민속과 속신, 문화, 신화, 전설, 민담, 민요 등 다양한 방면에 걸쳐 있었다. 1차 조사 때는 민속과 속신, 민요를 주로 구연했고 2차 조사 때는 본의 민간 신앙과 관련된 여러 설화를 집중적으로 구연했다. 총 2회에 걸쳐 50여 편의 자료를 구술했는데 자료적 가치가 높은 것들이 많았다.

마츠다 타마미
[일본, 여, 1976년생, 결혼이주 7년차]

마츠다 타마미 제보자는 일본 시모노세키 출신으로, 한국인 남편과 결혼한 뒤 경북 경산시에서 살고 있다. 경북대 대학원에서 사회학을 전공하다가 잠시 쉬며 육아에 전념하고 있던 중 조사에 참여했다. 어린 딸을 조사 때마다 대동하고 참여했다.

마츠다 타마미 제보자와의 만남은 건국대 인문학연구원의 정진아 교수를 통해 이루어졌다. 연구팀의 조사 취지를 전달받고 기꺼이 조사에 참여했으며, 매우 적극적인 자세로 일본 설화를 구술해 주었다. 주로 구연한 이야기들은 고향인 시모노세키에서 전해져 내려온 전설이나 일본인이라면 누구나 알고 있을 법한 민담, 그리고 일본의 여러 직능신에 대한 신화 등이었다. 총 2회에 걸친 조사에서 30편의 자료를 구연해 주었다.

마츠자키 료코

[일본, 여, 1982년생, 이주노동 8년차]

마츠자키 료코 제보자는 일본 아키타 출신으로 대학을 졸업한 뒤 한국에서 대학원에 다니던 중 타과 조교로 근무하고 있던 남편을 만나 한국에 정착했다. 민속학 분야에 관심이 많아 한국의 민속과 일본의 민속에 대한 지식을 풍부하게 지니고 있다. 현재 계명대학교 교수로서 일본어를 교육하고 있다. 대학에서 학생들을 가르치고 있는 만큼 유창한 한국어 구사 능력을 갖추고 있다.

마츠자키 료코 제보자와의 만남은 먼저 섭외가 이루어진 마츠다 타마미 제보자를 통해 이루어졌다. 구연한 이야기들은 아키타를 위시한 일본 중부 지방의 전설, 일본 대표 민담, 도시전설, 신화 등 이야기의 제 분야를 아우르는 것이었다. 조사자들의 개입 없이도 스스로 이야기를 구연해 갔다. 총 2회 진행된 이야기판에서 마츠자키 료코 구연한 이야기는 총 30편이었다.

모우에 히로꼬

[일본, 여, 1967년생, 결혼이주 19년차]

모우에 히로꼬 제보자는 1967년 일본 후쿠시마에서 태어났으며, 한국인 남편과 만나 결혼한 뒤 강원도 횡성군에서 19년째 시부모님과 함께 살고 있다. 슬하에 두 명의 자녀를 두고 있다.

모우에 히로꼬 제보자와는 총 3회에 걸쳐 조사를 진행했다. 처음에는 일본 동화책 여러 권을 가져와서 어떤 이야기를 들려줄지 고민했으나 2회 조사부터는 스스로 구연할 이야기를 미리 준비해 왔다. 첫 만남에서는 이야기를 기억하여 말로 구연하는 것에 부담감을 느꼈지만 점차 자신감을 갖고 구연에 집중했다. 1차 조사 때에는 일본에서 전해지는 유명한 설화 위주로 구연하다가 점차 무서운 이야기 중심으로 구연했다. 자료를 구연함에 있어 정확한 정보를 전달하려는 경향을 보였다. 그래서 구연 도중에 일본어에 적확한 한국어를 표현하기 위해 한국어 번역 사전을 검색하거나 조사자에게 적절한 단어를 확인하기도 했다. 한국어 종성 발음에 약간의 어려움을 겪었으나 의사소통에는 지장이 없었다. 총 3회의 이야기판에서 설화와 속담까지 21편의 자료를 구연했다.

묘엔 이치로
[일본, 남, 1952년생, 유학 3년차]

묘엔 이치로 제보자는 일본의 문예잡지『문예춘추(文藝春秋)』의 편집장을 역임한 엘리트로서 퇴직 후 편안한 노후를 보낼 수 있었으나, 타국에서의 새로운 인생을 꿈꾸며 한국으로 왔다. 조사 당시 경북 경산시에 거주하면서 영남대학교에서 한국어를 배우는 한편으로 한국학과 석사과정을 밟고 있었다.

묘엔 이치로 제보자는 마츠다 타마미 제보자를 통해 조사팀과 만나게 되었다. 한국어 구사 능력은 중상급으로 대화에 큰 문제가 없었다. 이야기를 구술함에 있어 서사내용 전달보다 이야기의 의미와 전승 이유 설명에 더 큰 관심을 나타냈다. 이야기판에는 한 차례 참여했으며, 구술한 자료는 총 6편이다.

요시이즈미 야요이
[일본, 여, 1971년생, 결혼이주 13년차]

요시이즈미 야요이 제보자는 1971년 일본의 요코하마 근교에서 태어났다. 2005년에 결혼으로 이주하여 현재 남편과 세 자녀와 함께 경기도 화성시에서 거주하고 있다. 화성시에 있는 아삭도서관에서 방과후 다문화 강사 모임을 하고 있다.

요시이즈미 야요이 제보자는 설화 조사의 의의를 잘 이해하고 적극적으로 호응했다. 나가사키 출신의 아버지가 평소에 들려주었다는 지역 전설을 시작으로 자기가 아는 신화와 민담을 두루 이야기했다. 방과 후 수업뿐만 아니라 평소에 자녀들에게 일본 설화를 많이 들려준 경험이 있다고 했다. 구연한 설화는 모두 8편이다.

이데이 유미

[일본, 여, 1977년생, 결혼이주 15년차]

이데이 유미 제보자는 일본 요쿠하마가 고향으로, 2002년에 교회 소개로 남편을 만나 결혼했다. 남편과 함께 4명의 자녀를 양육하며 단란한 가정을 꾸리며 살고있는 제보자는 부업으로 다양한 일을 하며 한국문화를 자연스럽게 경험했다. 그중 자녀 교육이 가장 어렵다고 밝혔지만, 다양한 경험을 통해 성공적으로 문화적응을 하고 있는 중이었다.

이데이 유미 제보자는 유창한 한국어 실력으로 적극적으로 설화를 구연했다. 어린 자녀들에게 일본의 전래동화를 읽어준 경험들이 많아서, 설화내용을 구체적으로 묘사하는 특징을 나타냈다. 총 12편의 설화를 구연했다.

이케다 마유미

[일본, 여, 1967년생, 결혼이주 22년차]

이케다 마유미 제보자는 일본 구마모토가 고향으로, 일본에서 간호사 일을 하다가 한국 남자와 결혼하여 1997년에 한국으로 이주했다. 결혼 후 4남매를 낳았고, 서울 광진구에 살고 있다. 일본에서의 경력을 토대로 의료 쪽에서 일을 하려다가, 오래 할 수 있는 일을 찾아 통번역 일을 하게 됐다. 통번역 지원사업에 응모해서 2009년부터 일을 시작했다고 한다. 한국에서 가장 적응하기 힘든 일은 자녀들의 교육 문제라고 했다. 부모로서 최선을 다하며 워킹맘으로 살아가고 있는 중이다.

이케다 마유미 제보자는 서울시에서 주최하는 다문화 이야기 공모전에서 수상한 경력이 있을 만큼, 설화에 대한 이해가 높았다. 일본의 대표 설화 외에 특정 지역의 지명 설화도 구술해 주었다. 2회의 조사를 통해 총 15편의 설화를 구연했다.

코마츠 미호
[일본, 여, 1969년생, 결혼이주 20년차]

코마츠 미호 제보자는 1969년에 일본 아키타현에서 태어났다. 일본에서 직장생활을 하다가 남편과 결혼하면서 한국으로 이주했고 강원도 강릉시에서 20년째 살고 있다. 현재 박사과정에서 현대소설 비교문학을 전공하고 있다.

코마츠 미호 제보자의 구연할 때 목소리는 조용하고 차분하다. 발음이 정확하고 적절한 구연 속도로 서사를 진행시킨다. 의성어 사용이 활발하고 기본 서사에 살을 붙여가며 유려하게 구연했다. 가끔 손짓을 사용하기는 하지만 주로 입말 중심으로 구연해 나갔으며 구연하면서 자주 미소를 지어보였다.

코마츠 미호 제보자는 기억력이 좋고 준비성이 철저하여 많은 편수의 이야기를 구연했다. 그 이야기들은 대개 어릴 때 그림책에서 읽은 것과 TV에서 15분씩 방영한 옛이야기 애니메이션에서 본 것들이라고 했다. 설화를 구연함에 있어 일본 민속과 문화와 관련된 정보를 많이 전해주려고 했다. 총 2회에 걸친 이야기판에서 설화 중심으로 35편의 이야기를 들려주었다.

토리카이 쿠미코
[일본, 여, 1977년생, 결혼이주 10년차]

토리카이 쿠미코 제보자는 1977년에 일본 고베에서 태어났다. 한국인과 결혼한 뒤 경기도 안산에 거주하고 있으며, 슬하에 1남 1녀의 자녀가 있다. 다문화강사로 활동 중이며, 다른 이주민 강사들과 함께 안산 다문화 작은도서관에서 옛이야기 모임을 하고 있다.

토리카이 쿠미코 제보자와는 총 2회의 조사를 진행했다. 1차 조사 때는 할머니에게 어린 시절에 들었던 유명한 일본 설화를 간략하게 이야기했다. 다소 긴장해서 동석했던 다른 제보자나 조사자의 도움을 받기도 했다. 2차 조사 때는 훨씬 자연스럽고 밝은 모습으로 이야기를 무리 없이 풀어 나갔다. 주인공이 죽거나 조금 잔인하게 느껴질 부분도 재밌게 구술해서 청중들이 많이 웃으며 이야기를 들었다. 다른 제보자의 설화 구연에 적극적으로 호응을 나타내기도 했다. 2회에 걸친 조사를 통해 총 11편의 이야기를 구연했다.

후카미즈 치카코
[일본, 여, 1974년생, 결혼이주 13년차]

후카미즈 치카코 제보자는 1974년 일본 후쿠오카에서 태어났다. 2002년에 한국에 유학을 왔다가 남편을 만나서 결혼했고, 현재 경기도 오산시에 거주하고 있다. 일본어를 통번역하는 일을 하고 있으며, 다문화 강사로 초등학교 방과후 수업을 하고 있다. 오산시 도서관에서 김알라 제보자와 함께 다문화 강사 모임을 하고 있다.

후카미즈 치카코 제보자는 러시아 김알라 제보자 소개로 이야기판에 동석했다. 두 제보자가 번갈아 가면서 이야기를 했는데, 처음에는 부담스러운 모습이었지만 점차 자연스러워졌다. 수업 때 학생들에게 들려준 이야기와 어린 시절 들었던 이야기를 차분히 구연했다. 고급 수준의 한국어를 구사하며 정확한 발음으로 이야기를 전달했다. 구연한 자료는 5편이다.